愚者の檻

警視庁文書捜査官

麻見和史

角川文庫
21904

目次

第一章　死者の活字

1

人を刺すというのは、こんなに簡単なことなのか。

唇を震わせ、顔を歪《ゆが》ませている男を見つめながら、彼はそう思った。

革手袋を嵌《は》めた彼の右手には、刃渡り十五センチのナイフが握られている。その切っ先は今、男の腹に深々と突き刺さっていた。

予想していたより簡単に、ナイフは相手の肉を裂き、臓物を貫いた。それが彼には意外だった。なんだ、こんなに呆気《あっけ》ないものなのか、と感じた。事前に何度も計画を見直し、失敗したらどうしようと悩んでいたのが可笑《おか》しくなるほどだ。必要なのは勇気だけだったのだ。

相手は驚愕《きょうがく》の表情を浮かべている。彼は右手に握ったナイフを引き抜いた。そのとき、少しひねってやった。こうすることで傷口が広がると、何かで読んだことがある。効果は覿面《てきめん》で、男は黙ったまま床に倒れ込んだ。辺りを照らしていた明かりが、一瞬ちらついた。その振動でLEDランタンが揺れたように見えた。

男は壁際に横たわったまま、エビのように体を曲げている。腹の傷を押さえたあと、奴は自分の両手を確認した。そこにたっぷり血が付いているのを見て、唇を震わせた。

「どうして……」男は絞り出すように言った。「なんで、こんなことを……」

彼は男を見下ろした。ふたりの間には圧倒的な差がある。刺した者と刺された者。生き続ける者と死にゆく者。そして、恨みを持つ者と恨まれる者。

「忘れたわけじゃないだろう」彼は低い声で言った。「以前おまえは、とんでもないことをしたよな。自分が一番よくわかっているはずだ」

「俺が……何をしたと……」

「しらを切るつもりか？　悪いことをしたら、申し訳ありませんでしたと謝るのが普通だろう。もしかしておまえ、それがわからないのか。ふうん、なるほどな。そういう人間だから、あんな罪を犯しても平気で生きてこられたのか」

「知らない。俺は知らない……」

「ふざけるな！」

彼は靴の先で男の顔を蹴《け》った。「がっ」だか「ぐっ」だかよくわからない声を出して、男は呻《うめ》いた。鼻先から血が流れだした。

「おまえ、腹からそれだけ出血しているのに、まだ鼻血が出るんだな」

「助けてくれ。……いや、助けてください。お願いです」

苦痛の表情を浮かべて、男は彼に懇願する。腹と鼻から血を流しつつ、哀れな声を出す。

「そんなことを言われても困るんだよ」彼は男のそばにしゃがみ込んだ。「俺は医者じゃないし、ここには手当てをする器具もない。おまえを助けることなんてできない」

「救急車を……呼んで……」

「そうだなあ」

彼は右手を伸ばして男の頬を撫《な》でた。次の瞬間、思い切り殴りつけた。

奴は「ひっ」と情けない声を出す。だが抵抗することはもちろん、彼の拳《こぶし》から逃れることさえできなかった。もう起き上がる気力もないはずだ。

「おまえがしたことを正直に話してみろ」

彼が促すと、男は記憶をたどる表情になった。少しためらうようだったが、ごまかせないと諦《あきら》めたのだろう。苦しげに息をしながら、過去の出来事を話しだした。

それは彼が調べてきた内容とおおむね一致していた。ただ、細かい部分では知らないこともあったから、やはりこいつに聞いてみてよかった、と思った。

一通り話し終わると、男は泣きそうな声を出した。

「俺が悪かった……です。謝ります」

「反省しているのか？」

「は……反省しています。だから、助けて……」

「苦しいんだな。そうだろう」彼はうなずいた。「わかった。今すぐ楽にしてやる」

彼はナイフを逆手に持った。男の顔に恐怖の色が走る。だが、奴に何を言わせる暇もなく、彼は右手を振り下ろした。切っ先が奴の胸に——アバラの間に突き刺さった。

「うあ……ああ……あああ……」

男の口から力のない呻きが漏れた。最後はカエルが押しつぶされたような声になった。充分に刃先を押し込んでから、彼は手前に引き抜いた。傷口から血が流れだす。腹から出た血よりも勢いがあった。もはや手当てのしようがないほど創傷は大きくなった。

しばらく口をぱくぱくさせていたが、やがて男は動かなくなった。目が焦点を失い、顔から生気が失われていく。ああ、これが人の死の瞬間なのか、と彼は思った。殺したのは自分だというのに、なぜか傍観者のような気分だった。

あれだけ時間をかけて計画を練ったというのに、満足感はあまりなかった。どうしてだろう。一時的に感情が失われてしまったかのようだ。

だがナイフの先から血が滴るのを見たとき、彼の中で何かが爆発した。体の芯《しん》が熱くなるような感覚。全身が震えだした。しかし、それは断じて恐怖感などではない。

——俺はやった。やり遂げた！

人を殺したという、大きな達成感があった。これで彼は一般人でもないし、凡人でもなくなった。殺人者の仲間入りだ。もう後戻りはできない。

彼はナイフを床に置くと、用意しておいたバッグを探った。そうして、最後の仕上げに取りかかった。

2

警視庁本部庁舎は皇居の近くにある。

皇居周辺の道はジョギングに適したコースで、朝からトレーニングウエアを着たランナーの姿がちらほら見えた。

今日は三月七日。冬が終わり、そろそろ春の気配が感じられるかという時季だ。気温も上がってきているから、運動にはちょうどいいのだろう。ランナーには若い人が多かったが、中には六十代ぐらいと思える男性もいた。

そんな人たちを横目で見ながら、矢代朋彦《やしろともひこ》は警視庁本部庁舎の入り口に向かった。無意識のうちに右手で自分の腹に触れていた。

――最近、体がなまっているよなあ。

不本意なことだが、この冬で矢代の体重は二キロ増えた。以前はベスト体重を維持できていたのだが、この一年ほどは気をつけないと増えてしまうようになった。

それというのも、すべて今の仕事のせいだろう。

以前は刑事として昼夜関係なく現場を飛び回っていたから、太る余裕などなかった。だが文書解読班という部署に異動してきてから内勤が多くなり、エネルギーの消費が減ったのだ。

少しジョギングでもしたほうがいいだろうか、と思いながら、矢代はエレベーターのほうへ歩いていく。そこではっとした。こうして安易にエレベーターに乗るから、ますます運動不足になるのだ。日ごろから階段を上り下りするようにしたら、少しは痩《や》せることができるのではないか。

そう考えたが、エレベーターの扉が開いたので、そのまま乗り込んでしまった。

――明日《あした》からでいいかな。うん、いいよな。

人間、一度楽な生活に慣れると、なかなか元の状態には戻れなくなるものだ。

六階に上がり、廊下を進んで文書解読班の執務室に入っていく。スチールラックにぎっしり詰まった段ボール箱が見えた。そのほか、未整理の箱は床の上に直接積んである。いつになっても片づかないのは、次々捜査資料が持ち込まれるからだ。

今日もまた新しい山がひとつ出来ていた。段ボール箱の上面に紙が貼ってあり、こんなメモが記されている。

《いつもご苦労さん。この資料も整理しておいてくれ。川奈部《かわなべ》》

やれやれ、と思いながら矢代は先輩の顔を思い浮かべた。川奈部孝史《たかし》は矢代の六つ上の先輩で、今四十二歳。がっちりした体形で、野太い声を出す警部補だ。過去、矢代と同じ事件を担当したことがあり、そのとき捜査テクニックなどをいろいろ教わった。人柄はいいのだが、言うことが辛辣《しんらつ》で、明るい毒舌家という印象がある。矢代に「倉庫番」などというあだ名を付けたのもあの人だ。

スチールラックの間を抜けて、矢代は奥の執務スペースに向かった。壁際にリーダーの席があり、そこに上司が座っていた。

紺色のパンツスーツを着た女性だ。ボブにした髪に緩いウェーブをかけている。整った顔立ちで、タレントといっても通用しそうだった。実際、庁内の男性職員たちに注目されているらしい、という噂を聞いたことがある。

今、彼女はノートを広げて熱心に何かを読んでいた。真剣になると、眉間《みけん》に深い皺《しわ》を寄せる癖がある。そして一度熱中すると、ほかのことがおろそかになるのだ。

これが警視庁捜査一課科学捜査係、文書解読班のリーダー・鳴海理沙《なるみりさ》だった。彼女は四つ年下の三十二歳なのだが、矢代にとっては上司だ。なぜ年下の彼女が上司なのかというと、それは階級の違いによる。矢代は巡査部長だから、警部補である理沙に逆らうことはできなかった。

「鳴海主任、おはようございます」

そう声をかけてみたが、すぐには返事がない。まあいいか、と思って自分の席に腰掛けると、十秒ぐらいして理沙が顔を上げた。

「ああ、矢代さん、おはようございます。外は寒いですか？」

「今日はけっこう暖かいですよ」そう答えてから矢代は首をかしげた。「どうして外の気温を俺に訊《き》くんです？」

「じつは……」

と理沙は言いかけたが、矢代はそれを制した。

「いや、待ってください。当ててみせましょう。外の気温を知らないわけだから、鳴海主任は今朝、通勤していない。でもここにいるということは昨日、家に帰らなかったんですね。理由は、今開いているノートじゃないですか？　その文書を読み解くのに熱中して、泊まり込んだんでしょう」

おや、という顔をして理沙はまばたきをした。

「正解です。最近、矢代さんも鋭くなってきましたね」

「さらに推理するなら、そのノートには重大な事件のことが書かれているんですね？」

「あ、それは外れです」理沙は苦笑いしながら、ノートを指差した。「プロットを読んでいたんですよ。小説のあらすじです」

「もしかして鳴海主任、小説を？」

いつだったか、本人から聞いたことがある。理沙はひそかに小説を書いて、新人賞に応募しているらしいのだ。

「いえ、私じゃないんです。これを書いたのは彼女ですよ」

理沙は部下の机を指差した。事務机を四つ集めた島があり、女性がひとり座っている。髪は短めで、普段からはっきりした物言いをする夏目《なつめ》静香《しずか》巡査だ。年齢は二十八。文書解読班の中では最年少だった。学生時代からずっと剣道をやっていただけあって、上下関係に気をつかう一面もある。

「え？　私の話ですか」

こちらの会話に気がついて、夏目は椅子から立ち上がった。彼女は身長百七十九・八センチだ。本人は背が高いことを気にしているようだが、話すとき、どうしても矢代は彼女を見上げる形になる。これればかりは仕方がなかった。

「夏目のプロットを見て、主任が徹夜したって話だよ」

矢代が答えると、理沙が慌てて首を横に振った。

「プロットを分析するために泊まったわけじゃないんですよ。ほかの事件の資料も読む必要があって……」

「今、『プロットを分析する』って言いましたよね。どういう意味です？　ただ読んだだけじゃないんですか」

「それは、ねえ……」

理沙は夏目の顔に目をやった。

何かふたりの間で約束でもあるのだろうか。矢代が不思議に思っていると、ばつが悪そうな様子で夏目が説明した。

「私、今度、小説の同人誌を作ろうと思いまして……。それで鳴海主任にプロットを見てもらっていたんです。アドバイスをいただけたらいいな、と」

「ふうん。どういう小説なんだ？」

「傑作歴史ファンタジーです」

夏目は胸を張って答えた。自分で「傑作」と言ってしまうところが気になるが、本人はかなり自信を持っているのだろう。

「歴史ファンタジーというと、あれか、中世ヨーロッパふうの世界かな。まさかドラゴンは出てこないよな？」

「中世ヨーロッパふうの世界を舞台に、皇国と帝国、その他の国々が覇権を争うんです。ドラゴンやゴブリンも出ます」

「え？　何でもありなのか」

「おもな視点人物は皇国のアーデルハイン将軍ですが、彼の右腕となるマイバーンズというのが妖魔《ようま》なんです。すごくイケメンの」

「なんだか嫌な予感がするな」

「激しい戦闘の中、マイバーンズはアーデルハイン将軍を守るため負傷してしまうんです。嵐の夜、ふたりきりになったとき、マイバーンズは秘めた想いを告白して……」

「やっぱり不純な話か」

ボーイズラブ的な展開になるらしい。矢代の予感は当たっていたようだ。

「不純な話とはひどいですね」夏目は口を尖《とが》らせた。「矢代先輩は古いんですよ。今は男同士でも女同士でも、差別されることなく自由に恋愛できる時代なんです」

「うーん、理解はできるんだけど、個人的にはちょっと抵抗があるんだよな」

「抵抗があるのは仕方ないですが、作品を排除しようとする姿勢には反対です。今は多様性を大事にする時代でありまして……」

「まあね、俺は別に、ＢＬも百合《ゆり》も否定はしないけど」

ええとですね、と横から理沙が口を挟んだ。

「好みの問題もありますから、できるだけ棲《す》み分けをして、平和にやっていくのが得策だと思いますよ」

「たしかにそうですね。わかりました。矢代先輩、平和的解決を目指しましょう」

理沙の仲裁で夏目も納得したようだった。どうも夏目はサブカルチャー系のことになると、話に熱がこもる傾向がある。

「……で、鳴海主任は夏目のプロットを読んで、どんな感想を持ったんですか？」

そう、そのことです、と言って理沙はノートのページをめくった。

「プロットを作る前に、夏目さんが人間関係をメモしているんですが、じつは文書解読班の現状が下敷きになっているんですよ」

「どういうことです？」

不思議に思いながら、矢代はそのページに目を落とした。

◆小野塚《おのづか》吾郎《ごろう》（理事官）
◆岩下《いわした》敦子《あつこ》（管理官）
◆古賀《こが》清成《きよなり》（四係・係長）
◆川奈部孝史（四係・主任）

↑↓【対立】

←【干渉】

◆財津《ざいつ》喜延《よしのぶ》（科学捜査係・係長）
◆谷崎《たにざき》廉太郎《れんたろう》（科学捜査係・ＩＴ担当）
◆鳴海理沙（文書解読班・主任）
◆矢代朋彦
◆夏目静香

←【優位？】

◆池内《いけうち》静一《せいいち》（理事官）

なるほど、と矢代は思った。これはわかりやすい図だ。

小野塚吾郎理事官は岩下敦子管理官とともに、文書解読班に干渉してくる。小野塚の意思はわからないが、岩下はいつか文書解読班を解体したいと考えているようだ。

一方、警視庁刑事部にふたりいる理事官同士が今、勢力争いをしている。池内静一理事官と小野塚吾郎理事官の間に立って、文書解読班は難しい舵取《かじと》りを迫られていた。

「これをベースに考えると話が作りやすいんですよ」夏目は顔を輝かせて言った。「小野塚皇国と池内帝国の二大勢力が、我々自由連合にちょっかいを出してくるわけです。でも私たちは中立を保ちたい。どちらにもつかないと宣言しています」

「この前、手帳の持ち主を捜す任務があった。あれで俺たちは、池内理事官に対して優位に立つことができたんだよな」

矢代が言うと、理沙はこくりとうなずいた。

「とはいえ、財津係長に美味《おい》しいところを持っていかれたんですけど」

「私たちは今後も中立で行くわけですよね」夏目は図を指差した。「ここで問題になるのが、四係の古賀清成係長と川奈部孝史主任です。立場上、ふたりは岩下管理官の指揮下にいますが、古賀係長には職人っぽいところがあって、捜査技術に自信を持っている。仕事の邪魔をされたくないので、できれば中立でいたいと考えているようです」

たしかに古賀はそう話していた。もともと文書解読班に厳しい態度をとってきた人なのだが、理沙たちの手でいくつかの事件が解決できたため、力を認めてくれたように見える。

「ということはですよ」夏目は声のトーンを落とした。「小野塚皇国も一枚岩ではないわけです。古賀係長に揺さぶりをかければ、味方に引き込めるかもしれません。そうなれば皇国を弱体化させ、我が軍が有利になる可能性もあります」

「『我が軍』って何だよ」

矢代が突っ込むと、夏目は首をすくめてみせた。

「すみません、『我がチーム』ですね。とにかく、この勢力図を見ていると創作意欲が湧いてきます。もちろんそのまま使うわけじゃありませんが、これを下敷きにして物語を作りたいと思いまして……」

「ちょっと気になったんだけど、俺をモデルにしたキャラクターも出てくるのかな」

「ええ、出ますよ」夏目はにやりと笑う。

「それもあれか、ボーイズラブ的なキャラクターなのか」

「はい、その方向で考えています。最初は敵のように見えていた人と、やがて心が通じ合ってですね……」

矢代は思わず身じろぎをした。いったいどんな展開になるのだろう。

「俺の相手は誰なんだ」

「今考えているのは古賀係長ですけど、川奈部さんとの絡みもいいですよね。一歩進んで小野塚理事官という線もありかな、と」

「どういう絡みになるんだ？　その……俺の立ち位置というか、何というか」

「決まってるじゃないですか。総受《そうう》けですよ」

「総受けって？」

「すべての攻めキャラとのカップリングで、受け手になるということです。普段の矢代先輩を見ていたら、もうそれしか考えられなくて」

　矢代は頭を抱えてしまった。たしかに、この文書解読班に来てからというもの、自分は巻き込まれ役だと思うことが増えた。たまに事件現場に出ると、マイペースな理沙に振り回される。夏目は夏目で真面目すぎるから、融通が利かないところがある。一時期、夏目が理沙に反発していたこともあって、仲裁するのに苦労した。矢代はトラブルを放っておけない性格だから、自分でも苦労人だと思うことが多い。そういう意味では夏目の言うとおり、誰からも攻められる役回りなのかもしれない。

「しかしだな」矢代は顔をしかめて言った。「俺と古賀係長の絡みとか、そういうのを想像するのはやめてくれ」

「いえ、矢代先輩のことは書きません。自由連合にヤーシロンという、お人好《よ》しの下士官がいまして……」

「俺じゃないか、おい！」

　これが腐女子の発想というものなのか。とにかく自分を連想させるようなネーミングはやめてもらいたい、と思った。

理沙はノートをしばらく見ていたが、やがて顔を上げた。

「冗談はともかく、この勢力図は頭に入れておきましょう。文書解読班が存続するためには、各陣営のパワーバランスを利用しなくてはいけません。財津係長に頼りつつ、小野塚理事官、池内理事官と交渉する必要もありそうです」

「うまくいきますかね……」

矢代は小さなため息をつく。それを見て理沙は表情を曇らせた。

「努力するしかありません。組織に所属している以上、人間関係、派閥関係のトラブルは必ず生じます。普通こうした勢力図は目に見えないんですよ。だから、自分が誰に睨《にら》まれているのかわからないまま、罠《わな》に嵌《は》められてしまうことがあります。私たちの場合はこうやって可視化されていますから、むしろ行動しやすいと言えます」

なるほど、それはそうだ、と矢代は納得した。不安定な状態ではあるが、誰と誰が敵対関係なのか理解していれば、自分の身を守るのに役立つはずだ。

——とはいえ、俺の目標はここから抜け出すことなんだよな。

矢代は以前所轄の刑事だったが、一年半前の十月に文書解読班へ異動となった。刑事の仕事をしたいのだが、今はときどき捜査を手伝う程度で、満足にはほど遠い。自分の目標は捜査一課殺人班で、大きなヤマに取り組むことだ。だから同じ捜査一課でも、倉庫番のような仕事をさせられている現状には大いに不満がある。

「矢代さん、文書解読班のサブリーダーとして、これからもよろしくお願いします」

理沙は無邪気に笑いながら言った。それを聞いて夏目も口を開く。

「苦しいときこそ三人の結束が必要です。矢代先輩、何かあったらどんどん私に命令してください。この夏目、必ずや、お役に立ってみせます」

「ああ……うん、頼りにしてるよ」

そう答えはしたが、矢代は戸惑いを感じていた。理沙と夏目が張り切れば張り切るほど、自分はうしろめたい気分になってくる。

「ということで、鳴海主任」夏目は理沙のほうを向いた。「あとで感想とアドバイスをお願いします。それをもとにプロットを修正して、本編の執筆に入りますので」

「明日《あした》の朝まででいいですか？　今日の仕事が済んだら、まとめておきますから」

「あ、急がなくても大丈夫です。夏の文芸フリマに出す予定なんですよ」

「それにしても、ひとりで同人誌を作るなんてすごいですね」

「鳴海主任もフリーマーケットに参加したらどうです？　文書解読の知識を活《い》かせるんじゃないですか」

「いや、私はいいですよ。そんな、恥ずかしい……」

不思議だな、と矢代は思った。理沙は小説を書いて新人賞に応募しているはずなのに、なぜ恥ずかしいなどと言うのだろう。

そんなことを考えていると、ドアのほうから声が聞こえた。

「鳴海、いるか？」

みな一斉に振り返った。スチールラックのそばを通って、男性がこちらにやってくる。目尻《めじり》の下がった穏やかそうな顔に銀縁眼鏡。縦縞《たてじま》のワイシャツにグレーのスーツを着た人物だ。

矢代たちの上司、科学捜査係の係長・財津喜延だった。

「あ、おはようございます」

理沙が素早く椅子から立ったので、矢代と夏目もそれにならった。

財津は段ボール箱をよけながら矢代たちに近づいてくる。その表情にわずかな曇りが
見えた。何か問題があったのだろうか。

「始業前に悪いんだが、急ぎの仕事だ」

普段は飄々《ひょうひょう》としている人だが、今、財津は真顔になっていた。

「三人で西日暮里《にしにっぽり》に行ってほしい。不審な遺体が発見されたそうだ。殺人・死体遺棄事
件だと思われる」

矢代たちは表情を引き締めた。文書解読班に出動命令が下ったということは、その事
件に何か普通とは異なる特徴があったのだろう。

「文書絡みの事件ですか？」

理沙が尋ねると、財津は眼鏡のフレームに指先を当てた。

「そうとは言い切れないんだが、おまえたちの力を借りたいそうだ。担当は捜査一課四
係、古賀さんのところだ」

矢代たちは古賀と一緒に仕事をすることが多い。古賀の権限で文書解読班を呼べるわけではないから、たぶんその上司である岩下管理官が指示しているのだろう。

「財津係長、念のためお訊《き》きしたいんですが」理沙は相手の表情をうかがいながら言った。「私たちは中立の立場でよろしいんですよね？」

「中立、というと？」

「これです」

夏目がノートを手に取り、理沙に渡した。理沙は開かれていた勢力図のページを財津のほうに向ける。

「皇国と帝国……じゃなかった、小野塚理事官サイドと池内理事官サイドですね。私たちは現在、この綱引きの間にいます」

財津はその図を熱心に見ていたが、じきに「なるほど」とつぶやいた。

「文書解読班はどちらにもつかない中立の立場だ、ということだな。俺自身が前に言ったことでもあるし、それはたしかだ」

ですよね、と理沙は応じる。矢代や夏目の顔を見たあと、彼女は財津に視線を戻した。

「私たちはどの勢力にも取り込まれず、争いを避けて、平和に過ごしていきたいと思っています。たとえばスイスのように。あそこは永世中立国ですよね」

「うん、おまえたちの気持ちはよくわかった」財津は深くうなずく。「だけど鳴海、ひとつ大事なことを忘れているぞ」

「スイスは武装中立国だ。徴兵制があって軍隊を持っている」

「何です？」

「あ……」

理沙ははっとした表情になった。矢代と夏目は互いに顔を見合わせる。

そんな部下たちの様子を見ながら、財津は続けた。

「中立を保つためには力を持つ必要がある。……スイス流に考えるなら、そういうことだ」

理沙はじっと考え込んでいたが、やがて意を決したという表情になった。

「私たちは成果を挙げ続けなくてはならない。利用価値のある部署だと思わせなければ、いつ解体されるかわからない。そういうことですよね」

「ああ。攻めの姿勢が必要だろうな。……わかったら早速、金星《きんぼし》を目指して頑張ってくれ」

「了解しました」

理沙は手早く机の上を片づけ始めた。矢代と夏目も自分の机に戻って、外出の準備に取りかかる。

――今、文書解読班が解体されるのはまずい。

矢代は思った。もしそんなことになれば、「あの文書解読班にいた奴だ」と噂され、矢代自身の評価が下がるおそれがある。そうすると殺人班への異動はまた遠くなってしまうだろう。希望の部署に呼んでもらうためにも、トラブルは避けなくてはならない。

「行きましょう。私たちにしかできないことがあるはずです」

そう呼びかけて、理沙は足早に廊下へ向かった。矢代と夏目は財津係長に目礼したあと、理沙のあとに従った。

3

JR西日暮里駅から徒歩七分。住宅街の中に警察車両が停まっているのが見えた。

活動服姿の鑑識課員やスーツ姿の刑事たちが、慌ただしく古い倉庫に出入りしている。

看板を見ると雑貨の倉庫らしいが、今は使われていないようだ。前庭にはブラウン管式テレビや壊れたカラーボックス、ビール瓶などが遺棄されている。

「お、来たな。倉庫番」

塀のそばにいた男性が右手を挙げて、矢代を手招きした。捜査一課四係の川奈部孝史警部補だ。おおらかな性格で後輩の面倒見もいいのだが、ときどき無神経なことを言うのが玉に瑕《きず》だった。

「お疲れさまです」

捜査用の白手袋を嵌《は》めながら、矢代は川奈部に近づいていった。理沙と夏目もそれぞれ手袋をつけ、矢代についてくる。

「今回も、何か文書に関係があるんですか？」と矢代。

「まあ、見てもらえばわかる」川奈部は理沙のほうに顔を向けた。「鳴海さん、ご無沙《ぶさ》汰《た》してます。よろしく頼むよ」

理沙は周囲の捜査員たちに目をやったあと、川奈部に小声で尋ねた。

「私たちに出動を要請したのは岩下管理官でしょうか」

「そうだよ。呼んでこようか？」

「あ、それはけっこうです」理沙は慌てて首を振った。「ここでは古賀係長の指示に従えばいいんですよね？」

「うん。具体的な捜査指揮は古賀さんの役目だ。いつもどおりだが、何か気になることがあるのかい？」

「いえ、大丈夫です」

愛想笑いをして理沙は話を切り上げた。

川奈部の案内で、矢代たちは立入禁止テープをくぐった。ごみの散らばる前庭を通り、建物の出入り口に向かう。

開け放たれているドアを抜けて、矢代たちは廃倉庫に入った。窓が多いせいで、内部はそれほど暗くない。川奈部が先に立って、埃《ほこり》の溜《た》まったフロアを歩いていく。

倉庫には木製の棚が多数並び、段ボール箱がいくつか置かれていた。汚れの目立つ床の上に、誰かが横たわっているのが見えた。

チェック柄のシャツに青いセーターを着ている。下はジーンズと黒いスニーカーだ。顔と胴の部分に布が掛けられているが、あれは鑑識が普段使っているものだろう。

鑑識課員が矢代たちに目礼して、その男性から離れた。

川奈部はしゃがみ込んで、顔の布を取りのける。

現れたのは男性の顔だった。歳は五十前後というところか。短めの髪にパーマをかけていて、やや面長、右耳のそばにほくろがある。彼は両目を大きく見開いており、天井の汚れを睨《にら》んでいるように思われた。

「昨夜この倉庫で物音がしたのを、隣の住人が聞いていた」川奈部が説明してくれた。「朝になって来てみると、出入り口のドアが開いていた。気になって庭の窓から倉庫を覗《のぞ》いたそうだ。すると、人が倒れているのが見えた。最初は誰かのいたずらかと思ったらしい」

矢代たち三人も川奈部のそばにしゃがんだ。遺体に手を合わせて成仏を祈る。

川奈部は近くにいた鑑識課員から、証拠品保管袋を受け取った。かなり大きな袋で、中には新聞紙が入っている。一度くしゃくしゃになったものを畳み直したようだ。

「この新聞紙で頭部が包まれていたそうだ。けったいな話だろう」

「新聞で？」

理沙はまばたきをした。そばで聞いていた夏目が眉《まゆ》をひそめる。

矢代は発見時の様子を想像してみた。廃倉庫の床に人らしきものが横たわっている。

衣服はごく普通のものだ。だがその人物の頭は、新聞紙でくるまれていた。表情がわからないだけに、かなり気味悪く感じられたのではないだろうか。

「制服警官が駆けつけて調べたところ、この大都《だいと》新聞で頭が包まれていたってわけだ」

「大都新聞、首都圏版ですね」保管袋に目を近づけて理沙が言った。「日付は……あれ？　今から四年前の五月十一日。ずいぶん古いですね」

矢代は夏目に命じて、その情報をメモ帳に書き込ませた。理沙は保管袋を借りて、中に入っている新聞の記事を読んでいるようだ。だが畳んであるため、一部しか見えていない。

一方、矢代は床に横たわった男性をさらに観察した。

彼の顔を見ているうち、どこか不自然だという思いにとらわれた。しばらくして、その理由がわかった。男性はわずかに口を開けているのだが、その形がどうにも不自然なのだ。

「その口……何か入っていたんですか？」

矢代は尋ねた。理沙や夏目も遺体の顔に注目する。

「無理やり押し込まれていた、というのが正解だ」川奈部は鑑識課員から、別の証拠品保管袋を受け取った。「これが口の中から出てきたんだよ」

それは透明な袋の中に、金属製らしい物体が多数収められている。袋を受け取って、矢代はそれらの物体に注目した。一見、四角い判子のように思われたが、長さは二センチ五ミりほどしかない。あちこちに黒い汚れが付着している。先端の面を見ると、そこには漢字が刻まれていた。

「何ですかね？」

矢代は袋を理沙に見せた。彼女はそれらを熱心に観察していたが、じきに顔を上げた。

「活版印刷用の金属活字ですね。刻まれているのは『仁《じん》』という字です」

「あ、活字だから左右が逆になっているのか……」

「全部で十三本、どれも同じ『仁』です。なんでこんなにあるんでしょうね」

つぶやきながら理沙はひとり考え込む。矢代は振り返って川奈部のほうを向いた。

「死因はわかっているんですか？」

うなずいて、川奈部は遺体の胴にかかっていた布を取り払った。矢代はぎくりとして息を呑《の》む。理沙も夏目も険しい表情になっていた。

胸部、腹部は血まみれだった。複数の傷痕《きずあと》があり、かなり出血したようだ。

「ナイフなどの刃物で刺されている。出血性ショック死だと思う」川奈部は言った。

「おそらく今日未明に死亡したんだろう」

「凶器は残っていないんですよね？」と理沙。

「ああ。犯人は抜かりない奴だ。現場に残されていたのは被害者の免許証だけだな。財布や携帯電話は見つからなかった」

「免許証があったということは、この人の身元はわかっているんですね？」

矢代が訊《き》くと、川奈部は鑑識課員から三つ目の保管袋を受け取った。そこには免許証が入っている。

「石橋満夫《いしばしみつお》、五十三歳、十年前に離婚して現在はひとり暮らし。調べさせたところ、判子を扱う印章専門店・タカダ印房の社員だとわかった」

「判子のお店！」

急に理沙は声を上げた。鑑識課員が驚いて彼女を見つめる。

「金属活字に判子……。インクや朱肉を付けて押すという利用方法が似ています。そして頭部を包んでいたのは、印刷物である新聞だった。イメージが近いですよね。これはまさに、私たち文書捜査官向けの仕事だと言えそうです」

「そのとおりよ」

うしろから声が聞こえた。現場に入ってきたのは、すらりとした体形の女性だ。理沙と同様パンツスーツに身を包んでいる。整った容貌《ようぼう》だったが、目つきが鋭く、どこか冷たい印象があった。

警視庁捜査一課の管理官、岩下敦子だ。

「お……お疲れさまです、岩下管理官」

理沙は緊張した表情で姿勢を正した。矢代と夏目、川奈部もそれにならう。管理官は係長の上に位置する役職者だ。いくつかの係を受け持ち、捜査の際には陣頭指揮を執ることも多い。

「この現場に、明らかにそれとわかるメモなどはありませんでした」岩下は言った。「ですが、今あなたも見たとおり、ここには金属活字と古い新聞紙があった。そして被害者の勤務先は印章店です。これは鳴海さんたちの案件だと思って、私が協力を要請しました」

やはりそうか、と矢代は思った。

たしかに、活字や新聞は文書解読と関係ありそうだ。判子もそうかもしれない。だが岩下が、捜査効率のためだけに矢代たちを呼んだとは思えなかった。彼女の狙いは、また無理難題を押しつけることではないだろうか。前回、手帳の持ち主を捜した事件では、たいした情報も与えられないまま、矢代たちは捜査しなければならなかったのだ。今考えてみれば、あれは岩下の作為に満ちた事案だった。

「あ……あの、岩下管理官」理沙はおずおずと口を開いた。「私たちはその……今回、どんな形で……捜査に関わればいいんでしょうか」

理沙の態度を見て、また始まったな、と矢代は思った。理沙はのんびりした性格だったため、学生時代、同じクラスの女子たちからいじめられていたという。それがトラウマとなって、今でも女性恐怖症のようなものに悩まされているのだ。中でもお喋《しゃべ》りな中年女性や厳しい態度をとる女性の前で、極端に緊張してしまうらしい。

そうとは知らない岩下は、澄ました顔で話を続けた。

「活字と新聞の調査をしてください。特に、その新聞に意味があるのかどうか早急に割り出してもらえるかしら。わかったことは捜査会議で報告するように」

「あ……はい、証拠品の捜査……ということですよね？」

「そうです。あなたたちはそういうのが得意でしょう。字を読むのが大好きだというから、鳴海さんにぴったりの仕事を用意してあげたの。その新聞から一刻も早く、事件の手がかりを見つけなさい」

理沙は戸惑うような表情になった。岩下に対して遠慮がちに尋ねる。

「あの……管理官、この新聞に手がかりが隠されている、と決まったわけではありませんよね？　調べた結果、何も出てこない可能性も……」

「あなた、始める前から諦《あきら》めているの？」

「い……いえ、そういうわけではありませんが……」

「だったら全力で調べなさい。あなたたちは今、捜査を命じられている。それができないのなら埃《ほこり》っぽい部屋に戻って、文書の整理をするべきだと思うけれど」

岩下の言うとおり、文書整理も矢代たちに与えられた仕事だ。もし捜査で役に立たないのなら、桜田門《さくらだもん》で書類を片付けていろ、と命じられても仕方がない。

だが、それにしても岩下の命令には少し無理がある。

「ちょっとよろしいでしょうか、管理官」

矢代は横から口を挟んだ。岩下は怪訝《けげん》そうな顔をこちらに向ける。

「何か？」

「その条件では我々文書解読班が不利だと思うんです。この新聞に何か隠されているという確証があるのなら、もちろん隅々までしっかり調べますが……」

「矢代くん」岩下は硬い表情のまま言った。「下が納得するかどうかなんて、上の人間には関係ないのよ。あなたたちはただ、私の命令に従えばいい。わかるわよね？」

「あ……はい。失礼しました」矢代は背筋を伸ばした。

「期待しているわよ、文書解読班」

岩下の唇にかすかな笑みが浮かんだ。面白い気分ではなかったが、こんなことで揉《も》めても仕方がないと思い、矢代は黙っていた。

ところが予想外のことが起こった。すぐ隣で夏目が口を開いたのだ。

「管理官、お気持ちはわかりますが、はたしてこれでいいんでしょうか」

「どういうこと？」岩下は眉《まゆ》をひそめる。

「失礼ながら、岩下管理官はご自分の本当の気持ちに気づいていないんだと思います」

「あなた、いったい何の話をしているの？」

「岩下管理官は財津係長のことを強く意識していらっしゃいますよね。恨みがあるということでしたが、そうでしょうか。じつは、管理官は財津係長を高く評価し、その才能に憧《あこが》れているんじゃありませんか？　そしてその憧れが、いつしか恋に変わってしまった。それを認めたくないという気持ちから、岩下管理官は私たち文書解読班に無理難題を押しつけて……」

岩下は大きく目を見開いた。それから強い口調で夏目を制した。

「馬鹿なことを言わないで！　いち捜査員の分際で、どういうつもり？」

「管理官、ご自分の気持ちに正直になってください。事と次第によっては、この夏目、お力になれるのではないかと……」

「夏目、もうやめろ」矢代は慌てて後輩を止めた。「頼むからこれ以上、話をややこしくしないでくれ」

不満げな顔をしていたが、夏目はそのまま口を閉ざした。

岩下は何度か深呼吸をする。そうやって気持ちを落ち着けてから、彼女は言った。

「鳴海さん、あなたは部下にどういう教育をしているの？」

「申し訳ありません。あとでよく言っておきますので、ここは穏便に……」

ふん、と鼻を鳴らしたあと、岩下は腕時計に目をやった。

「荒川《あらかわ》警察署に特別捜査本部が設置されます。捜査会議は午前十一時スタートだから、遅れないように」

「了解しました」

もう一度背筋をしっかり伸ばして、矢代は答えた。

岩下が外へ出ていくと、事件現場に静寂が戻ってきた。呆気《あっけ》にとられていた鑑識課員が、思い出したように自分の作業を再開するのが見えた。

川奈部が近づいてきて、矢代にささやいた。

「今のはまずかったなあ。難儀なことになりそうだ」

「……どうもすみません」

「でも、すっとしたよ」彼は口元を緩めたあと、夏目に話しかけた。「前からあの人には言いたいことがいろいろあったんだ。……夏目、おまえ、すごいな」

川奈部は彼女の肩を、ぽんと叩《たた》いた。少し反省したと見えて、夏目は首をすくめている。

矢代は理沙の表情をうかがった。彼女は真剣な顔で何か思案している。岩下管理官のこと、小野塚理事官のこと、池内理事官のことなどを思い浮かべているのかもしれない。文書解読班が今後どう立ち回るべきか、真剣に考えるべきときが来たのだ、と矢代は思った。

4

警視庁荒川警察署は明治《めいじ》通り沿いにある茶色いビルだった。

矢代と理沙、夏目の三人はその建物に入っていく。エレベーターで目的のフロアに上がると、すぐに特捜本部が見つかった。顔見知りの捜査員たちに挨拶《あいさつ》してから、矢代たちは部屋の中を見回した。たいていの特捜本部と同様、室内はセミナールームのようになっている。長机が四、五十人分用意され、前方には幹部用の席が設けられていた。

特捜本部の主要メンバーは捜査一課四係と荒川署の刑事たちだ。矢代たち文書解読班も捜査一課の所属ではあるが、いつもサポート役を命じられている。この事件でもおそらくそうなるだろうから、後方の席に座ることにした。

慌ただしく出入りする鑑識課員、捜査員たちを見ながら夏目が小声で言った。

「今回も私たちは文書だけ調べろと命令されるんでしょうか。これまでの捜査で、けっこう実績を挙げていると思うんですけど……」

夏目の言うとおり、文書解読班は過去何回かの捜査で成果を出している。もっと自由に活動させてほしい、というのが夏目の言い分だろう。

「俺もそう思うよ」矢代も声をひそめて言った。「普通の捜査員のように動けたら、今まで以上に貢献できるんじゃないかと思う。でも、それをやると岩下管理官が不機嫌になる」

「なぜですか？」

「岩下管理官は殺人班を指揮しているから、自分の部下に手柄を立てさせたいんだ。ところが最近、俺たち文書解読班が目立ってきている。倉庫番だと思っていた文字フェチ、文書マニアが事件を解決したんじゃ、管理官としては面白くないだろう」

「文字フェチって私のことですか？」

横で聞いていた理沙が顔をしかめた。矢代は当然だという表情で、

「主任、前に自分でそう言ってたじゃないですか」

「そうか、言いましたね」理沙は苦笑いを浮かべたあと、すぐ真顔になった。「適材適所ってことだと思うんですよ。事件を捜査するとき、文書解読という手法は絶対に有効です。その証拠に、私たちは実績を挙げています。……でも文書解読班は捜査の主流ではない。私たちが事件を解決するのは目障りだ、ということでしょう」

夏目は低い声で唸《うな》ったあと、首をかしげた。

「でもおかしくないですか。警察としては事件の早期解決こそが目標なのでは？」

「まあ、殺人班のメンツもあるんだろう」と矢代。

「世の中、出る杭《くい》は打たれるんですよ」と理沙。

そうですかねえ、とつぶやいて夏目は不満げな顔をした。

午前十一時になると、役職者たちがやってきて幹部席に座った。号令がかかって、みな礼をする。そのあと、ホワイトボードのそばに四十代半ばの男性が立った。白髪交じりの頭、表情を感じさせない顔。他人を見る目はいつも鋭い。捜査一課四係の係長、古賀清成だ。

「時間になりましたので捜査会議を始めます」古賀は刑事たちを見回して言った。「本件の捜査指揮を担当する古賀です。以後よろしく」

古賀は幹部たちを紹介してから、事件の概要を説明した。

「本日、三月七日、午前七時三十五分ごろ、荒川区西日暮里の廃倉庫で誰かが倒れているとの通報がありました。警察官が駆けつけたところ、男性の遺体を発見。免許証からこの人物は石橋満夫、五十三歳と判明。身元の詳細は配付資料を参照してください」

古賀はポケットから指示棒を取り出した。それを伸ばして、ホワイトボードに貼った資料を指していく。その姿は大学教授か何かのようだ。

「次に、遺体の状況について。胸部、腹部に複数の刺創があり、出血性ショックで死亡したものと思われます。死亡推定時刻は本日午前零時から二時の間。……発見されたとき、被害者の頭部は新聞紙で包まれ、口腔《こうこう》には十三本の金属活字が押し込まれていました。犯人が何らかの意図で行ったものと考えられます」

古賀は写真を見るよう、みなに言った。矢代たちは手元の資料に目を落とす。そこには、現場で撮影された活字の写真があった。

「漢字の『仁』という字ですか？」

質問したのは捜査員席にいる中年の刑事だ。彼に向かって古賀はうなずいた。

「イエス。すべて『仁』という活字です。これが何を意味するのか、今後調査する必要がありますが……」

「古賀係長、その件ですけれど」

幹部席から声が聞こえた。捜査員たちが一斉にそちらへ目を向ける。口を挟んだのは岩下管理官だった。

「この特捜には文書解読班を呼んでいます。彼らの見解を聞いてみましょう」岩下は理沙に視線を向けた。「鳴海主任、どうです？　この活字について何か考えられることはあるかしら」

「え?」

理沙は驚いた様子で資料から顔を上げた。岩下が黙ったままでいるのを見て、彼女は素早く立ち上がる。

「ええと、今の段階では、はっきりしたことは何も……」

「別に、はっきりしたことでなくてもけっこうよ」岩下は冷たい目で理沙を見つめた。

「現時点で想像できることを話してみなさい。……それとも、特捜本部の用意ができるまで、あなたはただ時間をつぶしていたの?」

またか、と矢代はため息をついた。岩下が文書解読班を嫌っているのはわかるが、会議の場に来てまで恥をかかせたいのだろうか。

――いや、こんな場だからこそ、なのか?

理沙をやり込め、文書解読班の悪い印象をみなに記憶させたいのかもしれない。そんなことをしている場合ではないだろうに、と矢代は苦々しく思う。

理沙は黙ったまま考えを整理する様子だったが、やがて深呼吸をした。それから彼女は、驚くほど滑らかな口調で話しだした。

「儒教の五常は仁・義・礼・智・信で、ここに『仁』が含まれています。また『南総里見八犬伝《なんそうさとみはっけんでん》』には仁・義・礼・智・忠・信・孝・悌という八つの玉が登場します。いずれも『仁』といえば他人を思いやること、慈しむこと、という意味です」

文字や文書の話になると理沙はスイッチが入るのだ。こうなれば女性恐怖症など関係なく、いくらでも喋《しゃべ》ることができる。彼女は続けた。

「今回、遺体の口からその『仁』の金属活字が見つかりました。犯人の意図を想像するなら、これはアイロニー――皮肉というか、一種の逆説的な表現ではないかと思われます。『人は仁を大事にすべきである。しかし自分はそんなことには関わりなくこの男性を殺害した』という意思表示かもしれません。あるいは『この男は仁の心を持たない、憎むべき人間だった。だから殺害したのだ』と主張したかったのかもしれません」

たしかに、と矢代は思った。もっと猟奇的な犯人なら、何か不気味な文字を残すのではないだろうか。しかし今回使われたのは「仁」の字で、悪い意味を持つものではない。単に捜査を混乱させたいわけではなく、その字に自分の気持ちを込めたのではないか。

「活字が口に押し込まれていたのはなぜです？」岩下が尋ねた。「それは猟奇的な表現ではないのかしら」

「十三本という数についてはまだ何とも言えませんが、西洋では不吉とされているので、そこに意味を持たせた可能性があります。ただ、『仁』という直接的な表現よりはわかりにくいような気もしますね。……それから、遺体の頭は新聞で包まれていました。気になるのは、それが四年前の五月十一日の新聞だったことです。普通に考えて、四年前の新聞をとっておく人はあまりいないでしょう。たまたま古い新聞が出てきたので使った、ということも考えられますが、今回は特別な意味があるような気がします」

「根拠は？」

「活字とセットになっていたからです。かつて印刷物には活字が使われていました。犯人は活字や印刷にこだわりがあって、その思いを表現するために、こんな品を置いていったのではないかと思います」

「犯人の思いとは何なんです？」

岩下に問われて、理沙は口ごもった。急なことだったから、そこまでは考えが及んでいないのだろう。

「それについては、まだ想像がつきません」理沙は答えた。「ですので、これから文書解読班で捜査していきたいと思います」

「なるほど」岩下はうなずいた。「では文書解読班は、この金属活字と新聞について調べてください。新聞のほうは、記事の内容も念入りにチェックすること」

「わかりました」

「そうなると、あなたたちはその仕事で手一杯でしょう。ほかのことは考えなくてけっこうですから」

「ええと、それはどういう……」

理沙は怪訝《けげん》そうに尋ねる。岩下は表情を変えずにこう続けた。

「文書解読班は自分の仕事に集中せよ、ということです。あなたたちは過去にたびたび、ほかの捜査員の邪魔をしていますね。それをやめろと言っているのです」

「邪魔だなんてそんな」理沙は首を左右に振った。「文書解読をしていると、関連して調査すべき事柄が見つかります。それらを追っていくうち事件の真相に近づいた、というだけであって……」

「組織には役割分担というものがあります」強い調子で岩下は言った。「好き勝手に動かれては統率がとれなくなる。そこを充分考慮して行動しなさい。わかったわね？」

「……了解しました」

ひとつ礼をして理沙は椅子に腰掛けた。小さくため息をついたあと、難しい顔をして資料に目を落とす。彼女はあまり気分を表に出さない人だが、さすがに今のやりとりには不満を感じたようだ。

「では各捜査員の組分けを行います」指示棒を縮めたあと古賀係長が言った。「まず地取り一組……」

彼はリストを見ながらふたり一組のコンビを発表していった。事件現場付近で情報を集めるのは地取り班、人間関係を調べるのは鑑取り班、ブツ関係を調べるのは証拠品捜査班だ。文書解読班はもともと文書捜査に特化したチームだから、ここで特別な命令を受けることはなかった。

組分けが終わると古賀は捜査員たちを見回した。咳払《せきばら》いをしてから、彼は重々しい口調でみなに告げた。

「犯人には何か主張したいことがあるのかもしれません。その意思を伝えるため、綿密な計画を立ててきたのではないか……。そういう人間は非常に厄介です。今回の『西日暮里事件』がうまくいったことで、奴は自信を持ってしまった可能性がある。犯人は次の犯行計画を練っているかもしれません。各員、抜かりのないよう捜査を進めてください」

号令とともに、捜査員たちは素早く立ち上がる。礼を済ませると、彼らはすぐに活動を開始した。

矢代と理沙、夏目の三人は特捜本部の隅で打ち合わせを始めた。

すでに夏目が、鑑識課員から証拠品のサンプルを二種類、受け取ってきている。十三本残されていた「仁」の活字の鮮明な写真。そして遺体の頭を包んでいた新聞のコピーだ。原寸大では無理だったのだろう、A3判の紙を使い、紙面を分割した上でコピーしてあった。

「みなさんご存じのとおり、これは大都新聞、四年前の五月十一日の朝刊です」夏目はコピーを机に並べていった。「首都圏の第十二版ですね。一面と二面、三十一面と三十二面が印刷されている一枚の紙です。それを使って犯人は被害者の頭部を包んでいました」

「鑑識の写真によると、表に出ていたのは三十一面ですね」

理沙がコピーを指差した。三十一面は事件の記事などの載っている社会面、三十二面はラジオ・テレビの番組表が載っている、いわゆる「ラテ欄」だ。

「まず考えられるのは一面、二面、社会面の記事に何かが隠されているという可能性。もうひとつは、ラテ欄の番組に手がかりがあるという可能性……」

「どちらも考えられますね」矢代はうなずいた。「まあ、犯人がこの日の新聞にこだわっていたら、という仮定の話ですけど」

「じゃあ、その方向で早速……」

理沙がそう言ったとき、夏目が右手を挙げた。

「意見具申！」

「はい、何ですか、夏目さん」

どうぞ、と理沙は手振りで示す。夏目は自分の考えを説明した。

「金属活字と同じ『仁』の字を探せ、ということじゃないでしょうか」

「探してどうするんです？」

「たとえばですね、紙面にその字がいくつかあって、線で結んでいくと何かの記号になっているとか……」

そのアイデアには驚かされた。「おお」と声を上げて、矢代は夏目を見つめる。

「それは思いつかなかったな。記号以外に、何かの文字が浮かび上がるとか、地図が示されている、なんていうのもありそうだ」

「あとはですね、金属活字の数です」夏目は続けた。「十三という数字に意味があるとしたら、たとえば十三行目とか十三文字目とか、そのへんをチェックすべきではないかと」

「十三にまつわるルールに従って、飛ばし読みしていく感じですね」理沙がこくりとうなずいた。「面白いと思います。夏目さん、今日は冴《さ》えているじゃないですか」

「私も役に立ちたいと思いまして……。だって、チームの危機ですから」

「なんて心強い！」顔を輝かせて、理沙は矢代のほうを向いた。「聞きましたか。夏目さんがこんなに頑張ってくれています」

「ええ、もちろん俺も頑張りますよ」

存在価値を示さなければ、自分たちの立場が危うくなるかもしれないのだ。全力を尽くす必要がある。

ただ、矢代たちにとって状況はかなり不利だと言えた。

「岩下管理官もひどいですよね。これまでの話だと、成果を挙げなければうちの班は存続できないというんでしょう？　それなのに今回は、活字と新聞しか調べられないなんて」

「矢代先輩の言うとおりです」夏目も不満げな声を出した。「情報収集もできないんじゃ、事件の捜査はなかなか進みませんよ。……鳴海主任、ここはひとつ、隠密《おんみつ》行動でいきますか？」

「隠密って、まさか管理官に報告せずに聞き込みをするんですか？　それはさすがにまずいんじゃ……」

「でも、行動しなければ手柄は立てられません。何もできませんでした、というんじゃ岩下管理官の思うつぼですよ」

「まあ、それはそうなんですけど」

理沙は戸惑うような表情を浮かべている。窮地に立たされた今、思い切った決断が必要なのは、彼女もわかっているだろう。しかし組織の一員として、上司の命令に従わなければならないことも事実だ。

「ええと、まずは財津係長に相談してから……」

理沙がそう言いかけたとき、背後から男性の声が聞こえた。

「鳴海さん、ちょっといいかな」

振り返ると、そこにいたのは川奈部だった。彼はいつもの癖で自分の喉仏《のどぼとけ》を撫《な》でていたが、周囲を見回してから低い声で言った。

「俺は鑑取り班だが、よかったら一緒に聞き込みに行かないか。鳴海さんたちもいろんな情報が必要だろう」

「どういうことです？」理沙はまばたきをした。「川奈部さんは岩下管理官の部下ですよね。私たちを聞き込みに連れていったりしたら、まずいんじゃないですか？」

「だから、こっそり連れていくって話さ。そうするよう古賀さんに言われたんだ」

「古賀係長が、どうして……」

「そこは察してくれよ。わかるだろう。古賀さんはそういう人なんだよ」

なるほど、と矢代は思った。古賀は岩下の配下にあるが、仕事を優先するため中立を保ちたい、と以前話していた。本来なら、文書解読班の味方をするようなことは避けたいだろう。しかし先ほどの岩下の対応を見て、第三者的な立場から義憤を感じたのではないか。それで古賀は今、文書解読班に手を貸そうとしているのだ。

「私たちを助けてくれるんですね？」

理沙が小声で訊《き》くと、川奈部は即座に首を横に振った。

「もし訊かれたら、たまたま聞き込み先で一緒になった、ということにしてほしい。俺たちにも立場ってものがあるんでね。けったいな話で申し訳ないが……」

「了解です。川奈部さんたちのことは喋《しゃべ》りません」

理沙はそう答えた。よし、と川奈部はひとりうなずいている。

相談の結果、矢代と夏目が聞き込みに行くことになった。理沙はこのまま特捜本部で新聞の調査を行うという。文書解読が得意な彼女にはふさわしい仕事だ。

約五分後、矢代と夏目は署の玄関脇で川奈部と落ち合った。彼の相棒はスポーツ刈りの若い所轄刑事だ。

「面パトを用意してもらった。最初は上野《うえの》に行くぞ」

シートベルトの着用を確認したあと、川奈部は覆面パトカーをスタートさせた。

5

目指す会社は上野駅から五百メートルほどのビルにあるという。

面パトから降りて看板を見上げると、そこは人材派遣会社の支店だった。

「ここに被害者・石橋満夫の友人が勤めている。話を聞いてみよう」

「最初に聞き込みに行くってことは、ただの友人じゃなさそうですね」

矢代が尋ねると、川奈部は意味ありげに眉《まゆ》を上下させた。

「石橋とはギャンブル仲間だったらしい」

なるほど、と矢代は思った。一緒に賭《か》け事《ごと》をしていた友人なら、石橋の私生活などを知っている可能性がある。

訪問相手は植村達紀《うえむらたつのり》という派遣社員だそうだ。川奈部が事前に確認したところ、今日、植村は事務手続きなどのため派遣会社に来ているということだった。

エレベーターで三階に上がってドアを開ける。事務所は思ったより狭かった。受付担当者はいないようなので、パソコンを使っていた女性に用件を伝えた。

やややあって、スーツ姿の男性がやってきた。歳は四十代後半。少し太めの体形で、口元に自然な笑みを浮かべている。接客関係の仕事をしているのかもしれない。自分たちとはまったく対照的だな、と矢代は思った。矢代たち警察官は、初対面の相手に愛想笑いをすることなど、あまりない。

「お待たせしました。植村と申します」

「警視庁の川奈部です」彼は警察手帳を呈示した。「お忙しいところ恐縮です」

「どうぞこちらへ」

植村は打ち合わせ用のスペースに案内してくれた。四人掛けのテーブルに矢代と夏目、川奈部と相棒が腰掛ける。植村は隣のテーブルから椅子を持ってきて座った。

「植村さんはこの派遣会社に登録しているんですよね。おもにどんな仕事をなさっているんですか」

川奈部が尋ねると、植村は明るい口調で答えた。

「文具のメーカーで営業を担当しています」

「ほう、最近はメーカーの営業さんも派遣社員なんですか」

「どこの会社も経費節減に一生懸命ですからね。正社員を育てるより、派遣を使ったほうが便利なんでしょう。元は私、ほかの会社の社員だったんですが、倒産してしまいましてね。その後、派遣会社に登録して営業職をやっています。先の心配はありますが、まあ、なんとかなるでしょう」

彼は屈託のない笑顔を見せた。この人好きのする感じは、まさに営業向きだと言えそうだ。

ひとつ咳払《せきばら》いをしてから川奈部は本題に入った。

「今日お邪魔したのは、石橋満夫さんについてお訊きしたかったからです。石橋さんのことはご存じですよね」

「ええ。私は営業職として、石橋さんの会社に出入りしていたんです。趣味が合ったものですから、休みの日、ふたりで出かけるようになりまして……」

それを聞くと、川奈部は口元を緩めた。

「おふたりとも競馬がかなりお好きだったそうで」

「……よくご存じですね」

「何人かの知り合いに電話をかけたら、その話が出てきました。石橋さんはギャンブル全般が好きだった、とね。それで我々は、ギャンブル仲間である植村さんを訪ねてきたわけです」

「ああ、そうなんですか」

植村は身じろぎをしたあと、何度かうなずいた。川奈部は質問を続ける。

「もしかして、石橋さんは消費者金融なんかを使っていたんじゃないですか？」

「さあ、私は知りません。そこまでの仲じゃありませんから」

「最近お会いになりましたか」

「たしか、半月前に水道橋《すいどうばし》駅の近くで飲みました」

「そのとき何か変わった様子は？」

細かく尋ねてくる川奈部を、植村はじっと見つめる。彼の顔から微笑が消えた。

「あの……石橋さんに何かあったんでしょうか」不安げな声だ。

川奈部は少し考えたあと、声のトーンを落として答えた。

「じつは今朝、石橋さんの遺体が発見されました。何者かに殺害されたものと思われます」

植村は両目を見開いた。表情から大きな動揺が感じられる。

「石橋さんがですが？　いや、ちょっと信じられません。殺害って本当なんですか」

「刃物で刺されていました。間違いありません」

すう、と息を吸い込む音がした。植村は唇を半開きにして川奈部を凝視している。数秒後、彼は低い声で唸《うな》った。

「殺されるような人じゃないと思うんですが……」

「どんな方だったか、教えていただけますか」と川奈部。

「ギャンブル好きな人でしたけど、普段は仕事熱心でしたよ。数字に厳しくてね。職人気質《かたぎ》というのかな」

石橋は印章店に勤務していた。判子の店と聞くと、たしかに職人が働いているというイメージがある。

「何かに悩んでいる様子はありませんでしたか」

「ああ、悩みといえば……」植村は記憶をたどる表情になった。「聞き違いかもしれないんですが、誰かに脅されているとか、どうとか」

「脅されている？」

川奈部は眉をひそめた。矢代もメモ帳を手にして、話に耳を傾ける。

「詳しいことはわからないんですが、手紙が届いているようなことを話していました」

「脅迫状、ということですかね」

「そうかもしれません」

殺害した犯人から、事前に送られてきたのかもしれない。もしその手紙が見つかれば、重要な手がかりとなるはずだ。

ほかにも石橋のことをあれこれ尋ねてみた。しかしこれ以上、有益な情報は出てきそうにない。川奈部は自分の喉仏《のどぼとけ》に触れて、何か考え込んでいる。

そろそろ聞き込みも終わりかという雰囲気になってきた。だがそのとき、植村は川奈部の喉を見て、何か思い出したようだ。

「そういえば、石橋さんはときどき顎《あご》が痛いと言っていました」

「顎が？」

「何かの病気なのか、怪我でもしたのか、ちょっとわからなかったんですけど。……あと、右の頬も気にしていましたね」

自分の顎をさすりながら、植村はそう言った。はたしてこれは、何かの手がかりになるのだろうか。夏目がそれをメモしている。

礼を述べて、矢代たちは人材派遣会社を辞した。

四人で上野駅のほうへ歩きだす。空を見ると、少し雲が出てきたようだった。

狭い歩道を進みながら、夏目が話しかけてきた。

「顎と右頬の痛み……。何なんでしょうね」

「虫歯とか口の中の炎症とか、そういうものが原因だったんだろうか。それとも、何か別の理由があったのか……」

「鑑識に確認させよう」川奈部が言った。「遺体をよく調べてくれ、と頼んでみる」

彼は若い相棒に、電話をかけるよう命じた。それから、あらためて矢代たちのほうを向いた。

「次は石橋の自宅を調べるぞ。矢代たちも来るよな？」

「ぜひ同行させてください」矢代はうなずいた。「脅迫状が見つかるかもしれません。急ぎましょう」

矢代たちは面パトに向かって足を速める。暖かい風に交じって、前方から電車の走行音が聞こえてきた。


石橋満夫の自宅は荒川区南千住《みなみせんじゅ》にあるという。

コインパーキングに車を停め、矢代たちは住宅街を歩いていった。路上駐車している宅配便の車をよけて、路地に入っていく。やがて目的地である七階建てのマンションが見えてきた。

新しい建物ではないが、エントランスなどはきれいに掃除されている。そのエントランスのそばに、ジャンパーを着た男性が立っていた。歳は六十代ぐらいだろうか。今日は比較的暖かいが、首には青いマフラーを巻いている。

川奈部は会釈しながらその男性に近づいていった。

「管理人さんですね？　警視庁の川奈部です」

「ああ、お待ちしていました。石橋さんが亡くなったというのは本当ですか？」

「事実です。我々は石橋さんの部屋を調べるためにお邪魔しました」

マンションを管理するその男性は、週に三回、掃除やメンテナンスなどのために訪れるという。今日はちょうどその日に当たっていたそうだ。彼は川奈部から連絡を受け、ここで待っていてくれたのだった。

管理人の案内で矢代たち四人はエレベーターに乗った。

石橋の住居は四階の一番奥だった。表札には《ISHIBASHI》とアルファベットで書いてある。

「このフォント、鳴海主任が見たら喜びそうですね」表札を指差して夏目がささやいた。

「被害者の石橋さんは、五十三歳にしてはセンスがいいと思いませんか」

「たしかにそうだな。お洒落《しゃれ》な感じがする」

表札のプレートはごく普通のプラスチック製だが、アルファベットの書体が珍しいものだから、よく目立っていた。矢代は鞄《かばん》からデジタルカメラを取り出し、表札を撮影した。そのあと、捜索に備えて白手袋を嵌《は》める。

管理人がマスターキーで玄関のドアを解錠した。

「では、管理人さんは外で待っていてください」

そう言い置いて、川奈部は中に入っていく。三和土《たたき》で靴を脱ぎ、四人はマンションの部屋に上がった。

「俺たちは奥の寝室を調べる。矢代と夏目は居間を見てくれるか。手がかりになりそうなものは借用していくぞ」

「了解です」

矢代と夏目は居間に入った。壁際には書棚、DVDを収めたラック、液晶テレビなどが設置してある。窓のそばにはPCデスクがあり、デスクトップパソコンとプリンターが置いてあった。

夏目にはDVDのラックやPCデスクを調べてもらい、矢代は書棚をチェックし始めた。

蔵書を見るとその人の趣味や嗜好《しこう》がよくわかる。小説はミステリーが中心で、コナン・ドイルの『シャーロック・ホームズの帰還』という本には数多くの付箋《ふせん》が貼ってあった。トランプやボードゲームにも興味があったようで、それらの本も並んでいる。また、『暗号と符号のすべて』という本も見つかった。著者の名は「飯干澄太《いいぼしすみた》」となっている。理沙が見たら大喜びしそうな本だな、と矢代は思った。念のため、それらを紙バッグに入れておいた。

DVDを調べていた夏目が、こちらを振り返った。

「先輩、なかなか渋いラインナップですよ。ミステリー系の映画が多いんですが、かなりマイナーなものもあります」

「こっちにもミステリーの本が並んでいるぞ」

「もし脅迫状があるとしたら、どのへんでしょうね」

夏目はPCデスクの引き出しを開けて、中を確認していく。

書棚を調べ終わると矢代は台所に移動した。テーブルの上に菓子箱があり、ダイレクトメールが乱雑に入れてある。

茶簞笥《ちゃだんす》、食品のストッカー、冷蔵庫などを確認したが、特に不審なものはなかった。

脱衣所や浴室をチェックし終えた夏目が、こちらにやってくるのが見えた。流しの下の収納スペースを覗《のぞ》いていた矢代は、スーツの埃《ほこり》をはたきながら立ち上がる。

「ここまでのところ、気になるものはありませんね」と夏目。

彼女はあらためて台所の中を見回した。そのうち、流しの脇にあるプラスチック製のごみ箱に目を留めたようだ。夏目はその箱の蓋《ふた》を開けた。

「ああ、そこなら、さっき俺が調べたぞ」

「ごく普通のごみ箱ですね」

中はふたつに仕切られていて、可燃ごみと不燃ごみの袋が引っかけてある。石橋はここでごみを分別していたのだ。

「燃えないごみのほうには、割れたコップとスープ皿」夏目はごみ袋を覗いた。「こっちは燃えるごみですね。チラシ類、弁当の容器に割り箸《ばし》……。焼き鳥の容器は、おつまみだったんでしょう。食べ物のごみは二日分というところですか」

「男のひとり暮らしだから、スーパーの弁当が多かったんだろうな。俺も同じだよ」

「じつは私もです」

そう言って夏目は苦笑いを浮かべる。だが、すぐに表情を引き締め、カーペットの裏を調べ始めた。細かいところも見逃さない、という姿勢はなかなか頼もしい。

「倉庫番、捜索は終わったか？」

川奈部が寝室から台所へやってきた。うしろについてきた相棒は、大きめの紙バッグを持っている。

四人で情報交換を行った。川奈部によると、寝室のクローゼットから古い手紙の束が見つかったそうだ。

「年賀状が多いんだが、中には封書もある。持って帰って予備班にチェックしてもらおう。もしかしたらヒントが隠されているかもしれない」

「結局、大都新聞はありませんでしたね」矢代は言った。「現場に残されていた新聞は、石橋さんとは無関係ってことですか」

「ひとつ気になるんだがな、寝室でこんなメモが見つかった」

川奈部が紙片を差し出した。そこにはボールペンの走り書きがある。最初に《＊＃》というふたつの記号が書かれ、そのあとに《090》から始まる電話番号が記されていた。これは誰の携帯番号なのだろう。

試しに矢代が電話をかけてみた。呼び出し音が続いたあと留守番メッセージが聞こえてきたが、一般的な内容ではなかった。

「あなたのお名前と通話相手の名前を録音してください」

携帯の持ち主は何か理由があって、かかってくる電話を警戒しているのだろうか。念のため、こちらが警察官だということは伏せようと思った。

「矢代と申します。お訊《き》きしたいことがありますので、折り返し連絡をいただけないでしょうか。こちらの番号は……」

自分の携帯番号を吹き込んでおいた。誰なのかわからないが、その人物は石橋のことを詳しく知っているかもしれない。いや、もしかしたら今回の事件についても、何か事情を知っているのではないか。

数分待ったがコールバックはなかった。時間がかかりそうなので、あとで連絡があったら矢代がうまく対応することにした。

「よし、捜索は終わりだ。引き揚げよう」川奈部が言った。

矢代たちは靴を履いて共用通路に出ていく。ドアの外にいた管理人が、はっとした様子でこちらを向いた。

「刑事さん、どうでした？」

「石橋さんの所有物を借用していきます。あとでまた別の捜査員が来るかもしれません
が、ご協力よろしくお願いします」

「わかりました。この部屋の鍵《かぎ》はかけておいたほうがいいですか」

「そうですね。そのほうが……」

　と川奈部が言いかけたときだった。突然、矢代のうしろで声を上げた者がいた。

「ちょっと待ってください！」

　驚いて矢代たちは振り返る。夏目が高々と右手を挙げていた。

「なんだ、いったいどうした」と矢代。

「先輩、さっきのごみ、やけに少なかったと思いませんか」

「ごみ？」矢代は首をかしげた。「まあ、たしかに少なかったな。弁当のごみは二日分
ぐらいしかなかった」

　夏目はマンションの管理人のほうを向く。勢い込んで尋ねた。

「この地域、可燃ごみの回収は何曜日ですか」

「月曜と木曜の朝ですけど」

「回収の日まで、どこかに置いておけるのでは？」

「ええ、そうです」管理人はうなずいた。「マンションの一階に、二十四時間いつでも
使えるごみ置き場があります」

「それですよ！」夏目はエレベーターのほうを指差した。「管理人さん、ごみ置き場を見せてください」

「え？　あ……はい」

ドアに施錠したあと、管理人は夏目のあとを追ってエレベーターホールに向かった。矢代たちもそれに続く。

一階のエントランスを出てマンションの裏に回った。そこにコンクリート製の小屋のようなものがあり、ドアにはセキュリティー管理用のボタンが付いていた。管理人にドアを開けてもらうと、夏目は急ぎ足で中に入った。

「燃えるごみはここですね。ちょっと見せてもらいます」

可燃ごみの袋は二十数個出されていた。夏目は手袋を嵌《は》めた手でごみ袋を漁《あさ》り始める。矢代も小屋に入って彼女の横に並んだ。暑い季節ではないが、それでもいくらか腐敗臭が漂っている。

「なるほど。石橋さんはあるタイミングで、ごみ袋をここに出したのか」

「たぶんそうだと思うんです」

「問題は、どうやって彼のごみを特定するか、だけど……」

「石橋さんはひとり暮らしですよね。だから、同じタイミングで食べた容器が複数ある袋は外れです。子供のごみが交じっているものも、外れになります」

「ひとり住まいのごみを探せばいいわけだな」

「女性のひとり暮らしも違いますよね」

「たしかに。……そう考えれば、かなり絞られるはずだ」

矢代と夏目は分担してごみを調べ始めた。川奈部と若手刑事も手伝ってくれた。そんな捜査員たちの様子を、管理人は驚いた顔で見つめている。

最終的に、男性のひとり世帯らしいごみ袋がひとつ残った。

「これを借りていきます」夏目はごみ袋を手にして小屋の外に出た。「川奈部主任、面パトのトランクを開けてください」

「ああ、今行く」

川奈部は夏目の行動力に驚いているようだ。彼は矢代に向かって小声で言った。

「彼女、なかなかやるじゃないか」

「夏目は文書解読よりも、こういう仕事に向いてますからね」

そう答えて矢代は苦笑いを浮かべた。納得した様子で川奈部はうなずいている。

「先輩、早く特捜本部に戻りましょう！」と夏目。

「お、おう……わかった」

管理人に礼を述べてから、矢代は慌てて夏目のあとを追いかけた。

6

面パトが荒川署に着くや否や、夏目はトランクからごみ袋を取り出した。サンタクロースのように袋を担いで、彼女は署の中に駆け込んでいく。

「おい倉庫番、俺たちはこのまま聞き込みを続けるが、いいか?」

川奈部の声が聞こえた。矢代は彼に向かって頭を下げる。

「はい、ありがとうございました。俺たちはあのごみを調べます」

矢代は署の一階ロビーで夏目を捜した。彼女が階段を駆け上がっていくのがちらりと見えた。さすがにあのごみを持ってエレベーターには乗れなかったようだ。

すぐにはケージが下りてきそうになかったので、矢代も階段を使った。だが、夏目の背中はなかなか見えてこない。

はあはあいいながら矢代は特捜本部に入っていく。捜査員席のうしろ、作業用の机があるところに夏目がいた。

「鳴海主任!」夏目は声を張り上げた。「手がかりになりそうなものを持ってきました。ぜひ見てください」

新聞のコピーに目を落としていた理沙が、驚いたという顔で立ち上がる。怪訝《けげん》そうな表情で、彼女は夏目のほうに向かった。

「いったいどうしたんです？」

「じつは私たち、石橋さんの……」

と言いかけて、夏目は辺りに目を走らせた。それから、ほっとした表情になった。今、特捜本部にいるのは予備班や一部の捜査員だけだ。幹部席に古賀係長はいるが、岩下管理官の姿は見えない。

安心した様子で夏目は報告を続けた。

「石橋さんの生活ごみを持ってきました。まだ詳しく確認していないんですが、何か捜査に役立つものが見つかるかもしれません」

「なるほど。ごみの袋が、宝の袋になる可能性がありますね」

「早速調べてみます」

夏目は白手袋を嵌めた。それから備品のブルーシートを持ってきて床の上に敷く。シートの上でがさがさ音を立てながら、ごみ袋の口を開けた。

理沙も手袋を嵌めて、手伝うつもりのようだ。

「ガーボロジーですね。わくわくします」

「何ですか、それ」矢代は首をかしげる。

「生活ごみから情報を探ることですよ」理沙はごみ袋を指差した。「探偵が浮気調査なんかのとき、こういう方法を使うそうです。けっこう個人情報が見つかるんですよね」

夏目がごみ袋を逆さにして、中身をブルーシートの上に広げた。途端にごみのにおいが辺りに漂い始める。だが夏目も理沙も、そんなことは気にしないという顔だ。

「まったく、文書解読班でこんな仕事をするとは思わなかった」

矢代も手袋を嵌めて、ふたりを手伝うことにした。ごみはいくつかのカテゴリーに分けることができそうだ。シートの上に廃棄物の山が作られていく。

「まず食品関係から見ましょう」矢代はにおいのする山に手を伸ばした。「弁当の容器が三つ。ラベルを見ると、がっつり系の肉料理ですね。どれも作られたのは午後四時以降とありますから、夕食用に買ったんでしょう。……夏目、そっちは？」

「はい。朝は食パンを食べていたようです。飲み物は五百ミリリットルの牛乳と、二リットルサイズのスポーツドリンクが一本あります」

夏目の報告を聞いてから、理沙は何枚かのレシートを手に取った。

「飲み物はスーパーで買っていますね。あ、弁当もそうです」

「コンビニを使わなかったのは、倹約志向だったから？」

「そういう理由もあるでしょうね。あとは……このレシートを見るとわかりますが、買い物をしているのはどれも午後七時台です。その時刻には家に帰れるような職場環境だったんでしょう」

「羨《うらや》ましいな。勤務先の印章店ではあまり残業せずに済んでいたんですね」

理沙はさらに紙ごみを調べていく。

「ごみは情報の宝庫なんです。たとえばさっきのようなレシートを見れば生活習慣や行動パターン、行動範囲などがわかります。さらに、いろいろな企業から届いた通知や請求書なんかがあれば……」

矢代たちはごみのチェックを進めていった。小声であれこれ相談しながら作業していると、うしろから男性の声が聞こえた。

「おい文書解読班。なぜ君たちはここで、ごみの仕分けをしているんだ」

はっとして矢代は振り返った。背後に立っていたのは四係の古賀係長だ。普段は表情に乏しい人だが、今、彼が不快感を抱いていることはすぐにわかった。

「ガーボロジーをやっています。生活ごみから手がかりを探しているところです」

理沙が答えると、古賀は表情を動かさないまま、首を二十度ほど右に傾けた。

「ＯＫ。それはわかる。だが俺は、なぜここでやっているのか、と訊《き》いているんだ」

「すみません。場所がなかったものですから、隅のほうなら大丈夫かと思いまして」

「大丈夫ではない」古賀は指示棒を伸ばして窓の外を指した。「駐車場でやったらどうなんだ。屋内でやられては迷惑だ」

矢代は理沙の様子をうかがった。彼女は顔をしかめていたが、さすがに反論するのは無理だと感じたのだろう。

「どうも失礼しました！」と理沙。

ブルーシートの上を片づけ、矢代たち三人はごみを持って一階に向かった。もちろんエレベーターは使えない。

署の建物を出て裏の駐車場に回る。そこで再びシートを広げた。

「ここなら、においも気にならないな」矢代は新鮮な空気を胸いっぱいに吸い込んだ。

「夏目、最初からここでやればよかったんじゃないのか？」

「いや、でも問題があるんですよ、先輩」

夏目がそう言ったときだった。いきなり強い風が吹きつけて、レシートなどの紙ごみが飛ばされてしまった。

「うわ、これはまずい」

大慌てで矢代と理沙は紙ごみを追いかける。危ないところだったが、なんとか拾い集めることができた。

「こういうことですよ。先輩、やっぱりここは駄目ですね。……そうだ、あそこの壁際でやりましょう」

「まったく厄介な仕事だなあ」

再び移動して、矢代たちはガーボロジーを続けた。

紙ごみから、石橋がやりとりしていた会社の情報が得られた。パソコンショップ、ネット通販ショップ、クリーニング店などだ。

「このごみから何かわかりますかね」矢代は尋ねる。

理沙はそれらを熱心に調べていたが、やがてわずかに首をかしげた。

「ネット通販の店で気になるものを買っていれば、手がかりになりそうなんですが……。

でも買ったのは普段着とか、ケース販売されたカップ麺《めん》とか、そんなものですね」

「ちょっと待ってください」

そう言ったのは夏目だった。彼女は食後のカップ麺の容器から何かを取り出す。

くしゃくしゃに丸められた紙だ。夏目が慎重に開くと、B5サイズのコピー用紙だと
わかった。アルファベットの文字列が並んでいる。


IKWSJIDCKOAIYCFCEWJWOMIFIEC▲▲▲

理沙は紙を受け取って、慎重に調べ始めた。

「パソコンでプリントされたものではないですね。一文字一文字、スタンプのように押
されています。だから斜めになったり、少しずれたりしているんでしょう」

矢代も横からその紙を覗《のぞ》き込んだ。

「本当だ。判子で押したようになっていますね。いや、判子というより……」

「ええ。金属活字を使ったのかもしれません。そして、この文字列は暗号じゃないでし
ょうか。最後に三つある『▲』も気になります」

理沙は手袋を嵌《は》めた指先で、紙の上の文字をなぞっている。

「封筒はありませんか。この紙、封書で届いたのかもしれませんよ」

「ええと……ありませんね」夏目が答えた。「石橋さんは封筒だけ先に捨ててしまった

理沙は眉間《みけん》に皺《しわ》を寄せて暗号文を睨《にら》んでいる。頭をフル回転させているのだろうが、こういう表情になると、せっかくの容貌《ようぼう》が台無しだ。

ごみ漁《あさ》りを続けていた夏目が、手を止めてつぶやいた。

「石橋さんの口には『仁』の活字が押し込まれていましたよね。この暗号にも活字が使われたのだとしたら、犯人が石橋さんに送りつけたという可能性が……」

「充分、考えられますね」理沙はうなずいた。「犯人は活版印刷にこだわっているのかもしれません。そして暗号を好む人間なんでしょう」

それを聞いて、「あ！」と矢代は声を上げた。

「石橋さんの家を調べたとき、『暗号と符号のすべて』という本があったんです」

「本当ですか？」理沙は紙から顔を上げた。「すると、こういうことでしょうか。犯人と石橋さんは共通の暗号を知っていた。犯人は暗号で脅迫文を送りつけ、石橋さんはそれを読んで内容を理解した……」

だから知人の植村と飲んでいるとき、誰かに脅されている、と話したのではないだろうか。

「矢代さん、暗号の本を見せてもらえませんか。もしかしたらこの文字列を解読する方法がわかるかもしれません」

「そうですね。ごみの確認が終わったら本を見てみましょう」

三人で残りのごみを調べてみたが、暗号文はそれ一通だけだった。

矢代たちはごみを元どおり袋に入れ、ブルーシートを畳んだ。電話で担当部署に許可を得てから、署のごみ置き場に袋を置かせてもらう。手を洗ったあと、矢代たちは署の玄関に向かった。

特捜本部で暗号文のコピーをとってから、理沙は鑑識課員に声をかけた。

鑑識の主任・権藤《ごんどう》巌《いわお》は何か運動をしているのだろう、腕にかなりの筋肉がついている。四十歳を過ぎているはずだが、矢代たち年下の人間にも言葉づかいが丁寧な人だった。

「なるほどですね。この暗号文らしいものを鑑識で調査せよ、と……」

コピーを受け取って、権藤は何度かうなずいた。

「解読は私たち文書解読班でやってみます」理沙は言った。「鑑識さんには指紋の調査をお願いしたいんです。ぜひご協力をお願いします」

理沙が熱意を持って頼み込むと、権藤は少し考えてから小声で答えた。

「じつはですね、文書解読班からの調査依頼には注意するようにと、岩下管理官から言われていまして」

「そうなんですか？」理沙は戸惑いの表情を浮かべた。

隣でその話を聞いて、矢代は眉《まゆ》をひそめた。岩下が文書解読班をよく思っていないのは承知しているが、そこまで圧力をかけてくるものだろうか。

「じゃあ、この調査は引き受けてもらえない、ということですか？」

矢代が硬い声で問いかけると、権藤は慌てた様子で首を横に振った。

「いえ、そういうわけじゃありません。文書解読班から要請があった場合は、岩下管理官に内容を報告するように、ということなんです」

おそらくその情報によって、理沙たちが何をしているか把握したいのだろう。文書以外の捜査をしているようなら、岩下自身が口を出してくる可能性がある。

「あの、権藤主任」

矢代の横で夏目が口を開いた。いつになく真剣な表情だ。

「聞いていただけますか。じつは私、前から権藤主任に憧《あこが》れていまして……」

「はい？」

「その上腕二頭筋、すごく鍛えられていますよね。同じスポーツを愛する者として尊敬します」

「それはどうも」権藤は右の手のひらで、左腕の筋肉を軽く叩《たた》いた。「ジムに通っているんです。私、これぐらいしか趣味がなくてね」

「自分に甘えを許さない、ストイックなその姿勢。権藤さんは正々堂々、物事に取り組む方だとお見受けしました。弱い者、困っている者を助けてくれる、警察官の鑑《かがみ》のような方だと……」

「そんなにおだてる必要はありませんよ」権藤は苦笑いを浮かべた。「岩下管理官から、いつまでに報告せよとは言われていません。仕事のタイミングによって、管理官へ報告する前に、鳴海主任のほうへ結果をお知らせすることもあると思います。それがお望みなんですよね？」

「ありがとうございます！　助かります」

理沙は拝むような仕草をした。それを見て、権藤は声をひそめた。

「私も岩下管理官のやり方には少し疑問を感じていましてね。……ああ、いや、今のは聞かなかったことにしてもらえますか」

表立って味方はできないが、融通を利かせてくれるということだろう。権藤の厚意に、矢代は感謝した。夏目も深く頭を下げている。

「それでは」と言って権藤は去っていった。

指紋の調査依頼は片づいた。次は、持ち帰った本の確認だ。

矢代は自分の席に戻ると、手早く紙バッグを開けた。先ほど石橋宅から借りてきた数冊の本を取り出す。それらを受け取って、理沙は表紙をチェックし始めた。

「『シャーロック・ホームズの帰還』がありますね」理沙はページをめくった。「短編集なんですが、中に『踊る人形』という小説があります。ほら、ここ、付箋《ふせん》がたくさん貼ってありますね」

「本当だ。石橋さんはこの短編に注目していたわけか」

理沙がチェックしていくその本を、矢代は横から覗き込む。あるページに人形を模したような図が載っていた。みな、旗を振っているように見える。

「作品のキモとなる部分です」理沙は言った。「人形が踊っているように見えるでしょう」

「これが暗号なんですか」

「換字式暗号といって、旗を振る人形ひとつがアルファベットの一文字を表しています。人形が五つ並んでいれば、それは五文字ということです」

「こっちの本も暗号の小説でしょうか」

夏目が指差したのは『モルグ街の殺人・黄金虫』という文庫本だ。著者はエドガー・アラン・ポーとなっている。

「なんでカタカナなんですか。これ、江戸川乱歩《えどがわらんぽ》の本ですよね？」

「ええっ。夏目さん、何を言ってるんです？」理沙がのけぞるような動きをした。「別人ですよ。ポーの名をもじって、江戸川乱歩は自分のペンネームを決めたんです」

「なぜそんなことを？　紛らわしいじゃないですか」

「いや……まあ、そういう感じ方もあるんですかね」

理沙は困ったような顔をしている。だが、気を取り直した様子でまた口を開いた。

「ポーの『黄金虫』というのも換字式暗号を扱った作品です。それから今、名前が出た江戸川乱歩にも『二銭銅貨』という暗号の話があります」

「換字式というのが暗号の主流なんですか？」と矢代。

理沙はソフトカバーの本を手にして、表紙をこちらに向けた。飯干澄太著、『暗号と符号のすべて』だ。彼女は内容を確認し始めた。

「ああ、この本はわかりやすいですね。暗号の作り方にはいくつかのパターンがあります。まず、決まった文字をほかの文字や符号に置き換えるもの。換字式がそうですね。それから順序を入れ替えるものや、別の文字を間に挟むもの。あとは言葉自体を置き換えてしまうもの……。いろいろあります」

「今回見つかったメモは、いかにも暗号っぽい印象ですよね」

「暗号っぽいといえば、古くはギリシャで考案されたポリュビオス暗号ですね。これは数字の羅列なんです。解読するには縦五個、横五個、合計二十五個のマスにアルファベットを当て嵌《は》めた『換字表』を使います。その表を見ながら元のアルファベットを数字に置き換えて、暗号を作るんです。たとえば元の文字が『a』なら暗号の文字は『11』、『b』なら『21』というふうに」

矢代は手元にあるコピー用紙を見つめた。

「さっき見つかった暗号は元がアルファベットの羅列だから、そのポリュなんとか暗号ではないですよね」

「ええ。アルファベットの羅列でもっとも一般的なのはシーザー暗号でしょう。カエサル暗号ともいいます。共和政ローマ期にガイウス・ユリウス・カエサルという独裁官がいたんですが、彼が使った暗号だとされています。この人の名前を英語読みすると、ジュリアス・シーザーですね」

「あっ、『ブルータス、おまえもか』の人ですか！」

「どういう意味です？」夏目が不思議そうな顔をしている。

「詳しいことは知らないけど、シーザーって人が部下に言った言葉だよ」

「そうなんですか。私の場合、シーザーといったら思い出すのはサラダですけど」

あれは旨《うま》いよな、と矢代は思ったが、そんなことを話しているときではない。表情を引き締めて理沙に尋ねた。

「石橋さんのところにあった文字列は、そのシーザー暗号なんでしょうか。どうやったら解読できるんです？」

「簡単ですよ」理沙は言った。「アルファベット二十六文字を、何文字かずらして別の字に置き換えるんです。換字表を作るとわかりやすくなります」

彼女はペンを手に取り、別のコピー用紙に文字列を書いていった。

◆換字表

【原字】a b c d e f g h i j k l m n o p q r s t u v w x y z
↓↓…… ……↓↓
【暗字】Y Z A B C D E F G H I J K L M N O P Q R S T U V W X

これらを指しながら、理沙は説明した。

「自分が使いたい文字を『原字』から選んで、対応する『暗字』に置き換えます。この換字表の場合は、原字の末尾を頭のほうに三文字だけずらしたものが暗字になります。『abc』というメッセージを暗号にしたいときは『YZA』とするわけです」

「ああ、たしかに単純ですね」

「例題として、これはどうです？　ちょっと簡単すぎますけど……」

理沙は紙にあらたな文字列を書いた。

【暗号】ＩＣＧＱＦＧＡＦＭＳ

夏目が換字表を見ながら、文字をピックアップしていく。

「『Ｉ』は『ｋ』、『Ｃ』は『ｅ』ですから……。あ、こういうことですね」

彼女は理沙からペンを借りて、解答を書き込んだ。

【原文】ｋｅｉｓｈｉｃｈｏｕ

それを見て、矢代はうなずく。

「『警視庁』ですか。なるほど、一文字ずつ拾っていけばいいんだから答えは必ず出ますね」

「ええ、この換字表があればね。でも実際には暗号の『ICGQFGAFMS』だけしかないので、何文字ずらしたら解読できるかわからないんです」

「どうすればいいんですか？」

「一文字ずつずらして意味のある文章になるかどうか、試すしかありません」

「見つかった暗号の最後に『▲』が三つありましたけど、これは何なんです？」

「わかりません。黒い三角は、会計だと赤字を表すんですが、ここでは何を意味するのか……。あるいは暗号とは無関係の落書きなのか。どうなんでしょう」

矢代も考えてみたが、すぐには思いつきそうにない。

理沙はごみ袋から出てきた暗号文に、あらためて目をやった。

「短い文字列なら簡単ですが、この長さだと解読に手こずりそうですね」

矢代もその紙を見つめる。全部で二十七文字だから、たしかに解読には手間がかかりそうだ。

「でも時間さえかければなんとかなります」理沙はコピー用紙を指先でとんとんと叩《たた》いた。「アルファベットは二十六文字ですから、一文字ずつずらして書き出す作業を二十五回繰り返せば、正解にたどり着けるんです。これがシーザー暗号であれば必ず答えは出ます」

「わかりました。……その作業担当は鳴海主任ということで、いいんですよね？」

「そのつもりです。矢代さんと夏目さんには引き続き、外で情報収集をお願いできますか？」

「了解です。俺と夏目は肉体労働担当、鳴海主任は頭脳労働担当ということで、いつもどおりにやりましょう」

　正直な話、矢代も夏目もこうした細かい作業には向いていない。文字フェチである理沙に任せておくのが、一番効率がいい。

「あ……そういえば鳴海主任」ふと思い出して、矢代は話しかけた。「遺体の頭を包んでいた新聞の調査はどうなりました？」

「もちろん忘れてはいませんよ」理沙は書類の下から、新聞がコピーされた紙を取り出した。「このコピーを見るのはもちろんですが、大都新聞の電子版で過去の紙面をチェックしています。文字検索もできるので、そちらのほうがいろいろ試せるかなと……。『仁』の字を抽出するのも簡単だし、十三文字飛ばすというやり方も調べることができます」

「でも新聞記事を調べるのと暗号解読と、ふたつ同時進行は無理ですよね？」

「問題はそこなんです」と言って理沙は考え込む。

　夏目をそちらに充てて、自分ひとりで聞き込みを続けるべきだろうか。矢代がそう考えていたとき、理沙が何か思いついたようだった。

「こういうときこそ上司に相談しましょう」

理沙は椅子から立ち上がり、幹部席のほうに向かった。ちょうど廊下から特捜本部に入ってきた男性がいた。銀縁眼鏡をかけた財津係長だ。

「係長、ちょっとご相談があります」

理沙が真顔で声をかけると、財津は驚いた様子でこちらを向いた。

「どうした鳴海。何かあったのか?」

「科学捜査係の谷崎廉太郎巡査を貸していただけませんか」

「あいつにできることがあるのかい?」

「データの抽出や計算といった、パソコンと関係ある作業が必要なんです。手が足りないものですから、ぜひ彼に手伝ってほしいと思いまして」

「ふうん、わかった。役に立つなら、いくらでも使ってもらってかまわないぞ」

やけに簡単に財津は了承してくれた。これほど呆気《あっけ》なく話がまとまるということは、谷崎は科学捜査係で大事にされていないのではないか。普段、彼がどんな仕事をしているのか、矢代は気になって仕方がなかった。

財津は当人に電話をかけ、至急荒川署へ来るよう命じてくれた。

「じゃあ、あとはうまくやってくれ」

そう言って財津はホワイトボードのほうへ向かう。部下と何か相談していた古賀係長をつかまえて、込み入った話を始めたようだ。

助《すけ》っ人《と》が来るまで、矢代と夏目は新聞記事の調査を手伝った。理沙は早速暗号の解読に取り組んでいる。

　四十分ほどたったころ、特捜本部に若い男性が入ってきた。

　科学捜査係でITを担当する谷崎だ。身長百六十センチ程度と小柄で、古い形の黒縁眼鏡をかけている。彼は人の少ない捜査員席を見回していたが、すぐこちらに気づいたようだった。

「鳴海主任、矢代さん、ご無沙汰《ぶさた》しています」

「谷崎くん、私には挨拶《あいさつ》しないのかな？」

　夏目がにやにやしながらそう言った。はっとした表情で谷崎は背筋を伸ばす。

「あ、いえ、どうも。な……夏目さんもお元気そうで」

　インドア派の彼は、体育会的なノリの夏目とは正反対の性格だ。上下関係などを厳しく教え込まれたこともあって、谷崎は夏目に苦手意識を持っているようだった。

「財津係長から指示を受けてきました。ええと、係長は……」

「さっき、別の特捜本部に行ってしまったみたいだ」矢代は言った。「あの人も忙しいからね」

　科学捜査係のリーダーである財津は、いろいろな特捜本部から呼び出される。会議に参加して、必要があれば部下を現場に投入するのが彼の役目だ。

「谷崎さん、よく来てくれました」理沙は彼にうなずきかけた。「あなたにぜひ助けてほしいんです」

「え？　そうなんですか」彼は急に自慢げな表情になった。「ふふん、そうですか。わかりました。僕の力が必要だというのなら期待に応《こた》えてみせましょう」

谷崎はプライドの高い性格だから、おだてておけば熱心に仕事をする。理沙はそのことをよく理解しているのだ。

これまでの経緯を説明したあと、理沙は谷崎に指示を出した。

「このシーザー暗号を解読するツールを作ってほしいんです。具体的には今話したとおり、アルファベットを一文字ずつずらして変換し、意味の通る文章を見つけたいんですが、できますか？」

「もちろんです」口元を緩めながら谷崎は言った。「僕がその気になればすぐですよ。仕様さえしっかり決まっていればね」

「頼もしいですね。では早速ツール作りを始めてください」

「わかりました。ようし、やるぞ！」

無事、谷崎のエンジンもかかったようだ。彼は暗号解読ツールの作成に着手した。理沙は新聞記事のチェックに戻っている。

「じゃあ鳴海主任、俺たちは外で情報収集を続けます」

夏目を連れて、矢代は廊下につながるドアへ向かった。その途中、幹部席にいた古賀係長と目が合った。矢代たちを聞き込み先に同行させてくれたのは彼だと、川奈部から聞いている。

矢代は足を止め、古賀のほうへ深く頭を下げた。隣で夏目もそれにならった。

頭を上げてもう一度古賀を見ると、彼が顎《あご》をしゃくるのが見えた。早く捜査に行け、という意味だろう。

古賀さんはそういう人なんだよ、という川奈部の言葉が頭に浮かんできた。仲間ではないが、かといって敵でもない。言うなれば「近い価値観を持った隣人」というところだろうか。無表情で冷たい印象があるが、それは見た目だけなのかもしれない。

古賀は派閥の論理に振り回されない、プロの指揮官なのだ。矢代はそう思った。

第二章　受刑者

1

翌、三月八日、捜査開始から二日目。

理沙、矢代、夏目の三人は午前六時から特捜本部に集まって、それぞれの作業を進めていた。

リーダーの理沙は、被害者の頭を包んでいた五月十一日の新聞を調べている。矢代はその調査を手伝った。掲載されている記事を読み、その事件がのちにどうなったかを有償のネット記事で追跡するのだ。

五月十一日の記事だけでは、犯人の意図はつかめない可能性があった。その後、時間がたってから事件がどう展開したかを調べなくてはならない。そうするうち、もしかしたら石橋の名前が出てくるのではないだろうか。

夏目は三十二面のラテ欄を担当している。当日ラジオやテレビで放送された内容が、石橋や犯人に関わっていることも考えられるからだ。ニュース番組はもちろん、ドラマやバラエティー番組までチェックして手がかりを探していた。

矢代の隣の席には科学捜査係の谷崎が腰掛け、パソコンのキーを軽快に叩《たた》いている。彼は理沙から依頼されたツールの作成を進めているところだ。

特捜本部には矢代たちのほか、電話番をする者や報告書を作成する者などがいたが、みな仕事に集中していて、よけいな話をする捜査員はひとりもいない。

矢代はときどきコーヒーを啜《すす》り、窓外に目をやって雀の声を聞き、また作業を続けた。

午前七時から、チーム内での打ち合わせが行われた。

「まず、谷崎さんから報告してもらえますか？」

理沙に指名され、谷崎はノートパソコンの画面を覗《のぞ》き込んだ。

「今、鳴海主任に頼まれてシーザー暗号の解読ツールを作成しています。じつはインターネットを調べたらそれに近いツールがあったんですが、かなり単純なものだったんですよね。僕は、より高度な条件設定ができる仕様で作っているところです。たぶん、あと二時間ぐらいで使える状態になると思います」

「それは助かるな」矢代は谷崎の肩を、ぽんと叩いた。「信じてた」

「僕に任せてもらえば、ばっちりですよ。自分の力が捜査に役立つとしたら、本当に嬉《うれ》しいことですね」

谷崎は以前、日永《にちえい》テクノスというIT企業で、ソフトウェア開発の仕事をしていた。だがそこを辞め、やり甲斐《がい》を求めて警視庁に中途採用されたという変わり種だ。自信過剰なところが目につくが、技術的には当てにできる人物だった。

続いて夏目が口を開いた。

「私から報告します。新聞のラテ欄を調べていますが、まだこれといったヒントは見つかっていません。バラエティー番組にタレントの石橋光司《いしばしこうじ》という人が出ているんですが、被害者の石橋満夫さんと親戚《しんせき》だとか家族だとか、そういう関係があるかどうかはわかりません。引き続き調べたいと思います」

「次に俺から」矢代はメモ帳を開いた。「二面を調べているんですが、気になるのはひとつだけです。経済の記事で、いくつかの会社が特許訴訟の対象になっていたようなんです。この記事には出ていませんが、別の日の記事を調べたら、石橋化学工業という会社も訴訟を起こされていることがわかりました。ただ、これも石橋満夫さんとつながりがあるかどうかは不明です」

そうですか、とつぶやいたあと理沙は言った。

「私のほうでは墜落死事件を見つけました」

「墜落死？」矢代は首をかしげる。

「この前日、五月十日の未明に浪岡周造《なみおかしゅうぞう》さん、四十四歳が、上野にあるビルの屋上から落ちて死亡しました。警察では事故と事件の両面から捜査していたけれど、十日の午後になって棚沢宗一郎《たなざわそういちろう》、五十八歳が自首してきたそうです。供述によると、口論のあと揉《も》み合いになってビルの屋上から浪岡さんを落としてしまった、ということでした。警察は彼を傷害致死容疑で逮捕しました」

「石橋満夫さんとは関係ないんですか？」と矢代。

理沙は自分のメモ帳に視線を落とす。

「今のところ石橋さんの名前は出てきていません。ただ、逮捕された棚沢は事件当時、台東《たいとう》印刷という会社の社長でした。浪岡さんは今から二十年前に退職した社員だそうですが、辞めたあとも棚沢と個人的なつきあいがあったんでしょう」

「印刷会社……」

矢代は眉《まゆ》をひそめた。夏目と顔を見合わせてから、あらためて理沙のほうを向く。

「石橋さんの口には、活版印刷の金属活字が押し込まれていた……。印刷会社とは何か関係ありそうですね」

「ええ、私もそれを疑って、この『上野事件』を掘り下げようと考えたんです」

「……で、何か不審な点はありましたか」

「ネット検索してみたんですが、今、台東印刷という会社は見つかりません。倒産してしまった可能性があります」

「ひょっとすると、社長が逮捕されたせいで……」

「考えられますね」理沙はうなずいた。「そのへんの事実関係を追っているところです。このあと、上野事件を捜査した上野警察署にも問い合わせてみる予定です」

「わかりました。鳴海主任には引き続き、その事件を調べてもらうとして……」矢代はみなを見回した。「俺が調べていた二面はもうじき調査が一段落します」

「私のラテ欄——三十二面も、だいたい調べ終わりました」

「じゃあ朝の捜査会議が済んだら、俺と夏目は情報収集に出かけます。台東印刷について聞き込みをしますよ。誰か、その後のことを知っている人がいるでしょう」

「お願いします」

そう言ったあと、理沙は別の情報を口にした。

「四係の川奈部さんから聞いたんですが、石橋満夫さんの遺体をよく調べたところ、過去、顎《あご》や左右の頬に整形手術を受けていたことがわかりました」

「整形手術？」

「ずいぶん前に受けたようです。人によるんですが、整形した場所は時間がたつと痛みが出ることがあるそうです」

矢代ははっとした。そうだ、石橋の知人である植村が証言してくれた。半月前に会ったとき、石橋は顎や右の頬が痛いと話していたそうだ。あれは整形手術の痕《あと》が痛んでいたのではないだろうか。

「彼は誰かから逃げるために、顔を変えていたのかも……」と理沙。

その可能性は否定できなかった。実際、指名手配を受けた者が整形手術を受けたという話はよく耳にする。

「今の件は四係で詳しく調べているそうです」

そこまで説明すると、理沙はペンを手にしてノートにこんな図を描いた。

- □西日暮里事件
  - □被害者・石橋満夫について
    - □石橋の勤務先・タカダ印房（四係担当）
    - □「＊＃　090……」のメモ
    - □整形手術
  - □金属活字
    - □「仁」の意味
    - □「十三本」の意味
  - □新聞紙の記事
    - □「仁」に関わるもの
    - □「十三本」に関わるもの
- □上野事件（四年前・五月十日）
  - □事件の詳細
    - □被害者・浪岡周造について
    - □被疑者・棚沢宗一郎について
  - □台東印刷について

これは以前、財津係長が理沙に教えたタスク管理図だ。

白い四角は未処理の項目で、処理が済んだら黒く塗りつぶすことになっている。やるべきことが一覧できる上、残件がわかるから便利だった。

「毎度のことですが、殺人班と私たち文書解読班では担当する部分が違います。その組織間の壁が厄介ですね」

「そもそも岩下管理官が難癖つけるからいけないんですよね」

矢代が渋い顔をして言うと、理沙は周りを見回して声をひそめた。

「あの、矢代さん、誰が聞いているかわかりませんから、そういうことはですね……」

「でも俺たちの味方は少しずつ増えていますよ。古賀係長や川奈部さんだってそうだし、鑑識の権藤さんだって……」

「心強いことではありますが、現状、私たちが大きな発言力を持っているわけじゃありません。上意下達というルールもありますから、気をつけるに越したことはないでしょう」

「出る杭《くい》は打たれる、ですか？」

「そうです。そのとおり」理沙はうなずいた。「ただし、杭があまりにも大きく、強くなった場合は別です」

矢代は理沙の表情をうかがった。彼女の口元には笑みが浮かんでいたが、目は笑っていない。理沙はリーダーとして部下たちを守ろうとしているのだろうか。それとも、単に文書が好きだからという理由で、自分の城を守りたいだけなのか。

「とにかく油断のないよう、慎重に行動しましょう。そして最後には、必ず成果を挙げること」

「口で言うのは簡単ですけど、実行するのは難しいですよねえ」

矢代がそうぼやくと、夏目が励ましの言葉をかけてきた。

「先輩、サブリーダーなんですから、もっと前向きになってくださいよ」

「そうですよ、矢代さん」

驚いたことに、谷崎までそんなことを言う。彼は矢代に向かって説教するような口調になった。

「周り中すべて敵だと思っても、案外、抜け道はありますからね。僕がよくやるゲームでも、ちゃんと仲間がいて逃走を助けてくれるんですよ」

「いや、谷崎、これはゲームの話じゃないんだけどな……」

「わかってますけど、ものは考えようです。このチームが生き延びるためには、仲間をどんどん増やして、つぶされないような強靭《きょうじん》さを持つことが大事です。僕も協力しますから」

いつの間にか谷崎はチームの一員という気分になっているようだ。もともと所属が違う彼だが、文書解読班の居心地がよくなってきたのかもしれない。

それはじつに心強いことだ、と矢代は思った。

打ち合わせを終えると、四人は再びそれぞれの作業を始めた。

先に新聞記事のチェックを済ませた矢代は、備品のパソコンを使ってネット検索を行った。理沙が確認した台東印刷について、自分でもあらためて調べようという考えだ。

彼女の言うとおり、現在、台東印刷は存在しないことがわかった。だが個人の古いブログ記事などに、その名前が見つかった。

台東印刷は台東区蔵前《くらまえ》にある小さな会社だったらしい。出版物などを定期的に印刷するのではなく、カタログやチラシ、葉書など単発の仕事を受注していて、町工場のような雰囲気があったという。

そのブログには何枚か写真が載っていた。大きな印刷機の前に、ジャンパーのような制服を着た男性が数名立っている。おそらく、印刷機を扱う部署の社員たちだ。笑ってくれと言われたのだろうが、そういうことに慣れていないらしく、みな中途半端に硬い表情を浮かべていた。

小さな組織なので社員はみな家族のように仲がいいらしい、とブログには書かれていた。

画面から顔を上げて、矢代は夏目を呼んだ。

「たしか夏目の伯父《おじ》さんは町工場を経営しているんだよな。これを見て、どうだ？」

夏目はパソコンの画面を覗《のぞ》き込み、しばらく記事を読んでいた。ややあって、彼女は矢代のほうを向いた。

「うちは機械部品の工場だったんですけど、雰囲気は似ていますね。この機械の無骨な感じ、なつかしいです。オイルのにおいと鉄の削りかすのにおい……。あ、ここは印刷会社ですからインクのにおいも強かったでしょうね」

「それほど大きな会社ではなかったみたいだけどな」

「建物の写真から想像すると、従業員三十人ぐらいでしょうか。まあ、これ以外にも社屋があったかもしれませんけど」

「なるほど、ありがとう。参考になるよ」

夏目に礼を言って矢代はひとり席を立った。腕時計を見ると、七時五十分になるところだ。朝の会議まで、まだ少し時間がある。

特捜本部を見回すと、いつの間にか捜査員の数が増えていた。早めにやってきて聞き込みの準備をする者、テレビのそばで同僚と情報交換する者、先輩に何か相談する者などさまざまだ。

矢代は後方のワゴンでインスタントコーヒーを作り、窓の外を見ながら飲んだ。眼下の明治通りには車の列が出来ている。今、世間は通勤ラッシュの時間帯だ。

特捜本部の隅にあるテレビで、ちょうど西日暮里事件のニュースが始まった。画面には被害者・石橋満夫の顔写真が映し出されている。警察が情報を伏せているため、古い新聞や金属活字のことは報じられていない。

「お、どうした倉庫番」

うしろから声をかけてきたのは川奈部主任だった。彼もワゴンに近づいて、コーヒーを作り始める。

「おはようございます。早いじゃないですか」

「まだ捜査二日目だからな。気合いが入っているところを上司に見せないと、まずいだろ？」

川奈部はいたずらっぽく笑って、コーヒーを一口啜《すす》った。

「四係のほうでは、石橋さんの情報をだいぶ集めたんですか？」

「ゆうべの捜査会議、おまえも出たよな。あそこで全部報告されているはずだが」

「全部ってことはないでしょう」矢代は口元を緩めた。「犯人に直接つながるような情報があった場合、会議では報告されませんよね。大事なことは、偉い人たちだけの秘密なんじゃありませんか？」

ほう、と言って川奈部は矢代の顔を見つめた。

「倉庫番のわりには、鋭いことを言うじゃないか。……たしかに、すべてのネタをみんなに知らせるわけじゃない。ある程度裏を取ってからでないと、所轄署員から情報が漏れるかもしれないからな」

「漏れるって、どこへです？」

「マスコミの連中だよ。これから特捜本部が動くっていう段階で、新聞社にすっぱ抜かれたら困ってしまう」

「ああ、それはそうですね。……でも、俺たち文書解読班にまで隠さなくてもいいんじゃありませんか？」

「そこは想像がつくだろう。おまえたちを嫌ってる人がいるんだよ」

名前が出なくても、すぐにわかった。川奈部は岩下管理官のことを言っているのだ。

幹部席に目をやると、ちょうどその岩下管理官が現れたところだった。いつものように彼女は凜《りん》として美しい。理沙が癒《いや》し系だとすれば、岩下はクール系の美女だ。もう四十六歳だと聞いたが、見た目には三十代半ばという印象だった。

岩下が自分の席に座ると、古賀係長が近づいて報告を始めた。岩下の表情は硬い。彼女は座ったまま古賀の顔を見上げて何か言った。どうも古賀を問いただしているような雰囲気がある。

「あのふたりも難しい関係なんだよ」川奈部が小声で言った。「どうも古賀さんは、踏み絵を迫られているみたいでな」

「踏み絵？」

「岩下管理官は、古賀さんを自分の派閥に取り込もうとしている。いや、正確には小野塚理事官の派閥か。でも古賀さんは、派閥争いには興味がない。面倒だからひとりのほうがいいと思っている」

「自分は中立でいたい、と前に言ってましたもんね」

「そういう態度が、岩下管理官は気に入らないんだ。だから早いところ、小野塚派に忠誠を誓えと迫っている。けったいな話だ。古賀さんも困っているみたいだよ」

「古賀係長が困っているんですか？　そうは見えませんけど……」

「無表情だからわからないって？　いやいや、古賀さんは本当に困っているんだよ」

そんなことを話していると、岩下管理官がこちらに視線を向けた。話が聞こえる距離ではない。だが今のやりとりが耳に届いたのではないかと、矢代は焦ってしまった。

岩下に向かって、矢代は軽く会釈をしておいた。

コーヒーの紙コップを捨てて、文書解読班の席に戻った。

矢代を待っていたのだろう。理沙がパソコンの画面から顔を上げ、手招きをした。

「どうかしましたか？」

「上野警察署に問い合わせて、上野事件のことを調べてみました。浪岡さんは健康器具などのセールスマンで、棚沢との間に何かトラブルがあったようです。浪岡さんを死なせたあと、棚沢は過失致死傷罪で懲役刑になりました。今は府中《ふちゅう》刑務所にいます」

「なるほど。過失致死なら仕方ないですよね」

「矢代さん、棚沢から話を聞きましょう」

「……え？」驚いて、矢代はまばたきをした。「刑務所に行くんですか？」

「もうひとつ、わかったことがあるんです」理沙は続けた。「逮捕される前、棚沢は自分の会社で活版印刷を引き受けていたんですよ」

理沙の言葉を聞いても、すぐには意味がわからなかった。矢代は聞き返す。

「活版印刷って大昔の技術でしょう？　今の時代にやる意味なんてあるんですか？」

「当然、利益は出ないと思います。でも文化の継承という点では意味のあることですよね」

「文化というんなら、博物館なんかがやるべきでは……」

「棚沢はそう考えなかったんでしょう。それに、味わいがあるというので、自費出版する人に人気があったそうです」

そういうことか、と矢代は納得した。芸術性を求める人であれば、活版印刷を好んで利用するかもしれない。もちろん費用は高くなるが、完成度にこだわるのが趣味人というものだ。

活版印刷を手がけていたのなら、金属活字を使っていたに違いない。だとすれば話を聞く価値がある。夏目や谷崎もそれに気づいたらしく、真剣な顔になっていた。

理沙とともに矢代は幹部席に向かった。捜査資料を見ていた古賀に近づき、理沙が声をかける。

「係長。ご相談したいことがあります」

古賀は資料から顔を上げ、理沙と矢代を交互に見た。

「どうした。急ぎの用件か」

「これから刑務所に行きたいんです」

「は？」古賀は怪訝《けげん》そうな表情を浮かべた。「君は何を言っているんだ」

「ああ、すみません」

捜査に没頭すると、理沙は慌ててしまう傾向がある。文字や文書に関わる捜査だと、それがさらに顕著になる。

「ええと、じつはですね」順を追って理沙は説明していった。「……というわけで、府中刑務所に棚沢宗一郎がいるんです。今から行って面会したいと思うんですが、よろしいでしょうか」

指示棒を伸ばしたり縮めたりしたあと、古賀は首を二十度ほど右に傾けた。

「なぜ俺に許可を得ようとする？」

「え……。古賀係長はこの特捜本部の指揮を執っていらっしゃいますよね」

「君たちは文書関係の捜査をすることになっている。その男の情報は、新聞を調べていて君たちが独自につかんだものだろう？　だったら躊躇《ちゅうちょ》する必要はないはずだ」

まったく正論だった。だがそういう話が古賀の口から出たことに、矢代は驚いていた。理沙も同じように感じたらしい。

「古賀係長、もしかして私たちのために……」

「俺は警察官として、一日も早く事件を解決したいと思っている」古賀は重々しい口調で言った。「そのために、できることは何でもするつもりだ。今、君たちの前には、君たちに適した仕事がある。だったらそれに取り組んでもらいたい」

わかりました、と言って理沙は深々と頭を下げた。

「私たちはこの仕事に全力を尽くします」

「OK。それでいい。さあ、早く行け」

指示棒を伸ばして、古賀は廊下のほうを指し示した。

理沙は外出の準備をするため、足早に自分の席へ戻っていく。矢代も古賀に一礼してから、理沙のあとを追った。

2

タクシーを降りると、矢代は府中刑務所の塀を見上げた。

飾り気がなく、ただ高いだけの塀が道路沿いに長く続いている。こうして見ると、そこが人を閉じ込め、自由を奪う施設であることがよくわかる。

手続きに関しては理沙が事前に調べてくれていた。受付で所定の用紙に氏名や所属、訪問目的などを記入する。

「基本的には親族や弁護士、受刑者の更生関係の者などが面会できるそうです」理沙は小声で説明してくれた。「受刑者の優遇区分によって、ひと月に何回面会できるか、決まっているんだとか」

面会をするには時間制限もあるし、人数の制限もある。それで今回は夏目を特捜本部に残し、矢代と理沙だけで刑務所にやってきたのだった。

しばらく待たされることになった。内部で手続きがあるから仕方ないのだが、こうしている間にも西日暮里事件の犯人が何かを企《たくら》んでいるかもしれない。どうしても、時間がもったいないという焦りが出てしまう。

深呼吸をしてから、矢代は灰色にくすんだ壁を見つめた。

過去、自分は何人もの被疑者を逮捕してきた。だが、彼らが捕らえられたあとどうなるか、真剣に想像したことはなかった。

刑務所は受刑者を拘束する施設だが、単に罰を与え、懲らしめるためのものではない。大きな目的は彼らを更生させ、社会復帰させることだ。ここでは職業訓練として電気工事や自動車整備、建築、コンピューター関連などさまざまな技術を学ぶことができるらしい。本人に勉強する気があれば、出所後に役立つはずだ。就職して収入を得ることができれば、再犯の可能性は低くなるだろう。

ふと理沙のほうへ目をやると、彼女は壁に貼られた注意書きを熱心に見ていた。もしかしたら文字の書体とか文章の癖とか、細かいところに注目しているのかもしれない。ある意味、それは羨《うらや》ましいことだった。理沙にしかできない高度な——というか、かなり特異な時間のつぶし方だ。

やがて職員に呼ばれ、矢代たちは立ち上がった。

所持品の検査を受けてから廊下を歩き、小部屋に案内される。中に入ると、ニュースなどで見たことのある面会室だった。

透明な遮蔽《しゃへい》板で部屋はふたつに仕切られている。間仕切りの手前は、自由のある外界へつながる空間だ。しかしその向こう側は、刑務所という閉鎖された空間だった。そこは罪人を閉じ込めておく「檻《おり》」と言ってもいいだろう。

椅子に腰掛けて待っていると、間仕切りの向こう側にあるドアが開いた。刑務官に付き添われ、トレーニングウエアのような服を着た男性が入ってきた。髪はスポーツ刈りで、顔には肌荒れがある。真面目そうな風貌《ふうぼう》だったが、顔色がよくないせいか不健康な印象が強い。事前の調べによると、彼は現在六十二歳のはずだ。しかし実際にはもっと上に見えた。

彼は右脚を引きずりながらゆっくり歩いてきた。どうやら脚が悪いらしい。

刑務官の顔を見てから、彼は椅子に腰掛けた。遮蔽板を間に挟んで、その男性は矢代たちと向き合う形になった。

男性の様子を観察してから、理沙が口を開いた。

「棚沢宗一郎さんですね」

「……はい」

思ったよりも低い声だった。決して弱々しくはなく、静かな中にも毅然《きぜん》としたものが感じられる。

「警視庁、文書解読班の鳴海と申します。彼は部下の矢代です」

紹介されて矢代は軽く頭を下げる。理沙は続けて言った。

「私たちは現在、ある事件を捜査しています。その過程で、四年前に発生した上野事件――浪岡周造さんが亡くなった事件のことを知りました。今日、棚沢さんにお訊《き》きしたいのは、その事件の経緯です」

「経緯、とおっしゃいますと？」

怪訝そうな目をして棚沢は尋ねてきた。かなり丁寧な言葉づかいだ。

「当時の新聞記事やネットのニュースを調べましたが、正確なところを棚沢さんご自身の口から聞かせてほしいんです」

棚沢は顔を曇らせた。少し考えたあと、申し訳ないという表情になった。

「すみませんが、そういうことはちょっと……」

「上野事件が、今起こっている別の事件と関係しているかもしれないんです。ご協力いただけませんか」

「でも、刑事さんたちが何を調べているのかわかりませんので」

「私たちが調べている事件について、説明が必要だということでしょうか」

「いえ、そうではないんですが……」

彼はうしろにいる刑務官を見た。この場では話したくないということだろうか。

「ではこうしましょう。上野事件について私が調べたことを話します。もし補足、訂正していただける点があれば教えてください」

　気乗りしない様子だったが、棚沢は小さくうなずいた。理沙はほっとしたようだ。彼女は記憶をたどりながら話し始めた。

「今から四年前の五月九日、午後九時ごろ、あなたは御徒町《おかちまち》駅近くで浪岡さんと落ち合いました。ふたりは台東区上野の雑居ビル五階にある飲食店で、ビールや焼酎《しょうちゅう》などを飲み、三時間ほど過ごした。この日、誘ったのはあなたでした。……浪岡さんはもともとあなたの会社の社員でしたが、退職してからは健康器具などの販売をしていた。昔のツテを頼って、彼はあなたのところに商品を売りに来たんでしょう。しかしその強引なセールス方法には、何件もクレームが寄せられていました。あなたも契約の件で不満を抱いて、四年前のその日、話をしようと彼を呼び出したんです。

　酒を飲みつつ穏やかに契約解除のことを相談したが、浪岡さんは受け付けず、あなたを中傷するようなひどいことを言った。飲食店を出たあと、あなたは浪岡さんとともに非常階段で、雑居ビルの屋上へ向かいました。夜風に当たり、落ち着いてからもう少し話そう、と誘ったんです。しかし話をするうち、ふたりは揉《も》み合いになった。そしてあなたは浪岡さんを墜落させてしまった。五月十日、未明のことでした」

　そこまで話して、理沙は相手の様子をうかがった。

　棚沢は戸惑うような顔をしている。それを見て、矢代は考え込んだ。あれはどういう表情なのだろう。何か言いたいのを我慢しているのか。それとも、もっと別の感情を隠していたのか。

「いかがですか」理沙は尋ねた。「ここまでで、何かおっしゃりたいことは？」

「いえ、特に……」

そう答えて棚沢は目を伏せた。彼の動作に、矢代は不審なものを感じた。視線を合わせていると心を読まれてしまう、とでも言いたげだ。

少し間をおいてから理沙は話を続けた。

「人を死なせてしまい、怖くなったあなたは非常階段を使ってビルを出ました。墜落の音を聞きつけて通行人たちが集まってきていたが、そのまま逃走した。すぐに警察が呼ばれ、周辺で捜査が始まりました。あなたは一旦《いったん》、電車で大田《おおた》区大森《おおもり》の自宅へ戻った。テレビやネットのニュースを見ていたけれど、捜査が進んでいるのを知ってもう逃げ切れないと判断。午後になって警察に自首しました。事情聴取の上、過失致死傷容疑で逮捕されたわけです」

「はい……。おっしゃるとおりです」

棚沢はうなずいたが、矢代にはどうも引っかかるところがあった。とにかく彼は、早くこの面会を切り上げたいと考えているのではないか。そんな気がして仕方がない。

「あなたの経歴について調べさせてもらいました」

理沙がそう言うと、棚沢の顔色が変わった。あれは焦りの表情だ。すでに取調べや裁判で何度も明かされているはずだが、それでも不快感があるようだ。見も知らない刑事に過去を語られたくはない、と思っているのではないだろうか。

「高校卒業後、あなたは印刷会社に就職。そこで技術を学んだあと、知人と共同で台東印刷を創業しました。社長となったあなたは会社の業績を伸ばすため、努力を続けた。何度か経営危機がありましたが、そのたびにあなたはうまく乗り越えてきた。しかし今から五年前、奥さんが病気で亡くなってしまった。お子さんはいなかったので、あなたは孤独になった。そして四年前には浪岡さんを死なせてしまい、あなたは逮捕された。社長を失った台東印刷はその後、倒産した……ということですよね？」

「ええ。今は土地も人手に渡っていますよ。ただ、解体工事などはされずに、工場はそのまま残っているらしいですが」

棚沢は低い声で答えた。他人事《ひとごと》だというような口ぶりで、ほとんど手応《てごた》えが感じられない。

理沙は攻めあぐねる様子だったが、ここで意外なことを口にした。

「台東印刷では、活版印刷も扱っていたそうですね」

はっとした表情で、棚沢は理沙に視線を向けた。彼女はそれを見逃さなかった。

「今、驚いたという顔をしましたね。当時の取調べで、その話はしなかったんじゃありませんか？　上野事件には関係ないから話す必要もなかったでしょうし」

「その活版印刷がどうかしたんですか？」

様子を探るような口調で棚沢は質問した。この件には興味があるらしい。

「今回、私たちが捜査しているのは殺人事件です」

「殺人……」

棚沢は眉《まゆ》をひそめる。うしろに控えた刑務官も聞き耳を立てている。

この場で西日暮里事件の詳細を説明するわけにはいかないだろう、と矢代は思った。捜査は現在進行中なのだから情報を漏らすことはできない。

だが、理沙は勝負に出ることにしたようだ。

「事件現場に金属活字が残されていたんです。しかも、上野事件を示唆するような証拠品も見つかりました。だから私たちは棚沢さんに話を聞きに来たんです」

「あの事件を、誰かが示唆……」

「そうです。棚沢さん、ここまで聞いてきて、何か思い出したことはありませんか」

理沙の問いを受けても、棚沢はじっと考え込んだままだ。

やがて彼はスポーツ刈りの髪に手をやった。無意識のうちに頭を撫《な》でているのだろうか。いや、そうやって時間稼ぎをしているのかもしれない。

「棚沢さん」矢代は彼に話しかけた。「あなたの事件は終わったかもしれませんが、我々は昨日発生した事件を捜査しています。もしかしたら犯人は、このあとふたり目を殺害するかもしれません。そう思わせるだけの証拠品が、現場にはあったんです」

「金属活字……ですか」

「ええ。どこにでも転がっているものじゃありませんよね。私には、犯人からのメッセージだと思えるんです」

棚沢はずっと頭を撫で続けている。しばらくためらう様子だったが、やがて彼は矢代に尋ねた。

「その金属活字は、何という文字だったんですか？」

矢代は理沙のほうに顔を向けた。話してしまっていいのかどうか、自分には判断がつかない。ここはリーダーである理沙に決めてもらおうと思った。

姿勢を正してから理沙は言った。

「『仁義』の『仁』という文字です」

「『仁』ですか……」

「私たちは『南総里見八犬伝』を連想しました。棚沢さんは何か思い出しませんか？台東印刷を経営していたところ、あるいは上野事件のあったころ、『仁』という字に関係する出来事はなかったでしょうか」

棚沢は目を伏せて黙り込んだ。彼の口から何かが語られることを、矢代は期待した。

だが、棚沢は首を横に振った。

「いいえ、特に思い出すことはありません」

理沙は落胆したという顔で矢代のほうを向く。矢代は思い切って、こう尋ねてみた。

「石橋満夫という名前に心当たりは？」

「さあ……誰ですか？」

駄目か、と矢代も肩を落とした。西日暮里事件と四年前の上野事件が関係している、という推測は間違っていたのだろうか。西日暮里の現場には、上野事件を報じる新聞記事が残されていたのだが――。

ほかにもいくつか質問してみたが、棚沢は何も知らない、覚えていない、と答えるばかりだった。

「そうだ。じゃあ、これはどうです？」

理沙がポケットから畳んだ紙を取り出した。そこには例のシーザー暗号がコピーされている。

「何だかわかりますか？」

言いながら理沙は紙を棚沢のほうに向ける。そのときだった。

「面会を一時停止します！」

棚沢のうしろに控えていた刑務官が、強い調子で言った。訳がわからず、矢代は遮蔽《しゃへい》板の向こうを見つめる。刑務官は険しい顔をしていた。

「面会時、暗号、符号を用いることは禁じられています」

彼は理沙を睨《にら》んでいた。彼女は慌てて、コピー用紙を自分のほうへ引き寄せた。

「あの……私たちは警察官なんですが」

「ここでは面会のルールに従っていただきます。暗号文はしまってください。さもないと面会を終了させることになります」

「……わかりました」

首をすくめて理沙はコピー用紙をポケットに戻した。決まりであれば仕方がない。

「それでは面会を再開します」刑務官は重々しい口調で言った。

咳払《せきばら》いをしてから、理沙はあらためて棚沢に目を向けた。

面会はもう終わりだと思ったようで、棚沢は椅子から腰を上げている。

「最後にもうひとつだけ」理沙は彼を呼び止めた。「失礼ですが、右脚はどうなさったんですか？」

「これですか。昔、怪我をしましてね。最近はずっとこんな具合です」

「その脚で浪岡さんと揉《も》み合いになったんですか？」

「おっしゃるとおりです。取調べでも裁判でも、きちんと説明しましたよ」

「……そうですか」と理沙。

椅子から立って、棚沢はこちらに会釈をした。

「刑事さん、わざわざ来ていただいたのに、お役に立てず申し訳ありません」

それから彼は踵《きびす》を返した。右脚を引きずりながら、棚沢はドアのほうへと歩きだした。

3

バスの座席に腰掛け、理沙は自分のメモ帳を開いた。

車内はすいていて周囲にほかの乗客はいない。彼女は小声で話しだした。

「棚沢宗一郎には親戚《しんせき》がほとんどいないようです。上野事件で捜査員たちが事情を聞いたのは、棚沢のいとこ甥《おい》ですね」

「いとこ甥？」

「従甥《じゅうせい》ともいいます。いとこの子供ですよ」

理沙のメモ帳には簡単な図が描かれていた。人間関係を整理するため、事前に書き込んでおいたものらしい。一般的な家系図とは描き方が違うかもしれないが、この際、関係がわかれば問題はないだろう。

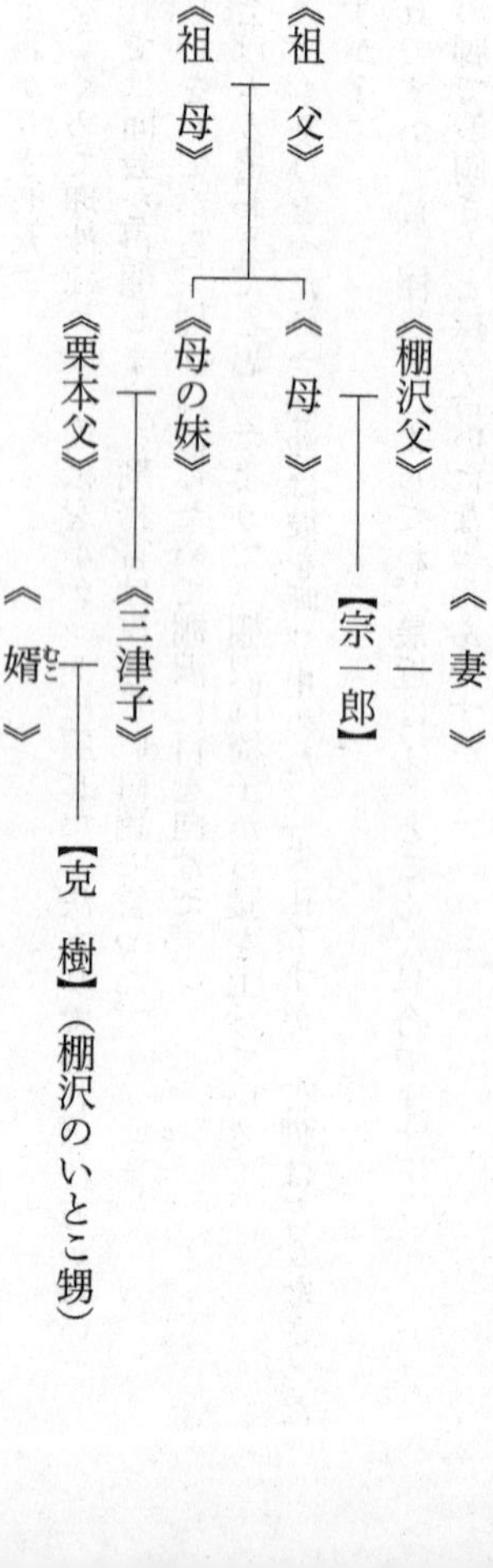

理沙は図に書かれた人物を指し示した。

「棚沢宗一郎のいとこが、この栗本三津子《くりもとみつこ》という女性です。その子供が克樹《かつき》さん」

「二重かっこが付けてあるのは何です？」

「すでに亡くなっている方です。現在生きているのは棚沢宗一郎と、いとこ甥である克樹さんだけなんですよ」

「ああ……棚沢宗一郎の奥さんは亡くなったし、子供はいないんでしたね」

そうなんです、と理沙は答えた。

「だから棚沢が逮捕されたときや刑務所に収監されたとき、栗本克樹さんは親戚として、いろいろ手続きをしたはずです」

「じゃあその人に聞けば、棚沢の過去がわかりそうですね」

「栗本さんの会社は小川町《おがわまち》にあります。連絡をとってみましょう」

バスを降りると理沙は携帯を取り出し、栗本の会社に架電した。すぐ本人に連絡がつき、このあと会う約束ができたようだ。

ところが、電話を切ったあと理沙はしきりに首をかしげていた。

「どうしました？」

「なんだか不機嫌そうな声でした。仕事中だからでしょうか」

「それはあるかもしれませんね。俺だって、捜査中に変な電話がかかってきたら、そんな対応をしてしまうかも」

「でも私、警察官ですよ。変な電話じゃないと思うんですけど……」

理沙はひとり口を尖《とが》らせている。

一時間ほどのち、矢代たちは神田《かんだ》小川町にあるスポーツ用品メーカーを訪問した。栗本が所属するのは営業部だという。受付で目的を伝えると、一階にある応接室に通された。

壁には野球やテニスの選手を起用したポスターが貼ってある。スポーツ用品はプロ選手とタイアップして商売を行うことが多いのだろう。

受付の女性がお茶を持ってきてくれた。礼を言って矢代は早速一口飲んだ。喉《のど》が渇いていたから、これはありがたい。

ややあってドアがノックされたので、矢代たちはソファから立った。

部屋に入ってきたのは精悍《せいかん》な顔つきの男性だった。三十歳ぐらいだろうか、鼻が高くて、外国のスポーツ選手を思わせるような人物だ。紺色のスーツがよく似合っている。

「お待たせしました。栗本です」

彼は理沙と矢代に名刺を差し出した。《営業部　第一課　栗本克樹》と書かれている。

栗本に勧められ、矢代たちは再びソファに腰掛けた。

「電話をいただいて、ちょっと不思議に思ったんですけどね」

矢代たちより早く栗本は口を開いた。遠慮がないというか、物怖《ものお》じしないというか、とにかく積極的な性格のようだ。

「なぜ今になって、おじのことを聞きに見えたんですか？」

彼は棚沢宗一郎のことを「おじ」と呼んでいるらしい。バスの中で理沙から聞いたところ、栗本から見た棚沢は「いとこおじ」が正解らしいが、そのへんは簡略化しているのだろう。

「私たちは今、ある殺人事件を捜査しているんです」理沙は相手の表情をうかがいながら答えた。「その中で、棚沢宗一郎さんの起こした事件——上野事件を示すような証拠品が出てきました。また、活版印刷を連想させるような証拠品も出ました。それで、棚沢さんのところに先ほど行ってきたんです」

「え……。刑務所に行ったんですか？」

意外そうな顔で栗本は尋ねてきた。それから、不快だという表情を浮かべた。理沙が電話したとき「不機嫌そう」だったそうだが、今も機嫌は直っていないようだ。

「おじがあんなことになって、僕は本当に迷惑しているんですよ」憤りを隠そうともせず、栗本は言った。「勝手に事件を起こして、逮捕されて……。僕しか親戚がいないから、というのはわかります。でも警察への対応や法的な手続き、亡くなった方の遺族のこと、おじの経営していた印刷会社のこと……。なんで僕がそこまでしなくちゃいけないのか、という気持ちが強かった。そもそも、あの人とは近い親戚じゃないんですよ。それなのに全部押しつけられて、冗談じゃないですよ」

学生のころは体育会系だったのだろうか、栗本は声が大きい。彼が憤る様子を見ているうち、矢代は自分が叱責《しっせき》されているような錯覚に陥った。

「正直な話、もう嫌ですよ。あんな人の面倒なんて見られません。このままずっと刑務所から出てこないでほしいぐらいです」

ずいぶんきつい言葉だった。たしかに栗本は迷惑をこうむってきたかもしれないが、数少ない親族に対して言い過ぎではないか、という気がする。

「ちょっとお訊《き》きしますが……」矢代は口を開いた。「栗本さんは棚沢さんと、どれぐらいのつきあいがあったんですか」

「つきあいなんて、ないですよ。ご存じでしょうけど、亡くなった僕の母があの人のいとこだったんです。まあ、子供のころは遊んでもらったこともありました。印刷工場を見せてもらって、はしゃいだこともあったと思います。でも、大人になってからは、ほとんど会うこともなかった」

「葬儀や法事のときぐらいは会っていたんでしょう?」と矢代。

「それはそうですが、年に一度ぐらいでしたよ。年賀状だって出したことはありません。……それなのにあの人が事件を起こしたら、みんな僕のところに連絡してくる。急に、人ひとりの面倒を見ろと言われても困りますよ。とにかく書類が多いんです。うちに帰ってそれを書いて、手続きのために会社を半休して、刑務所にも面会に行かなくちゃならなかったし、もう勘弁してくれって感じです」

話を聞くうち、ああ、そういうことか、と気がついた。栗本は矢代たちを警戒しているのだ。今日、棚沢についてまた厄介な依頼を受けるのではないか、と考えているのだろう。

「栗本さん、私たちは話を聞きに来ただけなんですよ」

「話？」栗本は眉《まゆ》をひそめた。「何の話ですか」

やはり完全に疑っている顔だ。穏やかな調子で矢代は言った。

「殺人事件の捜査のために、棚沢さんの過去を聞かせてほしいんです」

「え？　ちょっと待ってください」栗本は身じろぎをした。「おじは、ほかの事件にも関わっていたんですか？」

「いや、そうじゃありません。今、我々が追いかけている犯人が、棚沢さんのことを知っている可能性があるんです」

矢代は理沙の許可を得たあと、支障のない範囲で西日暮里事件のことを説明した。最初は迷惑そうな顔をしていた栗本も、徐々に落ち着いてきたようだ。

「なるほど。誰だかわからないけど、上野事件の記事を保管していた奴がいたんですね。そいつが新聞と金属活字を現場に残した。そうなると、たしかにおじを調べる必要がありそうですね」

「ご理解いただけて嬉《うれ》しく思います」矢代は口元を緩めた。「棚沢さんがどんな関わり方をしたのかわかりませんが、犯人に目をつけられているんじゃないかと思うんです」

わかりました、と答えて栗本は姿勢を正した。

「……で、僕は何を話せばいいんですか」

「質問に答えていただけますか」矢代はメモ帳を開いた。「棚沢さんとは年に一度ぐらいしか会わなかったそうですが、何か気になることを聞きませんでしたか。上野事件に関することでもけっこうですし、それ以外のことでもかまいません」

「そうだなあ。法事で会っても少し喋《しゃべ》るぐらいでしたから」

「会社の経営のことでもいいですよ。愚痴をこぼしていたりしませんでしたか」

愚痴ですか、とつぶやいたあと、栗本はこう答えた。

「印刷会社の仕事はきつい、というのは何度も聞かされました。社員にもっと給料を出したい気持ちはあるけど、業績を考えると難しいってね」

「だとすると、社員との間にトラブルなんかも……」

「どうですかね。文句のある人はどんどん辞めていったんじゃないでしょうか」そこまで言って、栗本は何か思い出したという表情になった。「そういえば、辞めた人間がときどき会社にやってきて、面倒な話をしていたとか、なんとか」

「面倒な話、というと？」

「詳しいことは知りません。退職金とか、そういう関係だったのかも」

「もしかしたら、上野事件で亡くなった浪岡さんじゃありませんか？」

「さあ、どうだったんでしょうね」

具体的に社内でどんなことがあったかは、栗本も知らないという。これは仕方のないことだろう。

「最近、刑務所に面会には行っているんですか？」

矢代が訊くと、栗本は顔をしかめてまた不快感を示した。

「仕事が忙しいから、それどころじゃなくて……。でも、おじには支援者がいるんですよ」

「支援者？」理沙が首をかしげた。

「毎月面会に行っているみたいです。何だったら連絡先を教えますけど」

「お願いします」

理沙はメモ帳を開いて、栗本が口にした連絡先を手早く記入する。

ほかにも質問してみたが、これといった情報は出てこなかった。最後に、ふと気づいて矢代は尋ねてみた。

「今、棚沢さんの家はどうなっているんですか？」

「そのままになっています。固定資産税なんかは僕が代行して払っていますけどね。何かあるといけないので、おじの所持品はうちで預かっています」

「所持品というと……」

「書類とか貴重品とか、そういったものです」

「それ、見せていただけませんか。ぜひ、お願いします！」

書類と聞いて、理沙は身を乗り出してきた。文字フェチだというのは別にしても、彼女がそれらに興味を持った理由はよくわかる。メモや手帳が出てくれば、過去の人間関係が読み取れるかもしれない。運がよければ、棚沢が西日暮里事件の犯人や被害者と関わっていたことが判明するのではないか。

「ええと、どうするかなあ」栗本は首をかしげた。「物置の奥のほうに入れてしまったんですよ。引っ張り出すのに時間がかかりそうで……」

「じゃあ、見つかったら連絡をいただけますか」

理沙はメモ用紙を取り出し、特捜本部の電話番号を書いて渡した。栗本はそれを見て、複雑な顔をしている。面倒なことを引き受けてしまった、と後悔しているのだろう。

「まあ、捜してみますけどね」栗本は軽くため息をついた。「まいったな。どうして僕がこんなことをしなくちゃいけないのか……」

矢代たちの前だというのに、彼はしばらくぶつぶつ言っていた。

「栗本さん、なんとかお願いします」理沙は拝むような仕草をした。「その資料を調べたら、私たちの捜査が大きく進展するかもしれません。そうなれば、あなたは殺害された被害者の遺族を助けることができるんです」

「遺族のためですか。なるほど……」

何度かうなずいたあと、栗本はメモを畳んでポケットにしまい込んだ。

スポーツ用品メーカーのビルを出て、矢代は腕時計に目をやった。

そろそろ十一時半になろうとしている。神保町《じんぼうちょう》方面に歩きだしながら矢代は言った。

「店が混む前に昼飯を食いませんか。この先に、昔よく行ったカフェがあるんです」

「そうですね。じゃあそのお店に」

思ったとおり、昼前なので店はまだすいていた。窓際の席に腰掛けてメニューを開く。

矢代はパスタの大盛りとコーヒー、理沙はベーグルサンドのセットを注文した。

理沙は携帯を手にして、夏目にメールを打ち始めた。

「食事のあとは別行動にしましょう」彼女は顔を上げて言った。「夏目さんを呼びましたから、矢代さんは彼女と合流してもらえますか」

「メンバー交代ですね。了解しました」

夏目の顔がちらりと頭に浮かんだ。彼女も矢代と同じく、署内で作業をするより外で聞き込みをするほうが好きだろう。

パスタを口に運びながら、矢代は理沙に話しかけた。

「栗本克樹はだいぶ迷惑しているようでしたね。親戚《しんせき》で、顔も知っている相手だというのに」

理沙はベーグルを手にしたまま、顔を曇らせた。

「一緒に暮らしていたわけじゃないので、仕方ないのかもしれませんよ」

「たしかにね、俺が彼の立場だったら、やっぱり『面倒だ、厄介だ』と感じるだろうと思います。でも、それを他人の前であれほど露骨には言いませんよ」

「それだけストレスが溜《た》まっていたんでしょう。今は自己責任が問われる時代ですから」

仕事も生活も個人の意志に任されている。だから悪い結果になったとしても、それは本人の責任だ、という考え方が広まりつつある。

「昔だったら親戚に厄介な人がいたとしても、周りが助けてあげたんじゃないですかね」

「どうなんでしょう。以前は新聞や雑誌といった紙媒体で『いい話』だけが広まっていたのかもしれません。でも今はネット環境があるから、どちらかというと『嫌な話』のほうが拡散しやすいですよね」

「なんだか息苦しい時代になりましたね。昔はよかったなあ……」

矢代は小さくため息をついた。それを見て、理沙は苦笑いを浮かべた。

「意外と古い見方をするんですね、矢代さん」

「鳴海主任は違うんですか？　本や文書が好きだから、もっと保守的な考え方なのかと思いましたけど」

「もちろん電子データより、紙のほうが好きですよ。でも今の時代、電子データも文書として通用しています。要は、そこに何が書かれているかです」

「SNS上の悪意ある書き込みにも、意味がありますかね」

「意味はあるでしょうね」理沙はコーヒーを一口飲んだ。「ネット上のものであっても、人の書いた文章には筆記者の考えや癖が反映されます。フェイクを書く人がいるとしたら、必ず理由があるはずです。もしネット上の書き込みから心理状態を推理できたら、すごいことじゃないですか」

理沙は大学で文章心理学を習得し、それを応用して捜査に役立てようとしている。警察の中には心理学をあやふやな学問と見る者もいるが、彼女はあえてそのあやふやさを活《い》かそうとする。もちろん、証拠を第一とする警察のやり方とは合わない部分も多い。だが証拠が得られないとき、先に推論を組み立てることで突破口が開かれる場面が、これまでに何度かあった。文書解読班は異端の部署だが、最近は実力を認めてくれている幹部もいるらしい。

「この先、文書解読班はどうなりますかねえ」

紙ナプキンで口を拭《ふ》きながら、矢代はつぶやいた。理沙は少し考えたあと、静かな口調で尋ねてきた。

「矢代さんはどうしたいんです？　私の勘違いでなければ、矢代さんは文書解読にはあまり興味を持っていませんよね」

「ええと……まあ、そうですね」

理沙にはっきり伝えたことはないが、矢代は以前から殺人班に異動したいと考えている。自分が得意とするのは聞き込みや張り込みといった、粘り強い捜査だ。所轄の刑事だったころには何度も同じルートで聞き込みをしたので、「お遍路さん」などと妙なあだ名をつけられた。

いい機会かもしれないと思い、矢代は真面目な調子で言った。

「正直に話すと、俺がこの部署に向いているかどうかわからないんです。俺は所轄で、足で稼ぐ捜査ばかりしていましたから、頭を使うのはどうも……」

「でも、今の矢代さんの活躍をしっかり見ている人もいますよ」

「俺が活躍していますかね？」

矢代は懐疑的な目で相手を見た。すると、理沙は急に真顔になって答えた。

「もちろんですよ。矢代さんは絶対に必要な人です」

「ああ、たしかにね。段ボール箱なんかを片づけるときには必要でしょう」

「いえ、そうじゃなくて……。矢代さんはとても大事な人ですから」

「えっ？」意外な言葉を聞いて、矢代はまばたきをした。「どういうことです？」

少しためらう様子を見せてから、理沙は続けた。

「矢代さんは、自分で思っているよりずっと、文書解読班に貢献してくれているんですよ。無意識のうちに、そうしているのかもしれませんが」

「俺はあまり本を読まないし、文書解読も得意じゃありませんけど……」

「組織を維持していくためには人間関係が大事ですよね。今、文書解読班は矢代さんを中心に、まとまってきていると思うんです」

「……そうでしょうか」

「そうですよ。私にはわかります。だって私は、これまでずっと矢代さんを見てきたんですから」

理沙は真剣な顔をしている。じっと見つめられ、矢代はつい目を逸《そ》らしてしまった。

「ええと……コーヒー、もう一杯頼みましょうか」

そう言って矢代はウエイトレスを呼んだ。

昼食を終えると、理沙は店の前で何本か電話をかけた。二分ほどたってから、彼女は矢代のほうを向いた。

「矢代さん、このあと夏目さんと合流したら、棚沢宗一郎の支援者を訪ねてください」

「連絡がついたんですか？」

「仕事は夕方からなので、今は家にいるそうです。ちょうどよかったですね」

矢代と理沙はJRの御茶《お》ノ水《ちゃみず》駅まで歩いた。

御茶ノ水橋口に向かうと、自動券売機の近くで手を振っている夏目が見えた。彼女は背が高いから、人混みの中でもけっこう目立つ。

「お疲れさまです。矢代先輩、ここからは私がお供しますよ」

外出できたのがよほど嬉《うれ》しかったらしく、夏目は張り切った顔をしていた。まるで散歩に出た犬のように見える。しっぽがあれば激しく振っていそうだった。

「私は蔵前に行って、台東印刷のあった場所を確認してきます。どんな雰囲気なのか、見ておきたいんですよね。そのあと荒川署に戻りますので、何かあったら連絡してください。じゃあ、そういうことで」

理沙は改札口のほうへ去っていった。小走りになった彼女の姿は、ハムスターか何かのようだ。

「さあ先輩、私たちも活動を開始しましょう」

夏目は表情を引き締めていた。


電車で移動する間、矢代はこれまでの捜査状況を夏目に伝えた。

周囲に情報が漏れないようにと、彼女は注意しながら聞いていた。辺りに目を配る態度は、立派な捜査員のものだ。

「状況はよくわかりました。先輩、次の聞き込みは私にやらせてください」

彼女は胸を張って言った。積極的な姿勢は評価できる。夏目も成長してきたな、と矢代は心強く思った。

JR西大井《にしおおい》駅から住宅街へ入って十分ほど歩く。直方体のユニットをいくつか組み合わせたような、角張った二階家があった。大きな家ではないが、庭や玄関前がよく手入れされていて清潔感がある。門の横には《宮田《みやた》》という表札が出ていた。

夏目がチャイムを鳴らすと、じきに玄関のドアが開いた。顔を出したのは眼鏡をかけた、三十代の男性だ。顎《あご》が細く、手足も長くて華奢《きゃしゃ》な印象がある。だがレンズの奥の目には鋭い光があった。スポーツマンタイプの栗本克樹に比べると、こちらは明らかにインドア派と見える。

「警視庁の夏目と申します」彼女は警察手帳を呈示した。「宮田雄介《ゆうすけ》さんですね？」

「ええ。どうぞ入ってください」

彼は踵《きびす》を返して家の中へ戻っていく。お邪魔します、と言って矢代と夏目は靴を脱ぎ、廊下に上がった。

きれいに整頓《せいとん》されたリビングルームに通され、矢代たちはクッションを勧められた。ホームセンターなどでよく見かける品で、濃い茶と緑の二色がある。アースカラーと呼ばれるものだな、と矢代は思った。ローテーブルの上には白いテーブルクロスが敷いてある。

「すみません、こんなものしかないんです」

そう言って宮田はペットボトルのお茶をコップに注いでくれた。

頭を下げ、礼を述べたあと夏目はメモ帳を開いた。

「早速ですが、お話を聞かせてください。宮田さんはどういう経緯で、棚沢宗一郎さんを支援しているんですか？」

「ええと……順番に話したほうがいいですよね」宮田は壁の時計に視線をやってから、記憶をたどる表情になった。「僕の父はもともと、高校の同級生だった棚沢さんと一緒に台東印刷を起業したんです。棚沢さんが社長、父が専務ということで経営してきました。ところが今から二十年前、僕の両親は自動車事故を起こして、亡くなってしまったんです」

「おふたりともですか？」と夏目。

「そうです。当時私はまだ中学一年生でしたから、どうしていいのかわからなくて……。近い親戚《しんせき》もいなかったので、誰も助けてくれないんじゃないかと思いました。私は何日も泣いていました。子供心に、自分もあとを追って死んでしまおうかと思いました」

宮田は目を伏せている。彼が相当苦労したであろうことは、容易に想像できた。

夏目の質問が途切れてしまったので、おや、と矢代は思った。隣に目をやってみる。そこでぎくりとした。夏目は背筋を伸ばしたまま、ひとり涙ぐんでいたのだ。

「中学一年生といえばまだ十二、三歳ですよね」夏目はハンカチを出して涙を拭《ぬぐ》った。「そんな小さいときにご両親を亡くしたなんて……。しかもふたり同時に。本当にお気の毒です」

後輩の横顔を見ながら、矢代は思い出していた。そうだ、夏目は情に厚くて涙もろい性格なのだ。こういう話には特に弱いのだろう。

少し落ち着かせたほうがいいと考え、彼女に代わって矢代が口を開いた。

「つらい記憶だと思いますが、教えていただけますか？　自動車事故というのは、どんなものだったんでしょうか」

「父と母は台東印刷の社有車に乗って、仕事に出かけたそうです。会社が忙しいときは母も仕事を手伝っていたらしくてね。ふたりは高尾山《たかお》のほうにあるお客さんのところへ打ち合わせに行ったんですが、その途中で事故を起こしました。車ごと崖《がけ》から落ちてしまって……。忙しい時期だったので、過労のせいで父が運転を誤ったんじゃないかと思います」

「そういうことですか」

「父と母の遺体は見せてもらえませんでした。崖から落ちたとき、ガソリンに引火して炎上したらしいんです。ふたりの遺体はたぶん黒焦げで、顔もわからないような状態だったんじゃないかと……」

夏目はすすり泣いている。唇を嚙《か》み、自分の身内のことのように悔しがっていた。まいったな、と思いながら矢代は質問を続けた。

「その後どうなったんですか。あなたは遠い親戚か誰かのところへ？」

「いえ、棚沢さんの世話になったんです。あの人は父の親友だったし、そもそも仕事中の事故だったから、社長として責任を感じたんでしょう。棚沢さんは父が亡くなったことを悲しんで、行くところがなければうちに来なさい、と言ってくれました。あのときの安心感は忘れられません」

「なるほど。それで棚沢さんの家に引き取られたんですか？」

「ええ。棚沢さんにはお子さんがいなかったので、本当に迷惑をかけたと思います。食べさせてもらって、学費も出してもらって……。でも感謝はしていても、子供のころはその気持ちをうまく伝えられなかったんじゃないかと思います」

当時を思い出したのだろう、宮田は少し言葉を切った。大人になってから過去を振り返れば、恥ずかしいと思うことがいくらでもある。

「結局、私は短大まで通わせてもらって、そのあと学習塾に就職しました。今は小中学生に数学を教えています。自分がつらい思いをしたから、家庭に事情がある生徒には肩入れしてしまうんですよね。個人的な感情で対応を変えてはまずいんですが、どうしてもね……」

宮田は三十三歳だという。短大を出てから十年以上、学習塾で働いているわけだ。

「就職してからはひとり暮らしを？」と矢代。

「ええ、アパートを借りたんです。五年前にはこの家を中古で買いました。ローンが大変ですけど、やっぱり自分の城を持つのは気分がいいですよ」

「その翌年、棚沢さんの事件が起こってしまったわけですね」

矢代が言うと、宮田はまた表情を曇らせた。彼にとっては気が進まない話だろう。だがその件こそ、今日矢代たちが聞きたかったことだ。

「棚沢さんが人を死なせたと知って本当に驚きました。こんなふうに言ってはまずいのかもしれないけど、亡くなった人も相当ひどいですよね。客を騙《だま》すようなセールスをして、クレームだらけだったそうじゃないですか。棚沢さんがやらなかったとしたら、誰か別の人がやっていたかも……という気がします」

気持ちはわかるが、警察官としてその意見に同意することはできなかった。どんな理由があろうと、人を殺害した者を擁護するわけにはいかない。おそらく宮田にもそれはわかっているだろう。だが、わかっていてもなお、彼はこんな発言をせずにはいられないのだ。

「私は大急ぎで台東印刷に行って、棚沢さんのことをいろいろ聞きました。最初は会社の人が警察に呼び出されていたようです。そのあと、親戚の男性が警察や刑務所で手続きをしたらしくて」

「いとこ甥《おい》の男性ですね」

矢代の言葉を聞いて、宮田は意外だという顔をした。

「知っているんですか。さすが警察の方ですね。……棚沢さんのいとこの子供で、栗本克樹という人です。たしか私のふたつ下だから、今三十一歳かな」

「詳しいんですね。もしかして面識があるとか？」

「ええ。棚沢さんに引き取られてから、私はときどき台東印刷の工場へ遊びに行っていたんです。そのとき棚沢さんの親戚の克樹くんと知り合いました。ふたりで工場の中を歩いたり、裏の倉庫に忍び込んだりしてね。機械に触ろうとしたときには、ひどく叱られましたけど、それもなつかしい思い出です」

意外な話だった。矢代は首をかしげながら宮田に尋ねる。

「我々はスポーツ用品メーカーを訪ねて、栗本克樹さんに会ってきました。でも、そういう話は出ませんでしたが」

「ああ……そうかもしれませんね」宮田は渋い表情を浮かべた。「克樹くんは、子供のころとは変わってしまったんですよ。私も、今となっては彼を軽蔑《けいべつ》しています。彼はあまりにも自分勝手ですから」

「もしかして、棚沢さんの件で何か話したんですか？」

矢代は水を向けてみた。身じろぎをしたあと、低く唸《うな》ってから宮田は答えた。

「克樹くんがあまり面会に行っていないと聞いたので連絡してみたんです。あれこれ釈明していたけれど、結論から言うと、克樹くんは厄介払いをしたいんですよ。親やきょうだいでもないのに、なんで棚沢さんの面倒を見なくちゃいけないのかと、不満だったんでしょう」

矢代が聞き込みに行ったときにも、栗本の言葉からはそういう思いが滲《にじ》み出ていた。本音なのだろうが、それを他人に話すのは身も蓋《ふた》もないことのように感じる。

「本来なら、親戚である克樹くんがもっと面会に行くべきだと思います。でも彼は遠回しに、それは嫌だと言うんです。あんまりですよ。……だから私が行くことにしました。棚沢さんは親代わりになって私の面倒を見てくれた。その恩返しをしないとね。知り合いというだけでは面会の条件が厳しくなるので、棚沢さんの支援者という形にしています」

「そういうことだったんですか」

矢代がつぶやく横で、夏目が口を開いた。

「すばらしいことだと思います。あなたのような方を私は心から応援します。頑張ってください」

目を潤ませたまま、夏目は宮田にうなずきかけた。彼女の反応がいかにも芝居じみているので、宮田は不審に思っているのではないだろうか。

矢代はあらためて宮田に訊《き》いてみた。

「もう少しお尋ねしたいんですが、面会を重ねる中で、棚沢さんは何か気になることを言っていませんでしたか。たとえば、別の事件に関わっていたとか……」

「え？　そんな話はまったく知りませんけど、根拠があるんですか？」

「いえ、それはわかりません」矢代は少し考えてから、石橋の顔写真を見せた。「これは石橋満夫という人ですが、知りませんか。棚沢さんが石橋という名を口にしたことはなかったでしょうか。あるいは『仁』という活字のことを話していたことは？」

「記憶にありませんけど……。何なんです？」宮田は警戒するような表情を浮かべた。

「あなた方は今日どういう目的で来たんですか。捜査だというから、私は協力しようと思ったんです。でも、もし棚沢さんが不利になるようなことなら一切お断りします」

矢代は宮田の顔を見たまま黙り込んだ。自分が棚沢に面会したとき抱いたのは、何か隠しているのではないか、という疑念だ。そういう意味では宮田が気にしているとおり、矢代は棚沢を疑っている。

「真実を明らかにするのが我々の仕事です」矢代ははっきりした口調で言った。「そのために情報を集めています」

「すでに逮捕・収監されている人間をまた疑うということですか」

「もしかしたら、そうなるかもしれませんが……」

「あの人は今、刑務所で罪を償っているじゃありませんか。そこにまた罪をかぶせようとするなら、支援者として黙っていられません。どれだけ金がかかるとしても、弁護士を雇って闘います。私にはその覚悟があります」

彼の目は真剣だった。かつて棚沢に援助してもらい、社会人になれたという恩義があるのだ。棚沢のためにできることなら何でもする、と決意しているのだろう。

ここで揉《も》めるのは得策ではない。矢代は宮田に向かってひとつ頭を下げた。

「我々の使命は、凶悪な殺人事件を解決することです。決して、棚沢さんをどうこうするのが目的ではありません。その点だけはご理解ください」

「今日はお引き取り願えますか」

厳しい口調でそう言われ、矢代は言葉を返すことができなかった。夏目を促して立ち上がる。

最後にもう一度礼を述べて、矢代たちは宮田の家を出た。

4

午後六時五十分。矢代と夏目は荒川署の特捜本部に戻った。

夜の捜査会議は八時から行われる予定だが、その前に文書解読班だけで打ち合わせをしたい、と理沙から連絡があったのだ。会議では、岩下管理官からまた意地の悪い質問を受ける可能性がある。だから事前に今日集めた情報を整理しておきたい、ということだろう。

特捜本部の隅に矢代、理沙、夏目、谷崎の四人が集まった。岩下管理官は幹部席で書類に目を通している。矢代たちは今日、岩下に隠れて文書解読以外の捜査も行った。その情報が漏れないよう、四人は小声で打ち合わせを始めた。

「じゃあ、まず俺のほうから。午前中は鳴海主任と一緒に、府中刑務所に行ってきました。上野事件の加害者・棚沢宗一郎を訪ねたわけですが……」

「あの、矢代さん、すみません」谷崎が口を挟んだ。「その件、夏目さんはもう知っているんですよね。時間もないし、割愛してもらってもいいんじゃないかと」

「いや、谷崎にも知っておいてほしいと思ってさ」

「え？　でも、僕は応援でツールを作りに来ただけですよ」

「水くさいな。今や谷崎も立派なメンバーだろう？」

「いつからそうなったんですか」

谷崎はぶつぶつ言っていたが、それでもノートを開いてメモをとり始めた。

「棚沢は何か隠しているようでしたが、詳しいことはわかりません」矢代は説明を続けた。「次に棚沢のいとこ甥・栗本克樹さんを訪ねました。鳴海主任から見て、あの人はどうでした？」

「スポーツマンで積極的、営業向きの人ですよね。思っていることは隠さず口に出してしまうタイプでしょう。だから棚沢の世話をするのは面倒だと、大きな声で言ってしまう。しかし、そう言いながらも必要な手続きはしてきたわけですよね。責任感はある人だと思います」

「棚沢本人の前でも、あれこれ言ってしまったんですかね」

「もしそうだとしたら、棚沢はかなり気落ちしたでしょうね」

唯一の親族から辛辣《しんらつ》な言葉を浴びせられたら、誰でも意気消沈してしまうだろう。収監され、自由を奪われている身だったらなおさらだ。

「そのあとは俺と夏目で情報収集を行いました。栗本さんがあんな態度をとっているせいでしょう。宮田雄介という男性が棚沢の支援をしています」

矢代から話を聞いて、谷崎は腕組みをした。

「そのふたり、本当に対照的ですね。だけど、どちらの気持ちもわかるような気がします」

「谷崎さんの口からそんな言葉が出るとは意外ですね」理沙が言った。「コンピューターの世界は0か1か、はっきり決まっているものでしょう?」

「根本のところはそうですけど、プログラムでは複雑な条件を組み合わせますからね。ひとめ見ただけでは、それが正しい処理なのか間違っているのか、判断できないことがあります。特に、いろんな人間が手を入れたプログラムはどんどんわかりにくくなって、ソースコードも読みにくくなります。俗に『スパゲティープログラム』なんて言うんですけど」

コンピューターの世界であっても、プログラムを作るのは人間だ。その人の個性や癖が強く出るのだろう。

「あとの時間は、棚沢や栗本さん、宮田さんの知り合いを訪ねて話を聞きました。でも、これといった情報はなかったですね」

矢代は報告を終えた。有益な情報が得られなかったことは本当に残念だ。

続いて理沙が、声をひそめて言った。

「じつは私、川奈部主任と情報交換したんですよ。私のほうからは、棚沢宗一郎が事件に関係しているかもしれない、と話しました」

「えっ。話してしまったんですか?」矢代はまばたきをした。「その件は、文書解読班だけの秘密だったのでは……」

「調べることが多くなりましたから、彼らの手を借りたほうがいいと思ったんです。大丈夫ですよ。古賀係長と川奈部主任は中立だから、岩下管理官に喋《しゃべ》ったりはしないはずです」

そこまで信用できるのだろうか、と矢代は思った。古賀が中立だというのは知っているが、圧力をかけられ、いつか岩下管理官に取り込まれてしまうかもしれない。そうなったら、文書解読班の情報は筒抜けになる。岩下は今まで以上に締め付けを厳しくしてくるだろう。

だが理沙の言っていることも理解できた。新聞記事から始まった捜査は思わぬ広がりを見せている。調べを進めるのに、もっと人手がほしいというのは事実だった。

「そういうわけで川奈部さんの部下が、棚沢関係の聞き込みを手伝ってくれていたんです。結果としてこんなことがわかりました。……まず、印刷機器メーカーの瀬戸《せと》という社員の証言です。台東印刷が倒産したのは三年半前ですが、彼は印刷機のメンテナンスのため、最後まであの会社に出入りしていました。彼は以前、浪岡周造さんを見たことがあるそうです。浪岡さんは難しい顔で、棚沢さんと何か話していたんだとか」

浪岡は四年前の上野事件の被害者だ。健康器具のセールスマンで、棚沢にも強引な商品販売をした人物だった。

なるほど、と矢代は思った。出入りの業者にまで目撃されていたのなら、浪岡はかなり頻繁に訪れていたのだろう。

「健康器具の話をしに来ていたんでしょうか」夏目がつぶやいた。「棚沢が呼んだのか、それとも浪岡さんがセールスのため訪れていたのか」

「もしかしたら、トラブルになったあとかもしれないぞ」矢代は言った。「契約解除のことなんかで、すでに揉めていたのかも」

「たしかに、考えられますね」と夏目。

理沙は自分のメモ帳に再び目を落とし、ページをめくった。

「今回の西日暮里事件の被害者・石橋満夫さんの件ですが……。その瀬戸さんという人に石橋さんの顔写真を見せたところ、知らないということでした。さっき、彼が浪岡さんを見たと言いましたが、それはまったくの偶然だったのかもしれません」

瀬戸は台東印刷に呼ばれて、たまに訪問していただけだろう。仮に石橋が棚沢を訪ねてきていたとしても、目にするチャンスはほとんどなかったのではないか。もちろん、石橋が棚沢を一度も訪ねていなかった、という可能性もある。

「川奈部さんたちは、台東印刷の元社員には会えたんでしょうか?」と矢代。

「社員名簿が手に入らなくて、捜査は難航しているようですね。若手の元社員が見つかったので、話を聞いてみたそうです。でも石橋満夫さんのことは知らないと……」

殺人班がいろいろ調べてくれたが、これといった手がかりは見つからなかったようだ。情報を集めるには時間がかかりそうだった。

ひとつ息をついてから理沙は話題を変えた。

「今日、谷崎さんが完成させたツールで、例のシーザー暗号を解析してみました。一文字ずつずらして二十五パターンを試してみたんですが、まだ正解らしきものは見つかっていません」

「谷崎くん、そうなの？」

夏目が怪訝《けげん》そうな顔で尋ねた。谷崎は釈明するような調子で答える。

「けっこう難しい問題があるんです。たとえばツールを使って何文字かずらした結果、『しんじんぶかいさる』という文字列が出来たとします。これが意味するのは『信心深い猿』なのか『新人、部会去る』なのか、前後の文脈から判断する必要がありますよね。でも、その前後の文字列も意味が確定していないので、どこを頼りにすればいいのかわからないんです。全体的にふわっとした状態なので、何度も読み直して、意味が通るものが正解だろうと考えるしかないわけで……」

「だったら、そのツールは意味がないってこと？」と夏目。

すると、理沙と谷崎が同時に否定した。

「そんなことはないですよ」と理沙。

「そんなことはありません」と谷崎。

矢代と夏目は顔を見合わせた。ひとつ咳払《せきばら》いをしてから理沙が言った。

「ツールのおかげで解読の第一段階は終わったわけです。次はこの二十五パターンの文字列をどう読むか、という話になります。そこはパソコンにはできない作業です」

隣で谷崎が、うんうん、と深くうなずいている。

「でも、鳴海主任が何時間か取り組んでも、うまく解読できないんですよね？」

矢代が尋ねると、理沙は顔をしかめた。渋い表情で、低く唸《うな》りながら彼女は言う。

「いろいろな区切り方を試しているんですが、どうもしっくりこなくて……」

「ちょっと貸してもらえますか。岡目八目って言いますから、当事者より俺なんかのほうが、何か気がつくかもしれません」

「うまくいきますかねえ……」半信半疑だという顔で、理沙は紙を差し出してきた。

受け取った紙にはごみ袋から見つけた暗号と、それをずらした二十五パターンの文字列がプリントされている。

夏目も横から覗《のぞ》き込んできた。彼女も第三者だから、見てもらったほうがいいだろう。ひょっとしたら何かアイデアが出るかもしれない。

ふたりでしばらく、ああでもない、こうでもないと話し合ったが、理沙の言うとおり、なかなか解読案は出なかった。

「何か根本的なところが違うのかなあ……」

矢代は、最初にごみ袋で見つかった文字列を見つめた。そういえば、前から気になっていたことがあった。

「鳴海主任、この三つの『▲』の意味はわかったんですか？」

「ああ、それはまだ……」

「もしかして、これがヒントじゃないですかね。記号のように見えて、じつはこれも文字だったとか」

「でもこの三角が文字を指すとすると、同じものが三つ続くことになりますよね。それは考えにくいんですが……」

理沙は思案の表情になった。彼女もこの三角が気になってはいたようだ。

と、そのとき夏目が右手を高く挙げた。

「意見具申！」

「なんだ、夏目」

驚いて矢代は彼女のほうを向く。夏目は上体を前に傾けて、元になった暗号文を指差した。

「記号が三つあるということは、単純に三文字ずらすということじゃないでしょうか」

「ええ、私もその線は考えました。ですが、これを三文字シフトしても意味が読み取れないんですよね」

「そこで、もうひとつ推測してみます。黒い三角といえば赤字です。赤字といえばマイナス。マイナスといえばプラスの反対。これは『逆の方向』という意味だとは考えられませんか」

「逆の方向？」

首をかしげる矢代をそのままにして、夏目は理沙に尋ねた。

「三文字ずらそうとした場合、鳴海主任が考えた換字表はこれですよね？」

彼女はコピー用紙の余白にこんな文字列を書いた。

◆換字表（正転・三文字右シフト）
【原字】a b c d e f g h i j k l m n o p q r s t u v w x y z
↓↓……　　　　……↓↓
【暗字】X Y Z A B C D E F G H I J K L M N O P Q R S T U V W

「この換字表だと『a b c』は『XYZ』になります。でも、そうじゃなかったのかもしれません。まず暗字のアルファベットを左右逆転させてみます」

夏目は再びペンを取り、別の文字列を綴《つづ》っていく。

◆換字表（逆転・シフトなし）
【原字】a b c d e f g h i j k l m n o p q r s t u v w x y z
↓↓……　　　　……↓↓
【暗字】Z Y X W V U T S R Q P O N M L K J I H G F E D C B A

理沙はこれを見て、「あ！」と声を上げた。夏目はさらに説明を続ける。
「この状態でもかなり予想外なわけですが、そこへ三文字シフトするという条件を付け加えると、どうなるか……」

彼女はまた、あらたな文字列を書き込んだ。

◆換字表（逆転・三文字左シフト）
【原字】a b c d e f g h i j k l m n o p q r s t u v w x y z
　　　↓↓……　　　　　　　　　　　　　　……↓↓
【暗字】W V U T S R Q P O N M L K J I H G F E D C B A Z Y X

「左右逆転しているので、シフト方向も左にしてみました。この換字表だと『a b c』は『WVU』になります」

「そういうことですか」理沙は真剣な顔で、身を乗り出してきた。「シーザー暗号だから難しいルールはないはず、という先入観がありました。黒い三角が、暗字を逆転させる指示だったなんて……」

「これが正しいかどうかはわかりません」夏目は言った。「でも、考えてみる価値はあるんじゃないでしょうか」

矢代は驚きを隠せなかった。まるで何かが取り憑《つ》いたかのように、夏目は理路整然と推理を披露した。いったいどういうことなのか。

「なんでこんなことを思いついたんだ？」

「じつはクイズやパズルが好きで、子供のころよく本を読んでいたものですから」

「それにしても鮮やかすぎる。なんでその力を、今までの捜査に活《い》かしてこなかったんだ」

「え？　だって、そんなチャンスありませんでしたよね。これまで問題になっていたのは文字とか文書ばかりでした。私、そういう方面には弱いんです」

話を聞いていた谷崎が、夏目のほうに視線を向けた。

「驚きました。まさか夏目さんにこんな力があったとは。全然そうは見えないのに」

「一言よけいだよ、谷崎くん」と夏目。

「すばらしい才能です」理沙が興奮した口調で言った。「夏目さんの意外な能力が見つかりました。この力はこれから先も、きっと役に立つはずです」

リーダーに褒められ、夏目は自慢げな表情になっていた。

理沙は早速「逆転・三文字左シフト」の換字表を使って暗号の解読を始めた。

【暗号】IKWSJIDCKOAIYCFCEWJWOMIFIEC▲▲▲
↓↓……　……↓↓
【原文】omaenotumiwoyurusanaikorosu

原文を何度も読み返すうち、理沙が大きな声を上げた。

「これですよ！　原文はローマ字で書かれていたんです。『つ』を『ｔｕ』と書く訓令式だとすれば読み解けます。『おまえの　罪を　許さない　殺す』……間違いありません。これは脅迫のメッセージです」

「やっぱり、過去に何かあったんだな。犯人は復讐《ふくしゅう》しようとしていたんだ」と矢代。

「そういうことです」理沙はうなずいた。「過去の何らかの事件に、石橋さんが関わっていた可能性があります。犯人はその事実を知っていて、このメモを送りつけた。シーザー暗号の逆転やシフトのルールは、ふたりの間で共通のものだったんでしょう。石橋さんはこの暗号文を読み、自分が脅されていることを知ったわけです」

もしかしたら暗号による脅迫文はこれだけではなく、何通も送られてきていたのかもしれない。差出人のわからない脅迫メッセージを受け取り、石橋は気味悪く思っていたのではないか。

「矢代さんと夏目さん、そして谷崎さんのおかげで暗号が解けました」理沙は顔を輝かせた。「これは非常に大きな手がかりです。文書解読班の面目躍如ですよ。このあとの捜査会議で、私たちの成果としてしっかり報告しましょう」

「結局、僕のツールは役に立ちませんでしたけどね」

谷崎は肩を落としている。だが、理沙は彼の肩を叩《たた》いた。

「そんなことはありません。谷崎さんがツールを作ってくれたおかげで、解読方法が違うんじゃないか、という疑問が出てきたんです。四人が協力して初めて、暗号を解くことができたんですよ」

「だったら、いいんですが……」谷崎もほっとした表情になった。

チーム感が出てきたな、と矢代は思った。変わり者ばかりの集まりだが、難題を前にして、思わぬ形で一致協力することができた。

矢代たちは念のため、ほかの解読方法がないか確認し始めた。


午後十時十五分。夜の会議が終わって、張り詰めていた空気が少し緩んだようだ。

谷崎は文書解読班ではないから、会議が始まる前、桜田門に戻ってもらった。

夏目は三人分の弁当を買うと言って、近くのコンビニに出かけている。理沙は廊下に出て誰かと電話で話しているところだ。

書類をまとめ終わると、矢代は大きく伸びをした。椅子から立ち、肩を大きく回しながら窓へ近づいていく。すっかり暗くなった町を見下ろしてみた。事件の捜査をしていると、時間のたつのが本当に早く感じられる。

先ほどの捜査会議のことが頭に浮かんできた。理沙がシーザー暗号の内容を説明すると、刑事たちは沸き立った。まだ大きな手がかりがない状態だったから、この成果は重要だ。文書解読班の本領が発揮されたと言える。

自分たちの存在をアピールできてよかった、と矢代は安堵《あんど》した。暗号が解読できたことで、川奈部たち捜査員の士気も高まった感がある。

しばらく外を見ていると、誰かがこちらへやってきた。その人物の顔を見て、矢代は意外に思った。

岩下管理官だ。たまたまコーヒーを淹《い》れようとして、ワゴンのそばに来るのだろうか。いや、これまで彼女がインスタントコーヒーを作っているところなど見たことがない。

目礼をして矢代は自分の席に戻ろうとした。ところが、そこで彼女に呼び止められた。

「矢代くん、ちょっといいかしら」

「え？　俺……いや、私に何かご用ですか？」

緊張しながら矢代は相手の顔を見つめる。岩下はしっかりと背筋を伸ばし、隙のない表情でこちらを見ていた。ファッションモデルのようにすらりとした体。形の整った鼻梁《びりょう》。控えめだがセンスのいいルージュを引いた唇。有名女優を思い出させるような容貌《ようぼう》だ。

その顔を見ているうち矢代は、おや、と思った。

普段きつい口調で理沙たちを追及する岩下だが、なぜか今、彼女の表情は穏やかに見えた。涼しげな目元はそのままだが、どこか優しげな光が感じられる。

「そう硬くなることはないわ。前から一度、あなたとは話してみたかったの」

「私とですか？」

何が起こっているのかわからない。矢代は何度かまばたきをした。戸惑いを感じながら、あらためて岩下の表情をうかがう。

次の瞬間、驚いたことに岩下は微笑を浮かべた。そんな彼女の姿は、今までに一度も見たことがない。

「矢代くん。あなたは所轄で刑事課にいたそうね」

「あ……はい。おっしゃるとおりです」

「粘り強い捜査をするというので、付いたあだ名が『お遍路さん』。面白いわね」

「恐縮です」

矢代がそう答えると、岩下はくすりと笑った。それから声のトーンを少し落とした。

「文書解読班であなたが活躍していることは知っています。はっきり言って、今あのチームを支えているのは矢代くんでしょう」

「そんなことはありません。私はただ、自分にできることをしているだけで……」

「誠実で意志が強く、責任感がある。あなたのような優れた人材はもっと評価されるべきだと、私は思っています」

「ど……どうもありがとうございます」

矢代はぎこちなく頭を下げる。この会話はいったい何なのだろう。居心地が悪くて仕方がない。

それでね、と岩下はささやくように言った。

「あなた、捜一の殺人班に行きたいとは思わない？」

「えっ」

思わず大きな声を出してしまった。すぐに矢代は辺りを見回し、声をひそめて尋ねた。

「どういうことでしょうか」

「矢代くんには見込みがあると思っているのよ。もしあなたにその気があれば、異動させてあげられる。私や小野塚理事官の力でね」

矢代ははっとした。そういうことか、と納得することができた。

――この人、文書解読班を切り崩しにきたのか。

殺人班に引き立ててやるから小野塚サイドにつけ、ということだろう。矢代が今のチームを抜ければ、残るのは理沙と夏目だけだ。戦力ダウンとなるし、外部からの圧力にも抵抗しにくくなるかもしれない。

谷崎は部外者だから当てにできなかった。上司として財津係長がいるが、あの人はどこまで信用できるかわからない。文書解読班を作ったのは財津であり、それなりの権限を持っているのはたしかだ。切れ者だという噂もある。だが裏を返せば、財津がやる気をなくせば、すぐさま文書解読班は解体されてしまうのではないか。軽い調子で「じゃあ、これで終わりだからさ」などと言いだしそうな気がする。

「あの……何と申し上げたらいいのか……」

この場で答えられるはずはなかった。あまりにも突然で、あまりにも予想外の話だ。

矢代はそのまま黙り込んでしまった。

「今すぐというわけじゃないのよ」岩下は言った。「でも、これはあなたにとって悪い話ではないはず。ゆっくり考えてくれる？」

「あ……はい」

岩下は口元を緩めたあと、踵《きびす》を返して幹部席に戻っていった。

彼女の背中を見送りながら、矢代は深く息をつく。

殺人班への異動は願ってもないことだった。しかし岩下管理官の世話になるというのが、どうにも引っかかる。また、この話を受けたとすれば、自分は理沙たちを裏切ることになるだろう。

それを考えると、矢代は落ち着かない気分になった。

5

ガラス戸のそばに立ち、彼は外の道路をじっと見ている。

この時刻、その道にほとんど車は入ってこない。通行人もごくわずかだ。風が吹いて、ガラス戸が小さく音を立てた。アスファルトの上を、紙くずが飛んでいくのが見える。街灯の光がわずかに揺れている。

その明かりの下を、こちらへ歩いてくる人影が見えた。来た。ついに来た！

彼は腕時計を確認した。午前一時五分前。よし、奴は約束の時刻にやってきた。遅れなかったのは感心だ。

彼はガラス戸をそっと開け、ほかに通行人がいないことを確認した。それから道に出ていって、その男を手招きした。

男は建物の看板を見上げたあと、怪訝《けげん》そうに尋ねた。

「今回は妙な場所へ呼び出したもんだな」

「すみません。人に見られたくなかったので……」

「そりゃ、そうだろうけどさ」男はにやりとしながら彼を見つめた。「まあいい。金さえもらえれば、場所なんてどうだっていいんだ」

男は上機嫌になって鼻歌を歌い始めた。音程の外れた、下手くそな歌だ。それが何という曲なのか、彼にはわからない。わからないが、とにかく耳障りだった。

「どうぞ中へ」穏やかさを装って彼は言った。「金は奥に用意してあります」

「汚い店だな。いつ、つぶれたんだ？」

そんなことを言いながら男は中に入ってきた。

男を案内しながら、このクソが、と彼は心の中で毒づいた。苛立《いらだ》ちがつのってくる。

彼はその男を売り場の奥へ連れていった。きょろきょろと辺りを見回しながら、男はついてくる。それでいい、と彼は思った。おまえは人生の最後の十数歩を進んでいるのだ。じきにその顔は苦痛で歪《ゆが》むことになるはずだ。

LEDランタンの灯《とも》った部屋に入り、彼は男をテーブルのそばに案内した。そこには銀行のロゴが入った封筒が置いてある。ランタンの明かりの中、奴は早速その封筒に手を伸ばした。だが中身がただの紙束だと知ると、眉《まゆ》をひそめた。

「おい、何だこれは」

「話をしましょう。ゆっくりとね」

そう言いながら、彼は男に近づいていった。奴の目の前に立ち、顔に薄笑いを浮かべてみせる。次の瞬間、右手に力を込めて、素早く前へ突き出した。

たしかな手応《てごた》えがあった。ナイフの刃が奴の腹に刺さったのだ。いとも簡単に、たいした抵抗もなく深々と突き刺さった。

男の顔に驚愕《きょうがく》の色が走った。何が起こったのかわからない、という様子だ。だがじきに強い痛みを感じたのだろう、唇を震わせ始めた。

「てめえ、どういうことだ……」

「黙れ、このクソ野郎！」

彼は右手を手前に引いた。ナイフの刃が抜かれ、傷口から血が流れだした。この男の体内を流れていた赤い血だ。いや、どす黒く汚れた血だろうか？

男は両手で腹を押さえ、床に倒れ込んだ。

「自分が何をしたか忘れてはいないよな」彼は男を見下ろしながら言った。「さあ、これからショータイムだ。おまえは懺悔《ざんげ》をするんだよ」

「『あれ』を送りつけたのはおまえだったのか。……待ってくれ。そんなつもりじゃなかった。俺は何も……」

彼は靴先で男の腹部を蹴《け》った。奴は激しく咳《せ》き込み、床を唾液《だえき》で汚した。「夜は長いぞ。ものすごく長い」彼は言った。「おまえはたぶん、次の朝を迎えることはできないだろう」

男は泣きそうな顔で彼を見上げている。助けてくれ、許してくれ、と奴は言った。だがその声に腹が立って、彼はまた男を蹴った。

表のガラス戸が風で揺れている。どこかで犬の鳴く声がする。そんな中、死に損ないの呻《うめ》き声が、長く、低く、辺りに響いていた。

第三章　継がれた暗号

1

矢代が警視庁に入ったのは今から十八年前のことだ。ほかの多くの警察官と同様に交番勤務となり、地域に根ざした捜査活動を行った。巡回連絡カードをもとに市民の家を訪ねたり、パトロールで不審者に目を光らせたり、空き巣狙いやひったくり犯を追跡したりした。

早くから、粘り強いのが自分の持ち味だという自覚があった。それは必ず刑事の仕事に役立つはずだ。制服警官だったころから矢代は刑事課の先輩たちにアピールを続け、いくつか手柄を立てたこともあって、所轄の刑事課に異動することができた。

所轄の刑事になると、特捜本部で捜査一課の人たちとも懇意になる。何回目かの特捜本部で、四係の川奈部主任とコンビを組むことになった。川奈部は矢代をからかったり冗談を飛ばしたりしながらも、ここぞという場面では重要な技術を教えてくれた。それらは矢代の捜査活動の基本になっているから、今でも川奈部には頭が上がらない。

刑事なら誰でも捜査一課勤務に憧《あこが》れるものだ。矢代もそうだったから、川奈部とのパイプは大事にしなければと思っていた。

そんなとき、幼なじみの水原弘子《みずはらひろこ》が殺害されたのだ。

矢代の管轄で起きた事件ではなかったから、捜査を行うことはできなかった。だが幸い、特捜本部に川奈部が参加していることがわかった。矢代は個人的に連絡をとり、川奈部から事件の概要を聞き出した。

弘子を襲ったのは年齢不詳の男性だ。特徴的なのは、奴が銀塩カメラを持っていたことだった。事件の発生当時、一般の人はほとんどデジタルカメラを使っていたはずだ。フィルムカメラを使うなど、かなりのマニアではないかと思われた。

だが事件は未解決のまま、特捜本部は解散してしまった。

矢代は犯人が持っていたものと同じ銀塩カメラを手に入れ、持ち歩くようになった。時間があれば出先のカメラ店に立ち寄り、こういうカメラを持った人間を知らないか、と尋ねている。それで犯人が見つかるとは思えなかったが、何もせずにはいられなかったのだ。弘子の無念を晴らすことは誰にでもできるわけではない。警察官である自分がやらなければ、犯人逮捕には至らないだろう。人殺しがのうのうと生きていくことを、許すわけにはいかなかった。

もともと矢代は正義感が強かったから、警察官になった。そこへ弘子の事件が起きたのは、いったい何の因果だったのだろう。とにかく、弘子の死が転機になったことは間違いなかった。いつか必ず捜査一課殺人班に入ってさまざまな事件を手がけ、卑劣な殺人者たちを捕らえたいと考えるようになったのだ。

——努力すればできるかもしれない。そういう立場に、俺はいる。

特捜本部の中にある自分の席で、矢代は銀塩カメラを手に取った。このカメラが役に立つ日が来るのだろうかと思いながら、ハンカチでボディーを拭《ふ》いた。

三月九日、午前八時十分。特捜本部には捜査員たちが集まりつつあった。

幹部席に目をやると、岩下管理官が何か思案しているのが見えた。ほんの一瞬だったが、彼女と視線が合ったような気がした。矢代はすぐに顔を伏せ、カメラの手入れに集中しているようなふりをした。

殺人班に入れば、水原弘子の事件を再捜査するチャンスがあるかもしれない。だが岩下管理官の部下となることは、自分にとってプラスになるのだろうか。マイナスのほうが大きいのではないか。

いや、待てよ、と矢代は考えた。方法はどうであれ、殺人班に入ってしまえば実力主義の世界だ。川奈部から教わった捜査技術や、自分の特長と言える粘り強さで、成果を挙げることもできるはずだ。そうなれば新しい先輩たちに認められ、岩下管理官の影響から逃れることも可能だろう。

そもそも小野塚理事官や岩下管理官は、この先ずっと同じ立場でいるわけではない。幹部クラスの小野塚や岩下は、数年で別の部署へ異動する可能性が高かった。だとすればあれこれ考えず、殺人班に行ってしまうのもひとつの手だ。

「矢代さん、おはようございます」

声をかけられ、はっとして顔を上げた。隣の席に理沙が腰掛けるところだった。

「ああ、主任、おはようございます」

「そのカメラ、水原さんの事件の……」

理沙の顔が曇った。彼女に向かって、矢代はあえて明るい声を出す。

「お遍路さんの意地ですよ。いつか、あいつのかたきを討ってやります」

「じつは、私も力になれたら、と思っているんです。夏目さんだってそう考えているはずです」

予想外のことを言われて、矢代は少し戸惑った。

「でも、これは俺の個人的なヤマですから」

「いいえ、矢代さんひとりの事件じゃありません。同じチームの人間として、協力させてほしいんです」

ありがたい話だ、と矢代は思った。だがそれと同時に、自分の中で迷いが生じていることに気づいた。

捜査一課の殺人班でさまざまな事件に取り組みたい、というのが矢代の希望だ。一度所轄の刑事を経験しているから、その思いは強い。

ただ、文書解読班のことも気になっていた。いくつか成果を挙げて軌道に乗ってきた今、このチームを離れてしまっていいのだろうか。逆境の中、理沙や夏目とともに事件を解決してきたことは、自分にとって大きな自信につながった。それは事実だ。

――まいったな。去年だったら迷うことなんて、なかったのに。

カメラを鞄《かばん》にしまいながら、矢代はそう考えた。

八時三十分から捜査会議が始まった。いつものように古賀係長が前に立ち、議事を進めていく。

今日の活動について連絡事項を伝えたあと、古賀は鑑識にいくつか質問をした。権藤主任が丁寧な口調でそれに答えていく。

そのときだった。部屋の隅で内線電話が鳴った。

デスク担当者が受話器を取り、小声で何か話し始める。やがて彼は顔色を変え、送話口を手で押さえた。

「古賀係長！　緊急連絡です」

会議の進行を止めて、古賀はうしろを振り返った。

「どうした。何かあったのか」

「浅草橋《あさくさばし》で男性の遺体が見つかったそうです。頭を紙で包まれているそうで……」

捜査員席にざわめきが広がった。

頭を紙で包まれた遺体。もしかしてそれは、西日暮里事件と同じ形ということなのか？　矢代と理沙は顔を見合わせる。夏目も眉《まゆ》をひそめていた。

古賀はデスク担当者から受話器を受け取り、相手に話しかけた。

「四係の古賀です。……ひとつ確認したいんですが、マル害の口の中に何か……。そうですか。わかりました」

矢代たちは息を詰めて古賀の顔を見つめる。受話器を架台に戻してから、古賀は幹部席へと急いだ。

岩下の顔色が変わった。岩下管理官に近づき、小声で何か耳打ちする。

数分後、彼女は少し考えたあと、古賀に指示を与え始めた。

ホワイトボードのそばに戻ってきて、古賀は捜査員たちを見回した。

「殺人事件が発生した。現場は台東区浅草橋です。四係と鑑識課はただちに現場に向かってほしい。ほかの者はこの場で待機。ただし、急ぎの捜査がある場合は外出してもらってかまいません」

古賀の顔にわずかだが焦りの色が浮かんでいる。捜査員たちはみな、その意味に気づいていた。

刑事たちを代表して川奈部が尋ねた。

「頭を紙で包まれていた……。西日暮里事件と似ていますね」

「ああ、そのとおりだ」古賀は低い声で答えた。「口の中には活字が押し込まれていたらしい」

やはり、と矢代は思った。石橋満夫の遺体と同じだ。

――犯人は第二の事件を起こしたんだ！

矢代は唇を嚙《か》んだ。

昨夜の会議で理沙が暗号のことを説明し、捜査員たちの士気が上がったばかりだった。それなのに、悪い予想が現実になってしまったのだ。まんまと犯人にやられてしまった。自分たちの無力さを感じずにはいられない。

「四係、ただちに出動だ」

古賀の声を受けて、川奈部たち数名の刑事が椅子から腰を上げる。それを見て理沙も立ち上がった。

「文書解読班も臨場します」彼女は言った。「活字があったのなら、すぐに調べなくてはいけませんよね」

古賀は岩下のほうをちらりと見た。それから彼は、理沙のほうに視線を戻した。

「わかった。鳴海たちも同行してくれ」

岩下がかすかに眉を動かしたが、古賀は気がつかなかったようだ。いや、気づいていたが、あえて反応しなかったのだろうか。

「矢代さん、夏目さん、すぐに出発です」

そう言う理沙に向かって、矢代は深くうなずいてみせた。

2

台東区浅草橋には服飾や人形の専門店が多い。

JR総武《そうぶ》線・浅草橋駅から歩いて約五分。矢代、理沙、夏目の文書解読班三名は、捜査一課四係らとともに現場へ到着した。辺りは民家と雑居ビルが混在する一角だが、ところどころにシャッターの閉まった商店や空き家などがみられる。

問題の建物は灰色の二階建てで、もともと洋服店だったようだ。顔を上げると《大きいサイズの店　アオシマ》という看板が掛かっていた。一階の売り場正面にあるガラス戸が開いたままだ。

店の前には警察車両が何台も停まっていた。いつものように立入禁止テープが張られ、それを大勢の野次馬が遠巻きにしている。

川奈部たちに続いて矢代たちもテープの内側に入っていった。すでに全員、捜査用の白手袋を両手に嵌《は》めている。

「昨夜一時ごろ近くの住人が、口論するような声を聞いたそうだ」川奈部が説明してくれた。「夜なので確認には行かなかったらしい。しかし今朝散歩をしていて、このガラス戸が開いているのに気がついた。店の奥で誰か倒れていたので、慌てて通報したということだ。すぐに警察官が駆けつけ、遺体を発見した」

以前売り場だったところにはハンガーや展示台などが放置されていた。商品はさすがに残っていないが、ボタンだの端切れだのが床に散らばっている。それらを踏まないよう注意しながら、矢代たちは進んでいった。

売り場の奥、試着室のそばにブルーシートが張られていた。先に到着していた鑑識課員に、川奈部が何か尋ねている。ややあって彼は振り返り、捜査員たちを手招きした。

四係のメンバーとともに、矢代たちもシートの中に入った。

床の上にひとりの男性が倒れていた。五十代と思われる小太りの人物だ。髪の毛は薄く、眉毛は太い。両目を固く閉じて、眠っているかのように見えた。濃いグレーのスーツを着て、革靴を履いている。刃物で刺されたのだろう、胸と腹は血だらけだった。

顔のそばにシートが敷かれ、そこに遺留品が置かれていた。ひとつは市販されている地図だ。サイズは新聞紙を広げたものよりやや大きいだろうか。西日暮里事件の新聞紙と同様、皺《しわ》だらけになっていた。

「被害者はこの地図で頭部を包まれていました」

眼鏡をかけた鑑識課員が言った。川奈部は遺体に手を合わせたあと、そばにしゃがみ込む。

「これは……大田区を中心とした地図か」

「妙ですね」理沙が腰を屈《かが》めながら、川奈部に話しかけた。「この前は新聞紙だったのに」

「鳴海さん、あの新聞には意味があった、ということでいいんだよな？」

「まだ棚沢宗一郎と石橋満夫さんの関係はわかっていませんが、つながりがありそうな気がします。犯人があの新聞で我々に伝えたかったのは、四年前の上野事件で間違いないと思います」

「だとすると、この地図にも意味があると考えられる」川奈部は腕組みをして考え込んだ。「大田区のどこかで何かがあった、と言いたいわけか」

「ひょっとすると、四年前の上野事件と関わっている場所なのかもしれません」

なるほどな、とつぶやいてから川奈部は顔を上げた。眼鏡をかけた鑑識課員に向かって質問する。

「その袋の中身は、口腔《こうこう》に押し込まれていたものか？」

はい、と答えて、鑑識課員はシートの上の証拠品保管袋を手に取った。

袋を受け取り、川奈部は真剣な目で見つめる。興味深そうな顔で理沙も注目していた。矢代もうしろからそっと覗《のぞ》き込む。

それは西日暮里で見たものと同じ形状の金属活字だった。刻まれている文字は《産》だ。数えてみると全部で十一本あった。

「前回と違う……」と矢代。

西日暮里事件で見つかった活字は十三本だった。それに、文字も異なっている。

鑑識課員が別の証拠品保管袋を差し出してきた。

「これを見ていただけますか。被害者の名前です」

川奈部が袋を確認したあと、理沙や矢代に見せてくれた。名刺入れと、そこから出したと思われる名刺が十数枚。同じものが何枚もあるのは、被害者本人の名刺だろう。

表面に印刷されている文字を見て、矢代は目を見張った。《株式会社大日インク工業

資材管理部　課長代理　仁科友伸《にしなとものぶ》》とあったのだ。

「『仁科』ですって？」矢代は思わず声を上げた。「前の事件では、被害者の口に『仁』の活字が押し込まれていました」

「ひょっとしてあれは……」理沙は眉をひそめた。「次の被害者を示すヒントだったのかもしれません」

「予告状代わりだった、ということですね」

「警察にゲームを挑んでいたのか、それとも個人的なこだわりがあったのか……。とにかく、犯人は西日暮里事件を起こした時点で、第二の殺人を計画済みだった可能性が高いですね」

矢代は厳しい表情で考え込む。まさか、そこまで用意周到な犯行だとは思っていなかった。いったい犯人はどんな人物なのか。ただ殺人を楽しんでいるとは考えにくい。奴は四年前の上野事件を意識しつつ、何かの復讐《ふくしゅう》を行っているのだろうか。それとも、別の目的を持って事件を起こしているのか。

「大日インク工業は大手インクメーカーです」鑑識課員が教えてくれた。「先ほど会社に連絡したところ、仁科さんは今日、無断欠勤しているそうです。顔写真を送ってもらって、この被害者は本人だと確認できました」

矢代はあらためて被害者を見下ろした。仁科はスーツ姿だから、帰宅途中で拉致《らち》されたのではないだろうか。そのあと、この廃屋に連れてこられて殺害されたと考えられる。

「先輩、もしかして……」夏目が小声で言った。「今回『産』という活字が見つかりましたよね。となると、次は『産』の付く名前の人が襲われるんじゃないでしょうか。大田区の地図は、そのターゲットが大田区に住んでいる、という意味なのでは」

「『産』の付く苗字《みょうじ》って、あるんだろうか」

「人数は少ないと思いますが、いますよ」横から理沙が言った。「たとえば産屋敷《うぶやしき》さん、産形《うぶかた》さん、産賀《うぶか》さん……」

「じゃあ、石橋さんと仁科さんの知人に『産』の付く人がいないか調べたほうがいいですね。いや、その前に、石橋さんと仁科さんが知り合いだったかどうかも調べないと」

「わかった。それは四係で確認しよう」

川奈部が捜査を引き受けてくれた。お願いします、と矢代は頭を下げる。

ふたりの会話を聞いていた理沙は、こんなことをつぶやいた。

「ちょっと気になりますね。『仁』は漢数字の『二』、『産』は漢数字の『三』に通じるように思えます」

「字は違うけど、読みは同じってことか」と川奈部。

ええ、と理沙はうなずいた。

「順番を表しているような感じですよね。ひょっとすると、そこに何か意味があるのかもしれません」

別の鑑識課員が川奈部のそばにやってきた。彼はやや早口になりながら報告する。

「仁科友伸の自宅がわかりました。江東区《こうとう》木場《きば》の一軒家です」

「家族はいるのか？」

「いえ。現在五十二歳ですが、結婚歴はないようです」

「わかった。俺は木場に行ってみる」

川奈部はそう言って、若い相棒に声をかけた。ふたりはブルーシートの外に出ていこうとする。慌てて理沙が川奈部を呼び止めた。

「私たちも同行していいですか？」

「……そうだな。向こうで何か見つかるかもしれない。一緒に来てくれ」

「ありがとうございます」

理沙は川奈部組とともに歩きだした。矢代は夏目に目配《めくば》せして、理沙たちのあとを追った。


あらたな事件が発生したことで、川奈部は険しい表情を浮かべていた。

矢代たちも彼と同様に、悔しさを噛《か》みしめている。西日暮里事件の捜査を進めているさなか、よく似た事件が起こってしまったのだ。もっと早く捜査が進んでいればこの事件は防げたのではないか、という思いが強い。

とにかく今は、大至急情報を集めなければならなかった。矢代たち五人は二台のタクシーに分乗して木場へ移動した。

ビルの建ち並ぶ永代《えいたい》通りから、住宅の多い路地へ入っていく。工務店の少し先に目的の家があった。一階に車庫を併設したクリーム色の二階家だ。車庫には国産の乗用車が停めてある。

矢代たちは両手に手袋をつけた。

川奈部がチャイムを鳴らしてみたが応答はない。彼はポケットから鍵《かぎ》を取り出した。これは被害者の財布に入っていたものだという。

思ったとおり、それは自宅の鍵だった。ドアを開け、川奈部は中に呼びかける。誰もいないはずだが、念のためだろう。

「仁科さん、警察です。お邪魔しますよ」

屋内から返事はなかった。川奈部はためらうことなく、靴を脱いで上がっていく。矢代たちもそれにならった。

「至急、被害者に関する情報を集めたい。手分けして家の中を確認しよう」

川奈部がすぐに作業分担を決めた。川奈部と相棒、夏目の三人は一階を捜索する。矢代と理沙は二階を調べることになった。

階段を上って、矢代たちは二階へ移動した。廊下に面してドアがふたつある。覗いてみると一方は寝室だ。もうひとつの部屋には箪笥《たんす》や書棚、古い衣装ケースなどがあった。おそらく普段は使っていない、物置のような部屋なのだろう。

「鳴海主任、そっちの物置部屋をお願いします」

「わかりました」理沙はうなずいた。「何かあったら、すぐ呼びますね」

矢代は寝室に入っていった。

男のひとり暮らしだから、きれいに片づいているとは言いがたい。仁科自身も、まさかこんな形で家を調べられるとは思っていなかっただろう。

ベッドはいいとして、気になるのは壁際の書棚、机、クローゼットなどだ。矢代はまず机に向かった。読みかけの雑誌、文庫本、クレジット会社や保険会社からの封筒などが目についた。ざっと調べてみたが気になるメモなどは見当たらない。

次に、引き出しを順番に開けていった。各種の会員カードや契約書、領収証やレシート、クーポン券、引換券。常用していたらしい薬が何種類か出てきた。風邪薬、胃薬、目薬。

ここまで、特に不審なものはない。

机から離れて、矢代は書棚の前に移動した。仁科にはクロスワードパズルの趣味があったのか、その手の雑誌が何冊も並んでいる。幾何学などの数学も好きだったようだ。

それらを見ながら、矢代は西日暮里事件の被害者・石橋の書棚を思い出していた。石橋のところには暗号の本や、暗号ミステリーの文庫本などがあった。どことは言えないが、石橋と仁科の趣味は近かったのではないか、という気がする。

仁科の蔵書を調べるうち、本と本の間から何かが落ちた。宣伝用のチラシかと思ったが、そうではない。封書サイズに畳まれた紙だった。

もしかして、と矢代は思った。この紙の質には見覚えがある。

手袋を嵌《は》めた手でその紙を開いてみた。思ったとおり、そこにはアルファベットの文字列があった。石橋のごみ袋から見つかったものと同じく、活字で押されている。少し並びが歪《ゆが》んでいるのが、手作りであることを示していた。


AWDWEOJINOJESOAIMWSESMIFIEC▲▲▲

石橋のときと同じシーザー暗号だと思われる。だがアルファベット部分を見ると、前回とは違う文字列だとわかった。石橋が持っていた暗号文とは別の内容だろう。

「鳴海主任！」

声を上げて、矢代は隣の物置部屋に向かった。簞笥を調べていた理沙が、まばたきをしながら振り返った。

「どうかしましたか？」

「見てください。暗号文です」

矢代は紙を差し出す。それを受け取って、理沙は文字列に目を走らせた。彼女の顔にも驚きの表情が広がった。

「この前の脅迫文とは別の内容ですね。でも最後の『MIFIEC』は同じです。これは『korosu』の意味でしょう。それから『▲』が三つあるから同じように『逆転・三文字左シフト』で解読できるんじゃないでしょうか」

「何と書いてあるか読めますか？」

「換字表を置いてきてしまったので、少し時間がかかりそうですね」

「じゃあ谷崎に助けてもらいましょう。たぶん警視庁本部にいるはずです」

矢代は携帯を取り出し、手早くボタンを押して架電した。四コール目で相手が出た。

「もしもし、谷崎です」

「矢代だ。今いいか？　いや、駄目でも聞いてほしいんだが……」

早口で矢代がそう言うと、谷崎は戸惑うような声を出した。

「え……。あ、はい、大丈夫ですよ。いったい何です？」

「今、仁科の家で新しい暗号が見つかったんだ」

「仁科って誰ですか？」

ああ、そうか、と矢代は思った。谷崎は今朝の捜査会議に出ていなかったから、最新の情報を知らないのだ。

矢代は第二の被害者が出たことを説明し、これから送る暗号を解読してほしいと頼んだ。谷崎はすぐに状況を理解してくれたようだ。

「わかりました。至急解読しますから、暗号を撮影して送ってください。結果が出たら、すぐメールします」

「すまない。よろしく頼む」

通話を終えると矢代は携帯電話で暗号を撮影し、メールに添付して送った。谷崎からの返事を待つ間、矢代と理沙は一階に下りていった。川奈部や夏目を呼んで暗号文のことを説明する。

「ということは、石橋と仁科と犯人は、全員この暗号を使えたわけだな」川奈部は喉仏《のどぼとけ》を撫《な》でながら言った。「そして、仁科も誰かに脅されていた可能性がある、と」

そんな話をしていると、川奈部の相棒が急ぎ足でやってきた。

「居間の押し入れから、おかしなものが出てきました」

彼はポケットアルバムを差し出した。川奈部はそれを開いて写真に目を落とす。横から覗《のぞ》き込んで、矢代は思わず息を呑《の》んだ。

「何だ、これは……」

透明フィルムに納められていたのは、男の子たちの写真だった。一枚にひとりずつ撮影されている。下は幼稚園児ぐらいから、上は十五、六歳ぐらいまでだろうか。盗み撮りされたようなものもあれば、部屋の中で男児がポーズをとっているものもあった。だが、どの写真にも共通するのは、被写体が半裸、もしくは全裸だということだ。

「こういうアルバムが、まだまだあります」

「児童ポルノ……ですね」

理沙が小声で言うと、川奈部が舌打ちをした。

「仁科にはこんな趣味があったということか。とんでもない話だ」

彼の顔には嫌悪感が広がっている。たしか川奈部には小学生の男の子がいるのだ。こんな写真を見れば、嫌な気分にもなるだろう。

もしかして、これらの写真が事件と関係あるのだろうか。矢代がそう考えていると、ポケットから携帯の着信音が聞こえた。メールが届いたのだ。

液晶画面を見ると、谷崎からだった。

「あいつ、仕事が早いな」

矢代は早速メールの文面をチェックする。思ったとおり谷崎からの返信だ。挨拶《あいさつ》文のあとに解読結果が記されていた。

【暗号】AWDWEOJINOJESOAIMWSESMIFIEC▶▶▶
↑↓……　……↑↓
【原文】w a t a s i n o j i n s e i w o k a e s e k o r o s u

やはり、と思った。原文の意味は「私の　人生を　返せ　殺す」だろう。この内容を見れば、送り主の意図は明らかだ。

「やはり脅迫文ですね。深い恨みを持っていたことがうかがえます」と矢代。

「石橋さんと仁科さんは何かの事件に関わっていた可能性が高い……」考えながら理沙はつぶやいた。「それを知った犯人が、ふたりを別々に脅していたんでしょう。いえ、脅すだけではなく実際に殺害して、遺体に意味ありげな細工をしたわけです」

「こうなると、石橋と仁科の関係が気になるな」川奈部が言った。「部下に指示を出してあるが、捜査を急がせる。ポルノ写真も鑑識に調べさせよう。……鳴海さんたちは急いで二階の捜索を終わらせてくれ」

「了解です」矢代は表情を引き締めて答えた。

「じゃあ私のほうは引き続き、台所を」と夏目。

お願いします、と言って理沙は夏目を見送った。川奈部たちは居間のほうへ戻っていく。

矢代と理沙は再び二階に向かった。

3

正午前、矢代たちは紙バッグを抱えて特捜本部に戻った。

作業用の机で、仁科の家から借りてきたメモ、ノート、アルバムなどを丹念に調べ始める。大学ノートなどもあって、思ったよりも調査に時間がかかりそうだ。

「脅迫状の指紋は、鑑識の権藤さんに調べてもらいましょう」理沙は言った。「しかしこのメモやノート、かなり多いですね。できるだけ調査を急ぎたいんですが……」

そうですね、とうなずいて矢代は携帯電話を取り出す。

「よし、財津係長にお願いしましょう」

メモリーから財津の番号を呼び出し、矢代は架電した。財津は別の特捜本部に顔を出しているはずだった。あちこちから応援要請が来るので、ああ見えて忙しい人なのだ。五回、六回とコール音が響いたが、なかなか相手は出ない。そういえば先日、財津が九州へ出張に行ったときにも電話が通じにくかった。

――まさか、面倒だから出ないとか、そんなことはないよな？

頭に疑念が浮かんできた。財津のことだから、何があっても不思議ではないという気がする。もう諦《あきら》めようかと思いかけたとき、ようやく電話がつながった。

「はい、財津です」

「あ、こちら文書解読班の矢代です。係長、今よろしいですか」

「俺に電話してくるってことは、何か困っているんだろう？　今度は何だ？」

「お聞きになっていると思いますが、ふたり目の被害者が出ました」矢代は仁科の家を捜索したことを伝えた。「それで、メモ類を中心に借用してきたんですが、量が多くて時間がかかりそうなんです。谷崎を貸してもらえないでしょうか」

「なんだ、そんなことか。好きに使ってくれ。俺にいちいち連絡しなくていいから」

「……だけど、彼には科学捜査係の仕事があるでしょう」

「たいしたことはやってないから大丈夫だ」

えっ、と矢代は声を出してしまった。

「係長。本人がそれを聞いたら怒りますよ」

「いや、谷崎本人には言わないけどさ。……でも矢代は知らないだろう。あいつ、文書解読班へ応援に行くのを楽しみにしてるんだよ」

「そうなんですか？」

「科学捜査係には、あのレベルの技術者がけっこういるんだ。だからあまり評価してもらえない。ところがおまえたちのところへ行くと、すごいすごいと褒めてもらえる」

「……たしかに谷崎は、ここへ来ると自慢げな顔をしますね」

「そうだろう？　あいつは矢代たちのことが好きなんだよ」

もしかして、自分たちは谷崎を甘やかしてしまっているのだろうか。しかし部下は褒めて伸ばすものだ、という話も聞いたことがある。

「何だったら、いっそ谷崎を文書解読班に入れてしまおうか。そのほうが、矢代たちも便利じゃないのか？」

「それは鳴海主任とも相談しないと……」

「まあ、そうだよな。わかった。とにかく谷崎は自由に使っていいから」

電話は切れた。相変わらず財津はつかみどころのない人だ。部下の人事をあんなに軽く考えていいのだろうか。

矢代は財津係長からの話を理沙に伝え、電話をかけて谷崎に応援を求めた。

すると、三十分もたたずに谷崎がやってきた。あまりにも早いので矢代たちは驚いてしまった。

「谷崎くん、なんでこんなに早いの？」と夏目。

「タクシーを飛ばしてきました。だって、急いでいるんですよね？」

「それはそうだけど……」

そのタクシー代が経費で落ちるかどうか微妙だな、と矢代は思った。だが、そんな話はあとでいい。

谷崎にも手伝ってもらって、矢代たちはメモ、ノート、アルバムなどの調査を進めた。石橋満夫は五十三歳だった。一方の仁科友伸は五十二歳なので、その差は一歳。同年代だから、共通の趣味などで知り合っていたことは考えられる。

仕事の面ではどうだろう。石橋は印章店勤務、仁科はインクメーカー勤務だ。判子にインクが必要だといえばそのとおりだが、インクメーカーの課長代理が仕事で町の判子屋に行くことがあるだろうか。いや、個人的な用事で印章店へ出かけて親しくなった、という線は考えられるかもしれない。

そんなふうに矢代が考えていると、理沙がみなを呼んだ。

「これ、前に見ましたよね？」

彼女が指差しているのは、ノートの隅に書かれたメモだった。

《＊＃》という記号と《０９０》から始まる携帯電話の番号が記されている。

「見ました！」夏目が資料ファイルをめくり始めた。「これです。石橋さんの部屋の紙にメモされていました」

夏目は一枚のコピーを机の上に置いた。今見つかったメモと同じ内容だ。電話番号も同一だった。

「前に電話してみたけど、留守電だったんですよね」矢代は記憶をたどった。

あのときは自動応答メッセージで「あなたのお名前と通話相手の名前を録音してください」という音声が流れたのだ。電話の持ち主がわからなかったので、通話相手の名前は吹き込めなかった。それで警戒したのだろう、今に至るまでその人物からのコールバックはない。

「この電話番号の契約者は調べたんでしたっけ?」理沙が尋ねた。

「ええと……予備班に調べてもらったんですが、契約されたのは今から五年前です。その後、譲渡を繰り返されたものらしくて、現在の使用者を特定することはできませんでした」

夏目の返事を聞いて、理沙は低い声で唸《うな》った。この電話番号が気になるのは、矢代も同じだ。もしかしたら、この人物が石橋と仁科を結びつけているのかもしれない。

「この人の名前がわかれば、電話に出てくれるかもしれませんね」と理沙。

「そうですね。留守電のメッセージがそうなっていましたから」

「手がかりはこのアスタリスクとシャープですか」しばらく考えたあと、理沙ははっとした表情になった。「こうするんじゃないですか?」

彼女は090から始まる番号に架電した。じきに電話はつながり、留守番メッセージになったようだ。

「ここでアスタリスクとシャープを入力する、とか?」

携帯を操作して、彼女は記号のボタンをふたつ押した。もう一度携帯に耳を当てたが何も起こらないらしい。仕方なく理沙は電話を切った。

「駄目ですね。違うみたいです」

「今のアイデア、けっこういいと思ったんですけど……」矢代は言った。「固定電話から番号入力するとき、記号ボタンを押すことがありますよね」

ああ、それはですね、と谷崎が説明してくれた。

「アナログの電話回線には、ダイヤル回線とプッシュ回線があります。プッシュ回線はピ、ポ、パという音がするタイプですね。企業のコールセンターなんかに電話したとき、音声ガイダンスに従って番号を入力することがあるでしょう。プッシュ回線だと普通に入力できますが、ダイヤル回線の場合、プッシュトーン信号に切り替える必要があります。そういうとき記号ボタンを使うんです」

理沙はもう一度メモのコピーを見つめた。腕組みをしてじっと考え込む。

「筆記者の心理を考えれば、ここは絶対、相手の名前を書く場所ですよね。『鳴海　090……』とか『夏目　080……』とか」

「たしかに」矢代はうなずいた。「なのに、どうしてアスタリスクとシャープなのか」

「ひょっとしてこの記号、人の名前じゃないですか？」

「ええっ？　どういうことです？」

「たとえば、これもまた暗号になっているとか……。石橋さんと仁科さんはシーザー暗号を理解していたと思われます。犯人も含めて、彼らは『暗号クラブ』みたいな仲間だったんじゃないでしょうか」

矢代は首をかしげた。話はわかるが、どうも納得がいかない。

「もしそうだったとして、これは何と読むんです？」

うーん、といって理沙はまた思案に沈む。言ってみたはいいが、具体的な解読案はまだ頭に浮かんでいないらしい。

「でも、絶対何かありますよね、ここ」

彼女は紙に目を近づけ、眉間《みけん》に皺《しわ》を寄せた。せっかくの美人が台無しだが、そんなことを言っている場合ではない。

そのうち、理沙が「ん？」と妙な声を出した。彼女は自分の携帯電話を調べたあと、近くにあった固定電話を見つめた。それからもう一度メモに目を向け、パソコンで何か検索し始めた。

二分後、彼女は「ああ！」と言って天を仰いだ。

「文字の神様、どうもありがとう！　まったくもう、細かすぎて伝わらないこの感動を、私はどう説明すればいいの？」

「主任、いったいどうしたんですか」と矢代。

「よく聞いてください。これはシャープではありません。『井桁《いげた》』です」

「は？」

「固定電話のボタンやパソコンのキーボードを見てください。これはシャープじゃないんですよ。こうなっているでしょう？」

理沙は紙の上に《＃》と書いた。続いて彼女は、ネット検索結果の画面を指差した。

「音楽で使われているのが本当のシャープです」

彼女は同じ紙に《♯》と書いた。

ふたつをじっくり見比べて、矢代は思わず「えっ」と声を上げてしまった。その横で、谷崎が「あっ」と息を呑《の》んだ。

「そうだ。昔どこかで読んだことがあります」谷崎が言った。「電話もパソコンもシャープじゃないって。電話の応答メッセージで『シャープを押してください』というのがありますが、正しくは井桁ボタンなんです。ついでに言うと、電話に使われているのはアスタリスクを九十度回転させたものなんですよね。つまり電話の世界では、アスタリスクでもなくシャープでもないというわけです」

「細かすぎてわからない……」夏目は顔をしかめている。

それでね、と言って理沙はみなを見回した。

「このメモに書かれているのは『＊＃』だから、アスタリスクまたは米印と、シャープではない井桁です。さっきの暗号クラブが大人の稚気で、人の名前を記号に読み替えたとしたらどうなるか。米印の『米』に井桁の『井』で、たとえば『米井《よねい》』さんか『米《こめ》井《い》』さんというのはどうでしょう」

「なんというか、すごい発想ですね」

矢代は半信半疑でそう言ったが、隣にいる谷崎は深くうなずいている。

「あり、だと思いますよ。『よねい』さんのほうが多いんじゃないでしょうか」

「夏目さんはどう思います？」

「私も鳴海主任に一票入れます。このメモ、殴り書きではなく、きっちり丁寧に書かれていますよね。井桁の横二本の線は水平に、縦方向の線はしっかり斜めになっています。意識して井桁を書いたということでしょう」

矢代はしばらく考えてみた。信じがたいという気持ちもあるが、試してみる価値はありそうだ。

「わかりました。『よねい』で電話してみましょう。運がよければその人物がコールバックしてくれるかもしれない」

矢代は自分の携帯を取り出し、例の番号に架電した。数回のコール音のあと、聞き慣れたメッセージが聞こえてきた。

「あなたのお名前と通話相手の名前を録音してください……」

「私は矢代といいます。通話相手は『米井《よねい》』さんですよね。米井さん、あなたにお訊《き》きしたいことがあって電話しました。このメッセージを聞いたら電話をもらえないでしょうか。番号は090の……」

自分の携帯番号を伝え始めたときだった。突然、録音ではない音声が聞こえてきた。

「もしもし。前に電話をくれた方ですね？」男性の声に間違いない。

「あ、ええ、はい。……あなたは米井さんですか？」

「そうです。私の名前と電話番号をどこで知ったんです？」

「石橋満夫さんと、仁科友伸さんの自宅にそれぞれメモがありました」

少し迷ったが、話を進めるためには正体を明かす必要があるだろう。矢代は軽く咳払《せきばら》いをしてから言った。

「私は警視庁の者です。石橋さんが亡くなったことはご存じですか？」

「知っています。驚いていたところです」

「そろそろニュースで報じられるはずですが、その後、仁科さんも殺害されました」

「えっ。仁科まで？」

「このふたりが米井さんの電話番号をメモしていました。それで、あなたが事情を知っているんじゃないかと思ったんです」

男性は何か考えているようだ。数秒の沈黙のあと、再び彼の声が聞こえた。

「警察は私を疑っているんですか？」警戒するような口調だった。

「いえ、お話をうかがいたいだけです。我々は石橋さんたちの殺人事件を調べています。

これ以上、凶悪事件が起こらないようにしたいんです。米井さん、今日これから会っていただけませんか。何か知っているなら我々に教えてください」

また数秒の沈黙。矢代は祈るような気持ちで相手の返事を待った。

「いいでしょう」米井は言った。「十二時半に、八重洲《やえす》の『喫茶室セザンヌ』まで来てもらえますか」

「わかりました。遅れないようにします。ええと、米井さんはどんな服装を……」

「自分で見当をつけてください。あなた、刑事なんでしょう?」

冷たい調子でそう言うと、米井は電話を切ってしまった。


JR東京駅の八重洲口を出て、横断歩道を渡っていく。

証券会社のビルのそばを通り、矢代と理沙は細い道へ入っていった。喫茶室セザンヌは雑居ビルの一階にある、百席ほどのカフェだった。窓の外から、店内の様子をそっとうかがってみる。半分ぐらいの席が埋まっているが、米井らしき男性はすぐに見つかった。隅の席に腰掛け、硬い表情で出入り口をじっと見ているのが彼だろう。

矢代たちふたりは店に入り、奥へ進んでその男性の前に立った。五十歳前後だろうか。チェック柄のスーツを着て、派手な模様のネクタイを締めている。これは営業タイプだな、と矢代は思った。

どうぞ、という仕草をして、彼は向かいの椅子を勧めた。頭を下げてから矢代たちは腰掛ける。

「警視庁の矢代です。お忙しいところ、すみません」

警察手帳を呈示した。相手は空咳《からせき》をひとつしてから口を開いた。

「米井安彦《やすひこ》です」

彼が差し出した名刺には、広告会社の名前が印刷されていた。聞かない社名だから、大手ではないのだろう。だが思ったとおり彼は営業の人間だった。

米井の前にはすでにコーヒーカップが置かれていた。ウエイトレスにコーヒーをふたつ頼んだあと、矢代は米井に話しかけた。

「かなり用心深い方だと感じました。知らない人間からの電話には出ないわけですね。でも留守電にあなたの名前を吹き込める人なら、知人からの紹介だという可能性がある。だから一度留守電にメッセージを吹き込ませている、と」

「最近おかしなセールス電話が多いでしょう。いちいち相手をしていたら、きりがないので」

たしかに、と応じてから矢代は質問を始めた。

「米井さんは石橋満夫さん、仁科友伸さんをご存じですよね。どういったご関係なんでしょうか」

「刑事さん、台東印刷という会社を知っていますか？」

「知っています。そこの社長だった棚沢さんは今、実刑判決を受けて刑務所にいますね」

「ご存じなら話が早い。私はもともとその会社に勤めていたんです。営業職として広告会社にも出入りしていました。その関係もあって今はこういう仕事をしているんです」

その話を聞いて、矢代の中にひとつの考えが浮かんだ。相手の表情をうかがいながら、尋ねてみる。

「もしかして石橋さんや仁科さんも、台東印刷の社員だったんでしょうか」

「そのとおりです」うなずいたあと、米井は少し首をかしげた。「警察では調べがついていなかったんですか？」

「まだ捜査を始めたばかりだったので……」

矢代はそう答えたが、内心、忸怩《じくじ》たるものがあった。もっと早く捜査が進んでいれば第二の事件を防げたのではないか、と思えてきたのだ。

「よく考えてみれば……」隣の席で理沙が口を開いた。「石橋さんは印章店の社員でした。町の判子店ではスピード名刺などを扱っていることがありますよね。年賀状印刷を手がけている店もあります。どこかの印刷会社と提携しているんでしょうが、印刷を受け付けるには、業務内容に詳しい人がいたほうがいい。石橋さんは台東印刷で身につけた技術や知識を、印章店で活《い》かしていたんじゃないでしょうか」

「ええ、おそらくね」と米井。

「仁科さんはインクメーカーの社員でした。インクも印刷に深く関わるものだから、彼も昔の経験を活かして大日インク工業に転職したんでしょう。手がかりはそんなところにもあったわけですね」

冷静に話しているが、理沙も悔やんでいるに違いなかった。本来ならこのようなことは、自分たち捜査員が気づくべきだったのだ。

ウエイトレスがコーヒーを運んできた。ふたつのカップがテーブルに置かれるのを、矢代と理沙は黙って見つめた。

一礼してウエイトレスが去っていくと、米井は再び口を開いた。

「過去にいろいろあって私は警察の人が嫌いなんですがね。まあ、それ以上に石橋たちが嫌いだったから話しますよ。……石橋は印刷の現場で作業をしながら、経理の仕事も手伝っていました。奴は二十年前の三月、会社の金を持ち逃げしたんです。そのせいで会社の資金繰りが悪化したんですよ。まったく、とんでもない男です」

いかにも投げやりな調子で米井は言う。矢代は驚きを感じながらも、声のトーンを落として尋ねた。

「その持ち逃げの件、警察の捜査はどうなっていたんです？」

「社長の棚沢は警察に届けませんでした」

「どうして？」

「棚沢が架空の経費を計上して、毎年かなりの脱税を繰り返していたからです。もし持ち逃げの件で警察の捜査が入ったら脱税がばれてしまう。ただでさえ経営が苦しい状態だったので、倒産を避けるため石橋のことは黙っていたんでしょう。でも、その判断が正しかったのかどうか……。だって石橋に金を持ち逃げされて、結局、会社は危うくなってしまったんですからね」

なるほど、と矢代は思った。その件があったから、石橋は整形手術をしたのだろう。ただ、名前などを変えなかったとすれば、追跡の方法はあったはずだ。

「棚沢社長は、個人的に石橋さんを捜さなかったんですか」

「捜したかったんでしょうが、それどころじゃなかったんですよ。石橋の失踪《しっそう》から三ヵ月後――今から二十年前の六月五日、棚沢の親友だった宮田専務が交通事故で死んでしまったからです」

矢代と理沙は顔を見合わせた。そういうことか、と腑《ふ》に落ちた。その交通事故で宮田雄介は天涯孤独となり、棚沢の支援を受けることになったわけだ。

「宮田一朗《いちろう》専務とその奥さんが亡くなって、会社は大混乱になりました」米井は記憶をたどる表情になった。「もう倒産は避けられないだろうな、という見方が社員の間にも広まった。仁科が辞めたのはそのころでしたよ」

仁科は二十年前の六月以降に辞めた、ということらしい。その時点では、米井はまだ会社に残っていたわけだ。

「ところが会社はつぶれなかった。棚沢社長は悪運が強いというか何というか……。宮田専務の生命保険金は、受取人が棚沢社長になっていたんです。ふたりで始めた会社だから、何かあったとき相手に迷惑をかけないよう、互いにそういう契約で保険を掛けていたようでね。棚沢社長は大事な親友を失った代わりに、会社を守ることができたんです。会社を立て直せるという見通しがついたのは、十九年前の夏ごろだったと思います。私は別の会社から声をかけられていました。ここまでつきあったからもう大丈夫だろうと思って、退職したわけです。まあ、その後いくつか会社を渡り歩いて、今のところに落ち着いたんですがね」

それが事実なら、口が悪いように見えるこの米井も、かなり義理堅い人間だと言えそうだ。

「石橋さんたちについて、何か覚えていることはありますか」

「経理のことはわかりませんが、現場ではふたりとも版下作成をやっていましたよ」

「版下？」矢代は首をかしげる。

「今はＤＴＰ――デスクトップ・パブリッシングといって、コンピューターで印刷用のデータを作ります。でも昔はアナログで版下を作っていたんです。フィニッシュワークなんて呼んでいましたけど、そんな恰好《かっこう》いい仕事じゃありません。台紙の上に手作業で、写真や文字を貼り付けていくんです。少し前までは、そんな原始的な方法で版下を作っていたんですよ」

「ええと……金属活字を使う作業ですか？」と矢代。

「いや、そこまで古くはありません。活字を組んでいたのはもっと昔でね。版下作成のときには、別の機械で文字の部分だけ打ち出すんです。それを切り取って台紙に貼るわけです」

具体的な作業は想像できないが、大変だということだけは伝わってくる。

「じつは、私の妹がDTPオペレーターをやっているんです」

隣で理沙が言った。そういえば、前に聞いたことがある。長女の理沙がおっとりしているものだから、祖父は妹を警察に就職させようとしたのだ。それを嫌って妹がDTP業界に進んだため、理沙が警察に入ることになったらしい。

「妹はもちろん、手作業の版下作成はやったことがないと思います。でも先輩から話だけは聞いていたようでした。まさに職人芸という感じで、大変だったんですよね？」

「そうなんです」理解者が現れて、米井の表情が少しやわらいだ。「ほかにできる人間がいない特殊な仕事でした。だから石橋も仁科も、まさか自分の仕事がなくなるなんて考えていなかったんでしょう」

「その仕事は急になくなったんですか？」矢代は尋ねる。

「アナログからデジタルに切り換わるのは、世の中の流れだから仕方ありません。録音もそうだし、文書作成もそう。カメラもそうですよね」

「たしかに……。今ではもう銀塩カメラを使っているのは一部の人だけですから」

矢代は自分の鞄《かばん》をちらりと見た。中には古い銀塩カメラが入っている。フィルムカメラなのだが、中にフィルムは入っていない。

「過渡期というのは厄介でしてね。デジタルに移るのは当分先だろう、俺はまだやれる、アナログは絶対なくなったりしない、と考えたがる人がいるわけです。デジタルの勉強をするチャンスはあったはずなんですよ。だけどその手間を嫌って、アナログの仕事にしがみついていた。気がついたときには過渡期はもう終わりかけていて、工場の機械はどんどんデジタルに替わっていくし、そうなれば自分たちの仕事はなくなってしまう。

結局、早く手を打たなかったのが悪いわけですよ。石橋と仁科はそうだった。もう台東印刷という会社にアナログの仕事はない。じゃあ営業の仕事をするか、と訊《き》かれたとき、それは嫌だと彼らは答えたんです。そこで、まず石橋が経理の仕事を兼務するようになった。でも、こんなことはやりたくないと文句を言いましてね。あのふたりは、さんざんごねて、棚沢や私たち社員に悪態をつきました。本当に腹立たしかった。結局、石橋は会社の金を持ち逃げし、仁科は会社を辞めていきました」

印刷業界にもそういう変革の時期があったわけだ。その波に取り残されてしまう者は、別の世界で生きていくしかないのだろう。

「でもまあ、仁科さんはすぐ別の会社に転職できたんですよね」

矢代が言うと、米井は軽くため息をついた。

「とはいえ、望みの職ではなかったはずですよ。本当ならじっくりできる技術職を希望していたのに、半ば営業のような仕事でしたから」

矢代の立場に置き換えるなら、今の仕事から外されて警務や総務に行け、と言われるようなものだろうか。そう考えると、社員たちの受けたショックも少し理解できるような気がする。

「ところで、仁科さんのことなんですが……」相手の表情をうかがいながら、矢代は尋ねた。「特殊な趣味があった、と聞いていませんか」

「特殊な趣味？」

「性癖とか、そういったことです」

矢代の頭にあるのは、部屋で見つかった男児らの写真だ。

「さあ。当時、誰かとつきあっているという話はありませんでしたよ。その後、結婚したとも聞いていませんが……。何かあったんですか？」

「いえ、それならいいんです」矢代は咳払《せきばら》いをした。「最近のことをお訊きしますが、石橋さんや仁科さんと連絡をとったことは？」

「五年前に携帯を替えたとき、仁科には連絡しました。それを仁科が石橋に教えたんでしょうか。その後、私は仁科に電話してはいませんが……」

「四年前の棚沢社長の事件はご存じですか？　亡くなった元社員の浪岡さんについて、何かご存じのことはないでしょうか」

「ああ、ビルから落ちたと聞いていますが、それ以上は知りません。奴は二十年前、石橋が失踪したあと四月に会社を辞めました。それ以来、私は会ったことがないので」

「浪岡さんの事件で、棚沢社長は実刑判決を受けたわけですが……」

「まあ、運が悪かったんでしょう。……刑事さん、とにかく私は、今回の事件とはまったく無関係ですよ。それを信じてもらうために、今日は質問に答えているんです。わかっていますよね？」

強い調子で米井は言う。矢代は相手を宥《なだ》めるように両手を前に出した。

「そうですよね、わかります。……話は変わりますが、ご存じだった社員の中で、名前に『産』の字が付く人はいませんか。『お産』の産なんですが」

質問を受けて、米井は怪訝《けげん》そうな顔をした。

「そんな名前の人、いるんですか？」

「いますよ。産屋敷さんとか産形さんとか」と理沙が答える。

「ふうん。……記憶にないですねえ」

そうですか、と言って理沙は口を閉ざした。

矢代は、刑務所で会った棚沢の顔を思い出した。

「棚沢社長は経営者だったわけですから、当然、石橋さん、仁科さんのことを知っていたはずですよね」

「もちろんです。もし知らないなんて言うんなら、認知症になったか嘘をついているか、どちらかですよ」

おそらく後者に違いない。だとしたらなぜ棚沢はあのとき、石橋という人は知らない、と嘘をついたのか。

とにかく、これで棚沢、浪岡、石橋、仁科がつながったと考えていいだろう。

「ほかに誰か、気になった人はいませんでしたか」

矢代がそう尋ねると、米井は少し考えてからこんなことを言った。

「私と同じ十九年前に辞めた社員で、小見川晋也《おみがわしんや》という男がいたんですよ。あのとき三十歳だったかな。その小見川は今、行方不明だと聞きました」

「どういう人なんですか？」

「彼もアナログからデジタルへの変化に対応できず、会社を辞めたんです。仁科たちと同様、相当抵抗したみたいですけどね。それにしても、いろいろと運の悪い人でした」

その言い方が気になったのだろう、理沙が口を開いた。

「何かあったんですか？」

「あの人、印刷機に挟まれて右手の小指を切断してしまったんですよ。たまたま私も会社にいるときだったから、すぐ駆けつけてね。出血はそれほどでもなかったんですが、ショックで顔が真っ青でした」

「原因は何だったんですか？」

「本人が安全確認を怠ったんでしょう。それ以外、考えられません」

そう言って米井はコーヒーカップを見つめた。

矢代と理沙は何気ないふうを装いながら、米井の表情を観察する。

「最後にもうひとつ」思い出したという口調で理沙が尋ねた。「石橋さんと仁科さんは、米井さんの名前を記号のような形でメモしていました。あれはなぜです？」

「遊びですよ。二十年前、台東印刷で『暗号と符号のすべて』という本を印刷したんです。自費出版でね」

その本は石橋の書棚にあったものだ。理沙はメモ帳に目をやった。

「著者は飯干澄太という人でしたよね」

「社員のペンネームです。子供っぽい話ですが、当時クロスワードパズルを楽しんだり、暗号のやりとりをしたりするのが社内で流行《はや》りましてね。石橋と仁科、浪岡なんかが中心になって遊んでいました」

「暗号クラブのような感じで？」

「……暗号クラブ？　ええ、まあ、そうです」

ここで理沙は、石橋たちが保管していた暗号メモについて、簡単に説明した。

「私は、借用した『暗号と符号のすべて』に目を通したんです。シーザー暗号は載っていましたが、アルファベットを逆転させる方法は書かれていませんでした。あの本が出版されたあと、誰かが逆転させる方法を思いついたんでしょうか」

「そうかもしれません」米井はうなずく。

つまり、暗号の継承者がいたということだ。本に載っていないからこそ誰にも知られていない解読方法だ、と自信を持つことができたのだろう。

「ひょっとして米井さんもその仲間だったんですか？」と理沙。

「仲間というわけじゃないですが、ときどき話が耳に入ってきましてね」

当時、社内で暗号のルールが決められていたのだと考えられる。その知識を利用して、犯人は脅迫状を作成したのではないだろうか。

「しかしあんな遊び、どこが面白かったんでしょうね」

すっかり冷めてしまったコーヒーを、米井は一口で飲み干した。

そんな彼の姿を、矢代は黙ったままじっと見つめていた。

4

小見川晋也を捜す必要がある、ということで矢代と理沙の意見は一致した。

矢代は携帯を取り出し、川奈部に電話をかけた。打ち合わせの途中だったが、彼はわざわざ席を外してくれたようだ。

「もしもし、倉庫番。どうした？」

「お忙しいところすみません」矢代は米井から得た情報を手短に伝えた。「……というわけで、十九年前まで台東印刷にいた小見川晋也という人が気になるんです。今どこで何をしているか、誰も知らないそうなんですが」

「わかった。台東印刷のことを調べている組に伝えておく。その小見川が何か知っているかもしれないし、犯人だという可能性もあるよな。けったいな話だ」

「右手の小指がなかったらしいので、それが手がかりになりますね」

「いや、装具というんだったか、人工的な指をキャップのように嵌《は》めていたら、ちょっと見ただけではわからないかもしれないぞ」

そう言われて、矢代はひとり考え込んだ。今まで聞き込みをしてきた人たちの中で、そんな疑いのある男性はいただろうか。もしかして、自分は大事なものを見逃してはいなかったか。

電話を切って、矢代と理沙は次の聞き込み先を検討した。

メモ帳を開いて、矢代は理沙のほうに向ける。

■台東印刷関係の人物
◆石橋満夫……二十年前の三月、台東印刷の金を持ち逃げ。のち印章店に就職。
◆浪岡周造……二十年前の四月、台東印刷を退職。四年前、棚沢の手により墜落死。
◆仁科友伸……二十年前の六月以降、台東印刷を退職。のちインクメーカーに就職。
◆小見川晋也……台東印刷で右手小指を切断。十九年前に退職。現在、行方不明。

台東印刷の元社員を訪ねるべきではないか、と矢代は提案した。

「そうですね。四係で聞き込みに行っているはずですが、私たちが行けば、何か新しい情報が得られるかもしれないし」

「可能性はあります」矢代はうなずいた。「彼ら以外にも関係者はいますよね。捜査資料の中からリストをチェックして……」

と話しているところへ、矢代の携帯電話が鳴った。液晶画面を見てみたが、知らない番号だ。誰かからの情報提供だろうか。

「はい、矢代です」

「もしもし、栗本克樹です。棚沢宗一郎の親戚《しんせき》の……」

「ああ、あなたでしたか。昨日はありがとうございました」

矢代の頭に栗本の顔が浮かんできた。三十一歳、精悍《せいかん》な顔つきの男性だった。収監されている棚沢のいとこ甥《おい》で、スポーツ用品メーカーの営業社員だ。

「何かありましたか？」

矢代が尋ねると、栗本は少し不満げな声を出した。

「何かって……刑事さんから頼まれていたじゃないですか。おじの所持品を捜しておいてほしいって」

そうだった。捜査の手がかりになるかもしれないと思い、物置を調べておいてもらいたい、と頼んでいたのだ。

「見つかったんですね？　棚沢さんの持ち物が……」

「段ボール箱に七つぐらいあります。これ、どうすればいいでしょうか」

ちょっとお待ちください、と言って矢代は通話を中断し、今の話を理沙に伝えた。理沙はすぐさま、「行きましょう」と答えた。

「もしもし、栗本さん」矢代は携帯を握り直す。「今からお邪魔してもいいですか。出て来たものを確認させていただきたいんですが」

「まあ、かまいませんよ。今日は会社を休んで物置を調べていたんです。刑事さん、僕はこのためにわざわざ休みをとったんですからね」

「どうもありがとうございます。……で、あなたの住所を教えていただけますか」

彼が口にした住所を、矢代はメモ帳に書き取った。すぐに行きます、と言って電話を切る。

「どうでした？」

理沙が尋ねてきたので、矢代は顔をしかめてみせた。

「このために休みをとったんだ、と恩着せがましく言われました。今日も機嫌が悪そうでしたよ」

「やっぱりあの人、棚沢宗一郎の話をすると不機嫌になりますね。言葉づかいもかなりきつくなるし」

「とにかく彼の家に行きましょう。江戸川《えどがわ》区平井《ひらい》だそうです」

矢代と理沙は東京駅からJR総武線快速に乗って、栗本の家に向かった。

錦糸町《きんしちょう》駅で各駅停車に乗り換え、平井駅へ。そこで下車して南口から南東のほうへ歩いていく。七分ほどで目的地にたどり着いた。

塀の外から庭を覗《のぞ》いてみた。そこにはさまざまな植物が生えている。住人が植えたものだろうが、あまり手入れをされていないのか、雑草と区別がつかなくなっていた。建物は古めかしい平屋だ。縁側のそばに汚れたコンクリートブロックがいくつか積んである。その横になぜか古タイヤがひとつ置かれていた。

「ああ、刑事さん」

声をかけられて、矢代は視線を転じた。玄関のほうから栗本克樹がやってくるのが見えた。先日はスーツ姿だったが、今日はスウェットの上下にサンダル履きというラフな恰好《かっこう》をしている。

「お休みのところ、どうもすみません」矢代は頭を下げた。

「まあどうぞ、こちらへ」

栗本は手招きをした。矢代と理沙は門扉を開けて敷地内に入っていく。飛び石があるのだが、ところどころ雑草に埋もれてしまっていた。栗本は、こういうところにはあまり気をつかわない性格らしい。

「ご両親の代からお住まいなんですか?」

理沙が尋ねると、栗本は「そうです」とはっきりした声で答えた。

「ふたりとももう亡くなって、今は僕だけです。だいぶ古い家なんですが、ここを処分してマンションに移るというのも面倒ですから」

「この庭、以前は立派だったんでしょうね」

「父の趣味だったらしくてね。昔はよく手入れしてあって、きれいだったんです。でも今ではこのとおり。僕は、庭いじりには興味がないもんで」

屈託のない表情で栗本は笑った。こうして話していると好青年という印象だ。機嫌は戻ったのだろうか。

ところが、物置の前にやってくると栗本の態度が急に変わった。

「整理して捜し出すのは本当に面倒でしたよ。どうして僕があんな人のために、ここまでしなくちゃいけないのか……」

やはり棚沢への不満があるようだ。気持ちはわからないでもない。しかしそれを口に出してしまうところが若いよな、と矢代は思ってしまう。

物置は大型で、床面積は四畳半ほどありそうだ。ドアを開けながら栗本は言った。

「段ボール箱を手前に出しておきました。好きに調べてもらっていいですよ」

「ありがとうございます。では早速」

そのまま上がってかまわないと言われたので、矢代たちは土足で物置に入った。中には段ボール箱や木箱、灯油のポリタンク、古い箪笥《たんす》やカラーボックスなどが所狭しと並んでいる。スコップや長靴、学習机や丸椅子などもあった。

「ここ、明かりが点《つ》きますから」

そう言って栗本は物置の照明を点けてくれた。

「ああ、助かります」

軽く頭を下げてから、矢代は手前に出ている七つの段ボール箱に目をやった。黒いマーカーで《タナザワ1》《タナザワ2》などと書かれている。どれもそっけない字だった。

矢代と理沙は、手分けして段ボール箱の中を調べ始めた。栗本は丸椅子に腰掛けて、その様子を観察している。じっと見られていると作業がしにくいのだが、向こうへ行ってくれとも言えない。

そのうち気がついた。いっそ、ここで情報収集をすればいいのだ。矢代は作業を続けながら、栗本にあれこれ質問し始めた。

「栗本さんのお母さんは棚沢さんのいとこでしたよね。ふたりは親しかったんですか？」

「あれは親しいというのかどうか……。母は一時期、台東印刷でアルバイトをしていました。まだ小さかった僕を連れていったんですよ」

「そのとき宮田雄介さんと出会った……。一緒に遊んだそうですね」

「誰から聞いたんです？」

「宮田さんがそう話していました」矢代は相手の目を見つめた。「昨日私たちが訪ねたとき、あなたは宮田さんのことを『支援者』と呼んでいましたよね。知り合いだったことをなぜ教えてくれなかったんですか？」

「厄介なことに巻き込まれそうで嫌だったんですよ」

「我々は殺人事件の捜査をしています。栗本さん、ここから先は正直に答えてください」

「……わかりました」

仕方がない、という表情になって栗本はうなずく。

「では、宮田さんとのことを聞かせてもらえますか」

矢代に促され、栗本は記憶をたどりながら話しだした。

「子供のころの思い出ってほとんど忘れてしまいますよね。でも鮮明に覚えていることがあります。僕が小学三年生のとき父は病気で亡くなりました。それからずっと、母はひとりで僕を育ててくれました。正社員の仕事をしながら、もう少し稼ぐため、土日におじの工場でアルバイトをしていたんです。子供を家に残していくのが心配だったんでしょう、母は僕を連れていって、工場の近くで遊んでいるようにと言いました。最初はひとりで遊んでいたんですが、五年生のとき、宮田雄介くんが現れたんです」

宮田雄介の両親は自動車事故で亡くなっている。それを棚沢宗一郎が引き取ったのだ。

「そのとき宮田さんは中学一年生ですね」

「ええ、そうです。……いい遊び相手ができて、僕は嬉《うれ》しくなりました。毎週、週末に印刷会社に行くのが楽しみになった。雄介くんとふたりで町を歩いたり、工場の裏にある倉庫に潜り込んだりしました。探険マップを作って、ゲームをするような感覚でね。あれは楽しかったなあ」

栗本はなつかしそうに言う。いっとき彼の顔は優しげに見えた。ところが、すぐに栗本は険しい表情を取り戻し、不満げな声を出した。

「でもね、あるとき僕は物陰から見てしまったんです。おじが『克樹には内緒だよ』と言って、雄介くんにこづかいを与えていました。そのあとおじはこう続けた。『あんまり克樹と遊ばないほうがいい。おまえのほうが偉いんだから』と」

「どういう意味です？」

「僕はアルバイト従業員の息子です。それに対して雄介くんは、経営者に引き取られた子ですよね。立場的には僕のほうが弱いわけです。だから、そう言ったんでしょう」

矢代は思わず首をかしげてしまった。

「でも、栗本さんは棚沢さんの親戚《しんせき》ですよね？」

「そうなんですよ」我が意を得たり、という顔で栗本はうなずいた。「雄介くんは親族でもないのに、僕のおじから大事にされていたんです。彼はだんだん冷たくなっていった。しまいには隠れて僕の悪口を言っていたそうです。……僕はいとこの子でありながら何もしてもらえなかった。にもかかわらず、親族だという理由で、刑務所に入ったおじの面倒を見ろと言われました。こんなのおかしいでしょう」

そういう経緯があったのか、と矢代は納得した。こづかいなど些細《ささい》なことではないか、と言ってしまうことは簡単だ。だがその些細なことが繰り返され、栗本の中で不満がつのっていったのではないだろうか。

その結果、栗本は棚沢に対して冷たく振る舞うようになったのだ。

いや、もしかしたら、と矢代は思った。これまで法事のときなどは普通に接してきたが、棚沢が逮捕されてから、栗本は態度を変えたのかもしれない。

とにかく、人の心というのは複雑で厄介なものだ。

「棚沢さんから、会社の経営状態を聞いたことはありませんでしたか」

作業の手を止めて理沙が尋ねた。栗本は腕組みをしたあと、低い声で唸《うな》った。

「この前もお話ししましたけど、印刷会社は大変だ、とよく言っていました。でも同情なんてできません。自転車操業のまま根本的な対策を打たなかったんだから、経営者の責任です。大勢の従業員を抱えていたのに、いったい何をしていたんだ、という話ですよ。無能だと言われても仕方ないでしょう」

さすがにその批判はきついのではないか、と矢代は思った。この場に棚沢がいたら、ふたりの間には修復できないような溝が出来てしまうに違いない。

「しかし、棚沢さんも努力していたと思うんですが……」

遠慮がちに矢代が言うと、栗本の表情が硬くなった。

「努力したからって、失敗が許されるわけじゃありませんよね」

「それはそうですが、ちょっと厳しすぎるような気が……」

すると、栗本は不機嫌な声を出した。

「刑事さんの仕事だってそうでしょう？　いくら努力しても事件を解決できなければ意味がないですよね。俺たちは頑張ったんだ、なんて釈明しても、ただの言い訳ですよ」

「言い訳だなんて……」

矢代は苛立《いらだ》ちを抑えて相手を見つめる。栗本はその視線を正面から受け止めた。

「世の中には未解決の事件がたくさんあります。それを刑事さんたちは、ほったらかしにしているんですよね？」

この言葉は聞き逃せなかった。矢代は眉《まゆ》をひそめて言った。

「我々はどんなときでも全力で捜査を行っています。それはご理解いただけませんか」

「そうですかね？　解決できなくても自分には関係ない、所詮《しょせん》は他人事《ひとごと》、と思っているんじゃないですか」

「ちょっと待ってください」矢代は声を荒らげた。「私の知り合いも、事件に巻き込まれて殺害されたんです。他人事だなんて思うわけがないでしょう」

「矢代さん、落ち着いて」

横から理沙が口を挟んできた。はっとして矢代は身じろぎをする。

「……すみませんでした」渋い表情で栗本に謝罪した。

水原弘子の顔が脳裏に浮かんでいた。あの事件が未解決のままであることを、矢代は誰よりも悔しく思っているのだ。

栗本も気まずそうに何か考えていたが、やがて深いため息をついた。矢代に頭を下げたあと、彼は言った。

「僕は家にいますから、何かあったら呼んでもらえますか」

栗本は丸椅子から立ち上がり、雑草を踏みながら玄関のほうへ戻っていった。

短気を起こしたことを、矢代は理沙に詫《わ》びた。

「まあ気持ちはわかりますが、できるだけ穏便にお願いしますね」

そう言って、理沙は苦笑いしている。

矢代たちは品物の確認を再開した。

衣類や文具、雑貨などは詳しく調べる必要もないだろう。

矢代と理沙は次々に箱を開け、メモやノート、アルバムなどを探していく。紙の束が出てくると学習机の上に広げ、ふたりでチェックを行った。デジカメで写真も撮影した。

そろそろ作業が終わるというころになって、理沙が一枚の紙を矢代に差し出した。

「このメモを見てください」

矢代は紙を受け取り、そこに記された文字を見つめる。

IIBOSI SUMITA（飯干澄太）

「これはたしか、『暗号と符号のすべて』の著者ですよね」

「もしかしたら、ペンネームを決めたのは棚沢宗一郎だったのかもしれません」

そうつぶやいてから、理沙は顔を近づけてメモを凝視した。一度目をつぶって何か考えたあと、再び目を開く。右手の人差し指を動かして、宙に文字を書くような仕草を始めた。

「こう、こう……いや、そうじゃなくて、こう……」理沙ははっとした表情になった。

「ああ！　そういう意味だったんだ。文字の神様、感謝します！」

「どうしたんですか？」

驚いて矢代はまばたきをする。理沙は真顔になって答えた。

「米井さんの話を聞いて、暗号クラブは社員たちだけの遊びだと思っていました。でも社長だった棚沢も、暗号に興味を持っていたんじゃないでしょうか」

「その可能性はありますけど……」

理沙は腕時計に目をやった。それから、意を決したという表情を見せた。

「受付時間に、まだ間に合いますね。矢代さん、もう一度、府中刑務所に行ってみませんか」

たしかに、棚沢が何か隠しているらしいことは気になる。あらためて面会を求めたら、彼は話す気になるかもしれない。

わかりました、と答えて矢代は段ボール箱の蓋《ふた》を閉めた。

5

タクシーを降りると、矢代たちは受付に向かって走りだした。

府中刑務所にやってくるのは二回目だ。前回は余裕があったからよかったが、今は時間がない。刑務所の面会受付時間は午前八時三十分から午後四時までだ。途中で電車の遅れがあったため、ぎりぎりになってしまった。

息を切らして受付に駆け込む。どうにか時間内に手続きをすることができた。

矢代と理沙はベンチに腰掛け、呼吸を整える。急に走ったものだから、理沙は苦しそうだ。

少し落ち着くと彼女は携帯を取り出し、メールを打ち始めた。

「現在の状況を報告しておきました」理沙は小声で言った。「財津係長と夏目さん、谷崎さん、そして四係の古賀係長、川奈部さんにも」

「そうですね。今や四係は俺たちの味方ですから」

以前なら考えられなかったことだ。初めて文書解読班として臨場したとき、理沙は古賀から目のかたきにされていた。あれから約一年半。古賀は文書解読班に情報を流してくれるようになった。これも理沙の実力があればこそだろう。

文書解読班を引っ張っているのは、理沙の文章心理学と文字の知識だった。最近は夏目の直観も冴《さ》えてきた。一方、矢代は聞き込みなどでサポートしているだけだ。文書解読に貢献しているとは、言えないのではないか。

――それよりも、俺にはやるべきことがある。

水原弘子の件だ。捜査一課殺人班に異動すれば、いずれあの事件を捜査できるかもしれない。いや、必ず捜査してみせる。弘子の事件が解決できたら、栗本克樹からあんな批判を受けることもないだろう。

岩下管理官の言葉が頭に浮かんできた。

「矢代くんには見込みがあると思っているのよ。もしあなたにその気があれば、異動させてあげられる。私や小野塚理事官の力でね」

これは、またとないチャンスだった。

今、自分がやるべきことは何なのか。それを考えると、小野塚や岩下の力が矢代にとって追い風になる可能性は高かった。そうだ、と矢代は思う。求められて異動するのが、自分にとって一番幸せなことではないだろうか。たとえ岩下に企《たくら》みがあったとしても、逆にそれを利用してやると考えれば、殺人班でやっていけるのではないか——。

「矢代さん」

理沙が耳元でささやいた。彼女の息を間近に感じて、矢代は我に返った。

刑務所の職員が矢代たちを呼んでいる。面会の準備が整ったようだ。

「すみません」

頭を下げてから、矢代は表情を引き締めて立ち上がった。

昨日と同じ形で、矢代たちは獄中の棚沢と対面した。両者の間には頑丈な遮蔽《しゃへい》板がある。この透明な板が、ふたつの世界を完全に分離させていた。

髪をスポーツ刈りにした棚沢は、今回も右脚を引きずりながら現れた。生気のない表情で、彼は椅子に腰掛ける。刑務官にちらりと目をやったあと、矢代たちのほうを向いた。

「棚沢さん、今日は大事なことをお話しするためにやってきました」理沙は言った。「石橋さんに続いて、仁科さんが殺害されたんです」

「え……」

棚沢は両目を大きく見開いた。動揺していることがよくわかる。

「あなたには過去の出来事を話す義務があると思います。ふたりの死について、あなたは何か知っているはずです。黙っていれば犯人の味方をすることになりますよ」

「犯人の味方だなんて、そんな……」

「事実、そうなんです。ふたつの事件を成功させた今、犯人は次の事件を起こすのではないかと、私たちは考えています」

「私は檻《おり》の中の囚人ですよ。自分の罪を反省することで精一杯です」

「ほかの人のことはどうでもいい、とおっしゃるんですか？」

理沙は挑発するような言い方をした。この言葉は効いたようだ。棚沢の顔に戸惑いの色が浮かんだ。

「私は自由を奪われている身です。すでに罰を受けているのに、これ以上義務だ何だと言われても困りますよ」

「人としてどう考えるか、ということなんです」理沙は身を乗り出して言った。「あなたは何か隠していますよね。その事実が今回の事件に関わっているのではないか、と思うんです。あなたの証言が私たちの捜査を変えるかもしれない。その結果、あらたな被害者を出さずに済む可能性があります」

「申し訳ありませんが、私には関係ない話ですから……」

「そうでしょうか。あなたは社長として石橋さんや仁科さんを雇っていました。結果はどうであれ、一時期、彼らが台東印刷を支えていたことは事実です。それでもあなたは、まったく無関係だと言うんですか？」

棚沢は眉《まゆ》をひそめて理沙の顔を見た。しばし、ふたりの睨《にら》み合いが続いた。

しばらくして、棚沢が再び口を開いた。

「私は何も隠していませんよ」

「そう主張するなら質問に答えてください。なぜあなたはこの前、石橋満夫さんを知らないと言ったんですか？」

「石橋満夫……。ああ、思い出しましたよ。たしかに、そういう社員がいましたね。すみません、最近物忘れがひどくて」

「そんな歳ではないでしょう？」

「刑務所に長くいると、どうも記憶力がね……」

どう考えても、これは嘘だろう。矢代は厳しく追及しようかと思ったが、その前に理沙が話を続けた。

「では、ここからはよく考えて、記憶をたどりながら答えてください。……二十年前、石橋さんはあなたの会社の金を持ち逃げしたそうですね。覚えていますか？」

棚沢は理沙の考えを探るように、じっと目を見つめた。どう答えようかと迷っているような気配がある。だがごまかせないと感じたのか、短い髪を撫《な》でながらこう言った。

「……覚えています。あれには困りました」

「あなたは警察に通報しませんでしたよね。その理由について、当時を知る人から証言を得ています。税務上の不都合があったから通報はできなかった、と」

「いつか石橋から連絡が来るんじゃないかと思っていたんです。そうこうするうちに月日がたってしまって……」

苦しい言い訳だな、と矢代は思った。保身のため、警察に相談しなかったことは明らかだ。

「持ち逃げの件で、あなたは石橋さんを恨んでいたはずです。それが石橋さんの殺害につながったんじゃありませんか？」

「どういうことです？　私が彼を恨んでいたとしても、今は刑務所にいるんだからどうしようもないでしょう」

「誰か別の人に指示を出して事件を起こさせた、とか……」

「本気で言ってるんですか？　マフィアじゃあるまいし、私なんかにそんな力はないですよ」

理沙は黙り込んだ。この頑固な受刑者をどう攻めようかと、思案しているのだろう。

ややあって彼女は別の質問をした。

「仁科友伸さんもご存じですよね。石橋さんと同じく台東印刷にいた人です。それから、四年前あなたが死なせてしまった浪岡さんも、あなたの部下でした。当時あなたたちの間で暗号のやりとりが流行《はや》っていたそうですね」

「どうだったかな。まあ、そんなことがあったかもしれません」

「あなたの所持品から『IIBOSI SUMITA』というアルファベットのメモが出てきました。これは『暗号と符号のすべて』の著者・飯干澄太さんの名前ですよね。社員のペンネームだと聞いています。飯干澄太という名前を考えたのはあなたですね？」

「さあ、どうですかね」棚沢は空咳《からせき》をした。「もしそうだったとして、何か問題があるんでしょうか」

「あなたも当時、暗号クラブのような形で石橋さん、仁科さんたちと親しくしていたんじゃありませんか？」

「根拠はあるんですか？」

「飯干澄太という名前はアナグラムですよね。アルファベットの『IIBOSI SUMITA』を並べ替えると『ISIBASI MITUO』になります。つまりあの本の著者は石橋満夫さんだった。そのときは金を持ち逃げされる前だったから、あなたも暗号クラブのようなものに参加していて、石橋さんのペンネームを考えてあげたんでしょう」

府中刑務所へ来るまでに、矢代はそのことを理沙から聞かされていた。これも訓令式のローマ字だ。ミステリー作家などがペンネームを考えるとき、こうしてアナグラムを使うことがあるらしい、と彼女は話していた。

「いかがです？　あなたは石橋さんたちと親しかったんでしょう？」

理沙に問われて、棚沢は低い声で唸《うな》った。今、彼の心に波が立っていることは間違いない。問題はそれがどういう性質の波なのか、だった。棚沢に後悔をもたらすような波なのか、それとも悲しみや憎しみをもたらす波なのだろうか。

「ところで、ひとつ引っかかっていることがあります」理沙は言った。「四年前の事件のことです。かつて社員だった浪岡さんが、健康器具のセールスマンとなってあなたのところにやってきた。それはいいでしょう。でも契約関係でトラブルになり、その結果、浪岡さんを死亡させてしまったというのが理解できません。右脚の悪いあなたが、浪岡さんを屋上から落とせただろうかと、不思議でならないんです」

「前にも話したでしょう。私がそう自供したんですよ。警察も裁判所もそれで納得したんです。だから私は刑務所にいるんじゃないですか」

「浪岡さんとの健康器具の契約は、いくらだったんですか？」

急に尋ねられ、棚沢は眉をひそめた。

「それは、答えなくてはいけないことなんでしょうか」

「答えたくない、と言うんですか？」

「ええ。回答は控えさせてもらいます」

役所の職員のようなことを言って、棚沢は口を閉ざした。

だが実際のところ、矢代たちは過去の捜査資料を確認していた。棚沢が解除しようとした契約は総額五十万円だった。もちろん安いものとは言えない。しかしそれを巡って浪岡を殺害するかというと、そこまでの額ではないと思える。

「棚沢さん」理沙はゆっくりとした口調で言った。「私だったらそんな自供は信じません。本当の動機を――いえ、本当の出来事を追及します。もしかしたらあなたは、誰かをかばっているんじゃありませんか？」

「……え？」

棚沢は身じろぎをした。驚いたのは矢代も同じだった。もし棚沢が誰かをかばって収監されたのだとしたら、裁判で誤りがあったことになる。そして警察や検察にしてみれば、冤罪《えんざい》を生んだ可能性があるということだ。

さすがにそれは考えすぎではないか、と矢代は思った。

「主任、そこまで疑いだすと、きりがありませんよ」

まったくです、と遮蔽板の向こうで棚沢が言った。

「私が自供したんだから、いいじゃないですか。私のせいで、あの事件は起こったんです」

「何か別の事情があったんじゃないですか？」

「ありませんよ、何も」

棚沢は頑《かたく》なな態度を崩さない。矢代は受刑者の表情を観察した。先ほどの理沙の発言は直観に頼ったものであり、言いがかりのようなものだろう。しかし棚沢が何か隠している可能性については、矢代も感じ取っていた。これまで多くの犯罪者を見てきた経験から言うと、棚沢はおそらく真実を話していない。刑務所に入ってしまったのだから、もういいではないか、という諦《あきら》めのようなものが感じられる。

相手をリラックスさせようということだろうか。理沙は話題を変え、落ち着いた口調で話しだした。

「二十年前、専務の宮田一朗さんが自動車事故で亡くなったそうですね。その後、あなたが息子の宮田雄介さんを引き取って面倒を見た、と聞きました。なかなかできることではないと思います」

棚沢は過去を思い出しているようだ。穏やかな中にも、悲しみを感じさせる表情になった。

「宮田は私の親友でしたからね。放っておくわけにはいきませんでした」

「雄介さんはあなたに感謝していましたよ。当時の恩があるから、収監されたあなたを支援していいるんだ、と言っていました」

「ああ……雄介は責任感の強い子ですからね。たしかに私はあの子を育てたけれど、今は就職して立派な社会人になっています。忙しいだろうし、私なんかに関わらなくていい、と話しているんですがね」

そう言いながらも、棚沢が宮田を頼りにしていることは容易に想像がついた。刑務所に長く入っていれば誰でも心細くなるものだ。

「本当に雄介はよく出来た子ですよ」と棚沢。

「その一方で、栗本克樹さんはどうなんでしょうか」

理沙の言葉を聞いて、棚沢は頬をぴくりと動かした。そこに現れた感情は、おそらく不快感だ。

「逮捕されてから克樹にもいろいろ世話になったんです。ただ、あいつは私のことを好きじゃないらしいので……」

「そのようですね。私たちに愚痴をこぼしていましたよ。棚沢さんの面倒までは見られない、と」

本人の前でそれを言ってしまうのか、と矢代は驚いた。だが理沙の表情を見ると、相手を傷つけようとしているわけではなさそうだ。おそらくこれは、棚沢からあらたな情報を引き出すための呼び水だろう。

「仕方ないでしょうね。克樹ももう大人ですから、本人がそういう考え方をするのなら、私はあの子には頼れません。今まで手続きや何かで世話になった分は、あとでよく礼を言っておきますよ。金がほしいと言われたら渡すことにします。まあ、私は今無職ですから、どれぐらい渡せるのかわかりませんが」

軽く息をついて、棚沢は目を伏せた。理沙は黙ったまま彼を注視している。

そんなふたりの様子をうかがいながら、矢代は自分の考えを口にした。

「仮定の話ですが、石橋さんと仁科さんが結託していたとしたらどうでしょうか。会社の金を持ち逃げしたのは石橋さんですが、裏で仁科さんがそれに協力していたとしたら……」

「考えられないことではありませんね」と理沙。

「だとしたら棚沢さんはふたりを恨んだはずです。いや、もしかしたら浪岡さんもその一味だったということはないですか？　四年前、棚沢さんが浪岡さんを死亡させたのは、二十年前の持ち逃げ事件があったからなのでは……」

自分でも飛躍しすぎかと思う気持ちはあった。だが同じ台東印刷で起こった事件なのだから、つながっているのではないかという気がする。

「どうなんですか、棚沢さん」矢代は声を強めて追及した。

「刑事さん、私に何ができると言うんです？　浪岡の事件はもう終わったんですよ。彼を死なせたから私は刑務所に入った。私は愚かな人間なんです。それでいいじゃないですか」

投げやりな調子でそう言うと、棚沢は口を引き結んだ。これ以上はもう何も話さない、という強い意志が感じられた。

刑務所の外に出ると、太陽は西の空にあった。少し気温が下がってきたようだ。

棚沢への面会は叶《かな》ったが、どうにも疑問を払拭《ふっしょく》することができなかった。

矢代は理沙とふたり、事件について意見を交わした。その結果、支援者の宮田雄介にもう一度会ってみよう、ということになった。

宮田に電話をかけたところ、今は学習塾に出勤しているが、空き時間があるので話はできるという。アポイントメントをとって、矢代たちは東池袋《ひがしいけぶくろ》に向かった。

目的の学習塾は、東池袋駅から徒歩数分の場所にあった。大教室で授業を行うのではなく、マンツーマンに近い形で個別指導する塾らしい。

ちょうど授業が終わったようで、矢代たちが玄関から入っていくと「さようなら」と小学生に声をかけられた。

「はい、さようなら。気をつけてね」

理沙はそつなく返事をする。矢代たちは塾の先生だと思われたのだろうか。それとも生徒の保護者だと思われたのか。

職員室のドアを開けると、部屋の中に数人の講師がいた。眼鏡をかけた宮田が見えたので、矢代は会釈をした。

　宮田はすぐに立ち上がり、近くにいた上司に何か話しかけた。許可を得たらしく、彼は急ぎ足でこちらへやってくる。

「面談室が空いていますので」

　彼はそう言って矢代たちを案内してくれた。面談室は三畳ほどのごく狭い部屋だ。勧められて、矢代と理沙はパイプ椅子に腰掛けた。

「すみません、ここではお茶も出せなくて」

「いえ、おかまいなく」矢代は首を振る。「それより宮田さん、早速ですがお話を……」

「そうでしたね。今日は何です？」

「先ほど府中刑務所に行ってきました」

　それを聞くと宮田は真顔になった。棚沢と何を話したのか、気になるのだろう。

「私たちが追っている事件で、すでにふたりの被害者が出ています」矢代は言った。

「じつはふたりとも台東印刷の元社員だったんです。そして四年前に棚沢さんが死亡させた人物も、同じ会社の社員でした」

「そうだったんですか。私が印刷工場へ遊びに行ったとき、その人たちと会っていたかもしれませんね。昔のことなのでよく覚えていませんが……」

「我々は二回棚沢さんに面会したわけですが、状況から考えて、彼が何か隠しているんじゃないかと思えるんです」

「なぜですか？」

「以前、棚沢さんは石橋満夫さんを知らないと答えました。でもそれは嘘でした。どうしてそんな嘘をついたのか。過去を探られたくない、という気持ちがあったんじゃないでしょうか」

宮田は黙ったまま、渋い表情で考え込んでいる。彼の様子を観察しながら、矢代は続けた。

「それで、支援者の宮田さんなら何か知っているんじゃないかと思ったんです。どうでしょうか」

「……いえ、何も聞いていないですね。大事なことなら、私が面会に行ったとき話してくれるはずですが」

現在、面会に行っているのは宮田だけだろう。何かあれば、棚沢は彼に相談しているものと思われる。

ここで理沙が口を開いた。

「四年前の墜落死事件でも、棚沢さんは嘘をついたんじゃないかと思うんです」

「どういうことです？」

「何か事情があって、棚沢さんは真実を語らなかった。そのまま実刑判決を受けたのではないかと」

「判決が間違っていた、というんですか？」

「間違っていたというか、棚沢さんが一貫して犯行を認めていたのなら、そういう判決になりますよね」

　ちょっと待ってください、と宮田は言った。声も顔つきも険しくなっていた。

「もしそれが本当なら、四年前の事件は冤罪《えんざい》ですよね？　とんでもない話だ」

　宮田は厳しい目で理沙を睨《にら》んでいる。彼がそんな態度をとるのは初めてだ。理沙は少し慌てた様子を見せた。

「いえ、冤罪だと決まったわけではないんですが……」

「だって、あなた方がそういう話をしたんじゃありませんか」

　冤罪という言葉は、警察官にとって忌むべきものだった。もし冤罪の疑いが生じたら、全力で否定するのが警察という組織だ。警察官は間違いを犯してはならない。常に正しい存在でなくてはならない。そうでなくては権威を保つことができないのだ。

「もし仮に、棚沢さんが嘘の供述をしたとすると……どういう理由なんだろう」

　宮田は額に手を当てて考え込んでいる。しばらくそうしていたが、やがて彼は顔を上げた。

「ねえ刑事さん、どうなんです？　どんな理由が考えられますか」

「それは……」理沙は言い淀《よど》んだ。「今の時点では想像に過ぎませんので」

「教えてください。どんな可能性がありますか」

　追及を受けて、理沙はごまかしきれなくなったのだろう。声のトーンを落として言った。

「たとえば……誰かをかばっているとか」

「身代わりになったということですね。うん、それは考えられる」宮田はうなずいた。「棚沢さんは責任感の強い人なんです。だって両親が亡くなったあと、ずっと僕を育ててくれたんですよ。普通、赤の他人にそこまでしないでしょう」

「立派なことだと思います」と理沙。「もしそうだったとして、棚沢さんは誰をかばっているのか……。きっと知り合いの誰かですよね」

宮田は記憶をたどる様子だったが、そのうちため息をついた。一時的に感情が高ぶったが、ようやく落ち着きを取り戻したようだ。

「すみません、刑事さん、さっきは失礼なことを言ってしまって」

「あ、いえ……」理沙は首を横に振る。

「よく勘違いされるんですが、私は棚沢さんを父親のように思っているわけじゃありません。中学生のころから育ててもらったけれど、私の中で、父は宮田一朗ひとりだけです。じゃあ棚沢さんは何かというと……そうですね、あの人は僕の先生なんです」

「先生？」

「生活のこと、学校のこと、人生のことを教えてくれた先生です。じつの父が相手だったら、私はいろんな場面でわがままを言って、反発ばかりしていたと思います。でも棚沢さんは父親ではなかったから、僕のほうでも一歩引いて接していました。養ってもらっているという意識があったので、棚沢さんに強く反抗したことはありません。そういう接し方をしているうち、あの人は先生だというのが一番しっくりくる、と気づいたんです」

少し遠慮して距離をとるぐらいのほうが、いい関係を続けられるのかもしれない。早い段階で宮田はそのことを察した。中学生で両親を亡くすという厳しい環境が、彼の成長を助けたのではないか。

「そういう経緯があったから、栗本克樹くんにはいい印象がないんです。本来なら親戚《しんせき》である克樹くんが、棚沢さんの面倒を見るべきですよね。でも、彼は関わり合いになりたくないと言って……。ひどいと思いませんか」

同じぐらいの年齢なのに、まったく対応が違っているわけだ。親族である栗本は棚沢を嫌い、血のつながらない宮田は棚沢に感謝している。ねじれた構図がそこにある。

「今度、私も棚沢さんに訊《き》いてみます」宮田は言った。「すぐに話してくれるとは限りませんが、でも教えてほしいですよね。何かを隠して、ひとりでつらい思いをしているのなら、どうにかしてあの人を助けたいと思います。私にとっては大事な、人生の先生ですから」

言葉を切って宮田は口元を緩めた。矢代たちに笑顔を見せたかったのだろうが、ぎこちない表情になってしまっていた。それが、現在の彼の本心なのかもしれない。

ドアの向こうから、小学生たちの挨拶《あいさつ》が聞こえてくる。廊下のほうへ目をやったあと、宮田はもう一度、深いため息をついた。

6

午後八時から、いつものように捜査会議が開かれた。

各捜査員からの報告が済むと、古賀係長はホワイトボードの前で指示棒を伸ばした。ボードの項目を指しながら話しだす。

「西日暮里事件の捜査を進めているところでしたが、今日になって浅草橋事件が発生してしまった……。犯人は同一人物だと考えられます。我々は一刻も早く被疑者を特定し、身柄を確保しなければなりません。さもないと、第三の事件が起こってしまうおそれがあります」

その言葉を聞いて、捜査員たちは険しい表情になった。矢代や理沙も例外ではない。

「明日《あした》からの捜査について一部、編成替えがあります。具体的に言うと、西日暮里事件の担当として四割を残し、六割は浅草橋事件の担当とします。地取り、鑑取り、証拠品捜査、いずれも両事件の担当同士で、緊密に連携してもらう必要があります」

新しいチーム編成を発表したあと、古賀は矢代たちのほうを向いた。

「文書解読班は現状の活動に加えて、あらたに見つかった金属活字と地図について、調査・分析を進めてください。今や、文書解読班も貴重な戦力です。そのことを忘れず、調捜査に全力を尽くしてほしい」

はい、と夏目が力強く答えた。矢代と理沙も、古賀に向かって深くうなずいた。

会議が終わると、刑事たちは椅子から立ち上がった。

明日の活動について相談する者、資料ファイルを取りに行く者、関係先に電話をかける者など、さまざまな捜査員がいる。急ぎの仕事がない者は弁当を買いに出かけたり、自販機へ飲み物を買いに行ったりしたようだ。

矢代と理沙、夏目の三人はいつものように文書解読班の打ち合わせを始めた。谷崎は所属が違うので、早めに桜田門へ戻らせている。

理沙が自分のノートを開いて、タスク管理の図をみなに見せた。

- □西日暮里事件
  - ■被害者・石橋満夫について
    - ■石橋の勤務先・タカダ印房（四係担当）
    - ■「＊＃　０９０……」のメモ　★聞き込み終了
    - ■整形手術　★聞き込み終了
  - □金属活字
    - ■「仁」の意味　★第二の被害者を示唆
    - □「十三本」の意味

■新聞紙の記事　★上野事件を示唆
■「仁」に関わるもの　★なし
■「十三本」に関わるもの　★なし

□上野事件（四年前・五月十日）
□事件の詳細
■被害者・浪岡周造について（四係担当）
□被疑者・棚沢宗一郎について　★何かを隠匿？
□台東印刷について
□石橋の持ち逃げ（二十年前）
□小見川晋也の行方（四係担当）

□浅草橋事件
■被害者・仁科友伸について
■仁科の勤務先・大日インク工業（四係担当）
□男児らの写真
□金属活字
□「産」の意味

□「十一本」の意味
　□地図
　　□「産」に関わるもの
　　□「十一本」に関わるもの

　ひとつずつ項目を指差しながら、理沙は説明していく。

「浅草橋事件で最大の問題は、金属活字の『産』と、大田区の地図です。次の被害者に関するヒントだと思われますが、まだ何もわかっていません。部屋で見つかった男児らの写真も調べてもらっていますが、そちらも手がかりなしだそうです」

「金属活字ですが、最初は十三本、二回目は十一本でしたよね。どうして数が違うんでしょうか」

　矢代が首をかしげると、隣で夏目が口を開いた。

「そういえば谷崎くんが言っていました。どちらも素数ですねって。素数を小さいほうから見ていくと、二、三、五、七、十一、十三……となるらしいです」

　理沙は黙ったまま何か考え込む様子だ。しかし、これといった着想は得られないようだった。

「四年前の上野事件も謎が多いですよね」矢代はノートを覗《のぞ》き込んだ。「棚沢宗一郎は何かを隠しているようですが、実態はわかりません。石橋さんが会社の金を持ち逃げしたから、それを許せなかった人物が殺害したのではないか……。この発想は的外れじゃない気がするんですけどね」

「そして共犯者だった仁科さんも殺害された、という筋読みですね」と理沙。

「でも持ち逃げ事件があったのは二十年前です」夏目が首をかしげた。「なぜ今になって報復したのか、という疑問は残りますけど」

それについては犯人側に何か事情があったのだろう、としか言えない。

「右手の小指を切断した小見川という男性も、気になります」理沙が話を続けた。「川奈部さんたちが捜してくれていますが、まだ手がかりはないそうです」

矢代は腕組みをしてから、あらためてノートの図を見つめる。

「時系列で考えると、こうですよね。まず二十年前の持ち逃げ事件。それで会社がつぶれかけたけれど、宮田一朗夫妻の生命保険金で助かった」

「そのとおりです」理沙はノートの隅に《保険金》とメモした。「宮田一朗さんと棚沢はお互いに保険を掛け合っていました。変な話ですが、もしこのとき棚沢が事故で亡くなっていたら、たぶん宮田さんが社長になって会社を引っ張っていったはずです。棚沢の保険金を使ってね」

なるほど、と矢代はつぶやいた。図の項目を順番に指し示していく。

「二十年前の持ち逃げ、自動車事故ときて、四年前の上野事件、そして現在の西日暮里事件、浅草橋事件ですよね。これらが全部つながっているとすると、やはりキーパーソンは棚沢宗一郎です。しかしその棚沢は刑務所にいて、我々は短時間の面会しかできない。……もしかしてそれが棚沢の狙いだったんじゃないですか？」

「どういうことです？」

夏目は戸惑うようにまばたきをした。理沙も怪訝《けげん》そうな表情だ。ふたりに向かって、矢代は自分の考えを説明した。

「今日棚沢は否定していましたけど、やはり彼は、石橋さんと仁科さんを殺害する計画に関わっていたんでしょう。首謀者なんですが、狡猾《こうかつ》な棚沢は捜査の手が届かない刑務所に逃げ込み、誰かに殺害を指示した。刑務所の中なら、殺人教唆で調べたくても我々の自由にはなりませんからね」

「そのためにわざわざ四年前、浪岡さんを殺害したんですか？」夏目は半信半疑という目で矢代を見た。「先輩、ちょっと手が込みすぎていませんかね」

「遠大な計画だったんだろう。事実は小説より奇なり、って言うじゃないか」

「うーん、私としては納得いきませんけど……」

夏目は首をかしげ、どうにも腑《ふ》に落ちないという様子だった。彼女の隣にいた理沙が、矢代に質問してきた。

「今の推測だと、実行犯は誰になるんですか？」

「問題はそこです」矢代は右手の人差し指を立てた。「棚沢と接触しやすい人間といったら、いとこ甥《おい》の栗本克樹さん、そして支援者の宮田雄介さんですよね」

えっ、と理沙は大きな声を上げた。

「宮田さんの線はないでしょう。いくら恩のある棚沢の頼みとはいえ、ふたりも殺害しますか？　リスクが大きすぎるし、そもそも宮田さんにメリットがありませんよ」

「とすると、栗本克樹さんかな」

「どうなんでしょう。親族だから面会には行けますが、栗本さんは棚沢のことを嫌っていますからね。嫌いな親戚《しんせき》のために、わざわざ人殺しを引き受けたりしないでしょう。つまり栗本さんにもメリットがないわけです」

「メリットか……」矢代はひとり考え込む。「たしかに、猟奇趣味者でもない限り、簡単に殺人を請け負ったりしませんよね」

三人であれこれ議論を重ねたが、なかなかいいアイデアは出てこない。まだ情報が足りないようだった。

一時間ほど話し合って、午後十一時過ぎ、打ち合わせを終わりにした。

夕食をとっていなかったから、さすがに腹が減った。

夏目が弁当を買ってきてくれるというので、矢代は何を食べようかと考えた。しかしコンビニで手に入る弁当は限られている。夜遅いから品切れしている可能性もあった。

「俺は何でもいいや。とりあえずボリュームのある弁当を頼む」

「でかくてカロリーの高い弁当ですね」夏目はうなずいた。「鳴海主任は何にします？」

「私はサラダとおにぎりをふたつ、お願いします」

「え？　それじゃ全然足りないでしょう」

「夜だからカロリーは控えめにしたいんです。夏目さん、わかりますよね？」

「いえ、よくわかりません。主任、しっかり食べないと力が出ませんよ。明日《あした》も捜査で忙しくなるんですから……」

　などと話しているところへ、背後から近づいてくる靴音が聞こえた。慌てて矢代たちは振り返る。現れたのは岩下管理官だった。

　無意識のうちに矢代は姿勢を正していた。岩下からは昨日、殺人班へ異動しないか、という話を聞かされている。捜査で飛び回っている間は忘れていたが、矢代にとっては重い話だった。今後の警察官人生を左右するような、大きな分かれ道になる可能性がある。

　――まさか鳴海主任の前で、その話をするつもりだろうか。

　早すぎる、と矢代は思った。ゆっくり考えればいいと言われたから、まだ返事ができるような状態ではない。決心がつかないうちは、異動の話を理沙には知られたくなかった。判断がついていない今、「裏切り者」と罵《ののし》られるようなことは避けたい、という気持ちがあるからだ。

　矢代は緊張した顔で岩下を見つめた。だが彼女は、予想とはまったく違うことを口にした。

「あなたたち、台東で起こった墜落死事件を捜査しているそうね。四年前、ビルの屋上から男性が落ちて死亡した事件よ」

「あ……はい、調べていますが……それが何か？」

理沙は不思議そうな顔で尋ねた。岩下はかすかに眉《まゆ》をひそめたあと、まっすぐに理沙の視線を捉《とら》えた。

「その捜査は中止しなさい」

青天の霹靂《へきれき》とはこのことだ。矢代も理沙も夏目も、驚いて目を見開いた。

「それはあの……どうしてですか？　私たちは文書捜査の結果、その事件に行き着いたんです。四係の邪魔はしていないはずですが……」

「あなたたちは、よけいなことをしているのよ。自分たちでわからないの？」

「よけいなことって……」理沙は少し考えたあと、はっとした表情になった。「もしかして……冤罪《えんざい》かもしれないから、秘密を暴くなというんですか？」

矢代は息を呑《の》んだ。不祥事になりかねない案件だから捜査してはならない、ということか。警察のメンツを保つため、パンドラの箱を開けるな、ということなのか。

「待ってください、管理官」理沙は顔を強《こわ》ばらせて言った。「私たちはその……上野事件を再捜査したいわけではありません。西日暮里事件と浅草橋事件を解決するために、上野事件を洗い直す必要があるということで……」

「黙りなさい！」

岩下は鋭い声で一喝した。理沙はびくりと身を震わせる。女性恐怖症の彼女にとって、今の一言は大きな衝撃だったに違いない。

「あなたたちが捜査した結果、おかしなことになったらどうするの？」

「お……おかしなことって何でしょうか」

「あの事件はもう判決が出て、棚沢という男は刑務所にいるんでしょう？　万一それが間違いだとわかったとき、あなたは責任がとれますか？」

岩下からのプレッシャーはかつてないほど大きかった。緊張して、しどろもどろになりながら理沙は言う。

「いえ、あの……責任という意味では、その……誤った捜査をして、誤った判決を下したことのほうが、よほど責任を問われるミスだと思いますが」

すると岩下は、わざとらしく深いため息をついた。それから理沙を睨《にら》みつけた。

「あなたは警察をどうしたいの？　さんざん引っかき回して、組織の信用が失われたらどうするつもり？　四万五千人以上いる警視庁職員の名誉を傷つけて、警察の信頼を地に落としたいのかしら。それがあなたのやりたいことなの？」

「そ……そんなつもりは、まったく……」

相手に圧倒され、理沙は言葉に詰まってしまった。その姿を見て、矢代は黙っていられなくなった。岩下管理官の話は筋が通らない、と感じる。

「あの、管理官……」

矢代がそう言いかけると、すぐに岩下は遮った。

「これは命令です。矢代くん、今のあなたには理解できるわよね」

岩下は矢代の目を覗《のぞ》き込んできた。矢代は思わず視線を逸《そ》らしてしまった。「今のあなたには」と岩下は言った。その意味するところはよくわかる。ここで刃向かえば、殺人班へ異動するという話はなくなるだろう。

脅しをかけられたようなものだった。ずるい方法だと矢代は思う。だが今、矢代はまだ自分の進路について結論を出していなかった。一時の感情で、将来を棒に振るようなことはしたくない。

——しかし、それでいいのか？

矢代は唇を嚙《か》んだ。そうやって言葉を発するのをこらえた。

「話はそれだけよ」

岩下は理沙をちらりと見たあと、背中を向けた。かつかつと靴音を響かせながら、彼女は幹部席のほうへ戻っていく。

理沙も夏目も、放心したような顔で岩下の姿を見送った。彼女たちの様子をうかがいながら、矢代はひとり渋い表情を浮かべていた。

7

辺りはすっかり暗くなっている。ときどき遠くから電車の走る音が聞こえてくる。

彼はLEDランタンのスイッチを入れ、床の上に置いた。かび臭い室内に、ぼうっと青白い明かりが広がった。部屋の隅々まで照らしてくれるわけではないが、今の自分にはこれで充分だ。

少し風が出てきたらしく、窓枠がかたかたと音を立てた。彼は窓に近づいていく。そのまましばらく外を見ていた。

頭の中に過去の出来事が浮かんできた。もう何十回、何百回と脳裏に再生された光景だ。それを思い出すたび、彼の体は震えだす。あのときの絶望は忘れられない。

自分はもう生きていても仕方ないのではないか。そんなふうに思うこともあった。しかし、だからといって消えてしまうこともできない。どこかへ失踪《しっそう》するわけにもいかず、抜け殻のようになったまま人生を生きなければならなかった。

彼は悲しみのどん底にいた。苦しい時期が長く続いた。しかしその後、彼は真相を知ってしまったのだ。

あのときの衝撃は今でも忘れることができない。

嘘であってほしい、と思った。自分の勘違いであってくれれば、どれほど気持ちが楽になることか。

彼は感情を一旦《いったん》心の外へ追いやり、詳しい調査を始めた。余裕のあるときに情報収集を行い、少しずつ事実のかけらを集めていった。

実際のところ、最初は半信半疑だったのだ。だから調査の過程で、その情報が事実でないとわかれば、それはありがたいことだったはずだ。悲しみの中に戻っていくことにはなるが、人の悪意とは無関係なほうがいい。

ところが、調べていくうち、彼は次々とショックを受けることになった。手がかりを集めれば集めるほど、あの事件は本当にあったことだとわかってきたのだ。もう、気のせいだったとか思い違いだったとか、そういう説明で自分を納得させるのは無理だった。

絶対に許せなかった。

彼の心にあった悲しみは、強い怒りに変わった。あんなことをした奴には罰が与えられるべきだ。それも並大抵の罰では許せない。地獄の苦しみを与えなければならない。

だから彼は計画を練り始めた。かつて卑劣な事件を起こした者を、自分の手で、自分の計画で殺してやるのだ。

時間をかけて彼は計画を練り上げた。そしてとうとう、自分の計画を実行に移した。ターゲットを捕らえ、いたぶってやったのだ。そのときのあいつの顔！　笑える状況だった。罪を犯していながら、あいつは今までのうのうと生きてきた。警察に捕まることもなく、誰かに責められることもなく、のんびり暮らしてきた。もしかしたら奴の心の中には、良心の呵責《かしやく》すらなかったのではないか。あのクソ野郎！　そんな奴であれば、自分が殺しても問題ないはずだ。

――だって俺はあんなに悲しく、つらい目に遭ったのだから！

彼は捕らえた男からいろいろな話を聞き出した。それらの情報は、この復讐《ふくしゅう》が正当であることをしっかり裏付けてくれた。

そして今、彼は計画を最終段階へ進めることにしたのだった。

第四章　警戒態勢

1

三月十日、午前七時三十分。今日は朝から快晴で、気持ちのいい風が吹いている。

だが理沙や夏目の表情は険しかった。彼女たちと一緒にいる矢代もまた、難題を抱えて頭を悩ませている。昨日の夕方まで、自分たちは事件の捜査に全力を尽くすつもりでいた。だが昨夜、上野事件から手を引くよう命じられてしまったのだ。

ほかに誰もいない休憩室で矢代たちは顔を寄せ合い、相談を続けていた。

「上意下達は警察組織で絶対のルールです」理沙は言った。「岩下管理官の命令を守らなければ、私たちはこの組織で働けなくなるでしょう。とはいえ、上司が誤った選択をしようとしているとき、部下はどう振る舞うべきか……。真実を追究することが私たちの仕事です。一方で岩下管理官は、組織を守ることを優先しているんでしょう。どちらも自分の信念に従っている以上、対立は避けられません」

嫌なら警察を辞めればいい、と口で言うのは簡単だ。しかし本当にそれでいいのか、という憤りが矢代の中にはある。

夏目も同じように感じているらしく、不満げな声を出した。

「岩下管理官には幻滅しました。都合の悪い言葉に耳をふさいで、間違ったことを押し通そうとする態度ですよね。組織は維持できるかもしれません。でも隠し事はいつか必ず周囲に漏れますよ。そうなったとき幹部たちはどうするんでしょう？」

「そのときは、また嘘をついてごまかすのかもしれませんね」と理沙。

「情けない話です。最初の嘘を隠すため、次々と嘘をつき続けるなんて。それは人として恥ずかしいことじゃありませんか？」

夏目の鼻息は荒い。ひとりぶつぶつ言っていたが、やがて彼女は矢代のほうを向いた。

「矢代先輩はどうなんです？」

「もちろん、これでいいとは思っていないよ」矢代は答えた。「今ここで沈黙してしまったら、ずっと後悔するだろうな」

「ですよね。この組織がよくない方向へ進んでいくのか、それとも理性を持って踏みとどまるのか、その瀬戸際だと思うんです。いち捜査員の分際で生意気なことを、と言われそうですが、捜査員ひとりひとりが誠実でなくて、いったいどうするんですか」

夏目は誰よりも正義感が強いから、今回の件は受け入れがたいのだろう。このままでは、感情的になって何か失態を演じるおそれもある。

こうなると、あとは理沙の考え次第だ。矢代は尋ねた。

「どうしますか？　もともと我々は、岩下管理官とは相容《あいい》れない立場ですが……」

「私たちは小野塚理事官や岩下管理官の部下ではありません。現在、特捜本部では彼らの指示に従っていますが、昨日の命令については話が別です」

「そうですよね！」と夏目。

「あの話をそのまま受け入れるような警察官がいたら、私は心の底から軽蔑《けいべつ》します」理沙は真顔になって言った。「警察がもたついているうちに、次の事件が起こってしまうかもしれない。金属活字を口に押し込まれた遺体が、また見つかるおそれがあります。私たちには時間がないんです」

「……どうしますか」

矢代が尋ねると、理沙は少し考えてから答えた。

「あの人なら、わかってくれると思います」

理沙は矢代たちを引き連れて、特捜本部に向かった。

まだ朝の会議まで時間があるため、捜査員は数えるほどしかいない。ホワイトボードの前に古賀係長の姿が見えた。そばにいるのは川奈部主任と財津係長だ。三人で今後の捜査について意見を交わしているようだった。

そのまま財津係長に近づこうとする矢代を、理沙が止めた。首を横に振りながら、彼女は小声で言う。

「相手は四係の古賀係長です」

「え……。大丈夫なんですか？」矢代はまばたきをした。

「古賀係長は我々と同じ中立派だし、事件の解決を第一義とする人です。上野事件の捜査をストップしたら西日暮里事件、浅草橋事件が解決できなくなるかもしれません。捜査の指揮官として、きっと理解してくれますよ」

理沙は急ぎ足でホワイトボードのほうへ進み、古賀たちの前に立った。矢代と夏目はそのうしろで姿勢を正す。

「お話し中に失礼します」理沙はよく通る声で言った。「ご相談したいことがあってお邪魔しました」

「じゃあ財津さん、我々はこれで」

と言って古賀は幹部席に戻っていこうとする。慌てて理沙は呼び止めた。

「あ、待ってください。古賀係長にご相談したいことがあるんです」

「俺に？　いったい何だ」

「捜査方針に関することです。それから、岩下管理官についてもご報告が……」

財津と川奈部は顔を見合わせている。古賀は指示棒を縮めたあと、不思議そうな表情でこちらを見た。

「大事な話のようだな。わかった、聞かせてもらおう」

ありがとうございます、と頭を下げてから理沙は説明を始めた。

「じつは昨夜の捜査会議のあと、岩下管理官からお話がありました。上野事件の捜査をやめろ、というんです。どこかから、私たちの捜査情報が漏れたようです」

「どういうことだ？」川奈部が首をかしげた。「上野事件はもう判決も出ているし、捜査をやめるならやめるで、問題ないような気もするが……」

「棚沢の話にはいろいろ不自然な点があるんです。昨日二回目の面会をしたときも、はっきりしない態度でした。上野事件の取調べで棚沢が嘘の供述をしたのではないか、と私たちは考えました。彼は何かを隠しています。もしかしたら、誰かをかばっているのかもしれません」

「誰かをかばっている？」古賀が眉《まゆ》をひそめた。

「支援者の男性はひどく憤っていました。それは冤罪《えんざい》じゃないのか、というんです。たしかに冤罪だった可能性は否定できません。岩下管理官はご自分の情報網を使って、そのことを知ったんじゃないでしょうか」

「それで捜査をやめろと言ったわけか」

納得したという表情で川奈部がうなずく。一度判決が出たものを今さら間違いだったとは言えない。だから岩下はよけいなことをするな、と命じたのだ。

「なんてことだ」古賀は舌打ちをした。「よりによって冤罪の疑いだと？　そんなものを掘り起こしてくるなんて、君たちはろくなことをしないな」

「いえ、私たちが捜査しなかったとしても、冤罪の疑いは最初からあったわけで……」

「岩下管理官の言うこともわかる。一度決まった判決を覆すなんて、現実的な話ではない。誰だってそんな面倒なことには関わりたくないだろう」

古賀の言葉を聞いて、理沙は驚いたという顔をした。

「そういう誤りを正すためにこそ、古い文書の整理・保管が必要なんじゃありませんか？　文書解読班が作られたのは、未解決事件を解決に導くためでしょう？」

「上野事件は未解決ではない。すでに判決が確定しているんだ」

「知らないふりをするんですか？　それが古賀係長の正義なんでしょうか。……考えてみてください。上野事件を調べることが、今の事件の解決につながるかもしれないんですよ」

不機嫌そうな顔をして古賀は黙り込んだ。指示棒を伸ばしたり縮めたりして、ひとり考え込んでいる。

と、そこで財津が口を開いた。いつになく真面目な調子で、彼は古賀に話しかけた。

「鳴海たちが上野事件にこだわるのは、今までの捜査で引っかかるものを感じたからだと思うんです。いつもの文書解読班なら、勝手に捜査を進めていたかもしれません。でも今回、鳴海たちは相談にやってきました。古賀さんを信じていたからですよ」

「それはわかりますが……」

「古賀さんの考える『正義』は、我々の考えるものと近いはずです。岩下管理官への気持ちも、似ているようだし」

古賀は財津の顔をじっと見つめた。その視線を捉《とら》える財津の表情には、どこか余裕が感じられる。

「まったく、食えない人だな」

軽くため息をつくと、古賀は指示棒を縮めてポケットに入れた。それから、あらためて理沙のほうを向いた。

「上野事件の捜査は続行だ。ただし、やるからには徹底的にな」

「了解しました！」

理沙は力強くうなずく。うしろに控えていた矢代と夏目も、表情を引き締めた。


これで遠慮の必要はなくなった。

朝の会議のあと、矢代たちは今までの捜査を継続することにした。

刑事たちが出ていくのを横目で見ながら、手早く捜査資料を鞄《かばん》にしまい込んでいく。

そこへ鑑識課の権藤主任がやってきた。この前いろいろ話を聞いたせいで、つい矢代は彼の上腕二頭筋に注目してしまった。

「鳴海主任、いくつかご報告したいことがあります」

「何かわかりましたか？」

「暗号メモの指紋の件なんですが……」

石橋のごみ袋からシーザー暗号の紙が見つかったが、そこに指紋などが付いていないか調べてもらっていたのだ。また、仁科の書棚からも暗号の紙が見つかったから、そちらの調査も依頼してあった。

「念入りに確認しましたが、どちらの紙にも前歴者の指紋は付いていませんでした」

「そうですか……」

理沙は小さくうなずいた。それほど落胆した様子がないのは、もともと指紋にあまり期待していなかったせいだろう。とはいえ、今回の事件は前歴者の仕業ではない、と判明しただけでも成果だと言える。

「ただ、ひとつ奇妙なことがわかったんです」権藤は続けた。「石橋さんの紙、仁科さんの紙、両方に同一人物の指紋が付着していました」

「犯人の指紋でしょうか」と理沙。

「可能性はありますね。かなりの数だったものですから分析に時間がかかったんですが、不思議なことに九本の指しかなかったんですよ」

「え？　ないのは、どの指の指紋ですか？」

「右手の小指です」

横で聞いていた矢代と夏目は、同時に「あっ」と声を上げた。

「もしかして、小見川では？」

勢い込んで夏目が言った。矢代が考えていたのもそのことだ。

「台東印刷の元社員・小見川晋也が行方不明になっています。彼は会社の機械で右手の小指を切断しているんです」

夏目が言うと、権藤は真顔になって同意した。

「そうでしたよね。比較する指紋データはありませんが、指が九本というのが気になりまして」

矢代たちは権藤を連れてホワイトボードのほうに向かった。川奈部と打ち合わせをしていた古賀に、今の件を報告する。

「小見川のことは四係で調べてくださっているんですよね？」

理沙が尋ねると、古賀は深くうなずいた。

「その男のことは特命班に調べさせているが、まだ手がかりがないな。現在四十九歳のはずだが、転居を繰り返していて、十年前から居場所がわからない」

「確証はありませんが、小見川が何か事情を知っている可能性があります。引き続き彼を優先的に捜していただけませんか」

「ＯＫ。担当に指示を出しておく。何かわかったら君たちにも伝える」

その言葉を聞いて矢代は心強く感じた。古賀は文書解読班に協力する姿勢を見せてくれているのだ。

理沙は引き続き大田区の地図や「産」という金属活字について調べるという。矢代と夏目は準備を整え、聞き込みに出かけることにした。

そのとき内線電話が鳴った。いつものようにデスク担当者が受話器を取る。

彼は相手と話し始めた。事務連絡かと思ったが、途中ではっと息を呑《の》む気配があった。

突然、声のトーンが跳ね上がった。

「本当ですか！　ちょっとお待ちください」

特捜本部に残っていた捜査員たちが、何事かという表情で振り返る。デスク担当者は送話口を押さえて、ホワイトボードのほうを向いた。

「古賀係長。緊急連絡です！」

「どうした？」

「内線です。先ほど、ここ荒川署に不審な電話がかかってきたそうです。もう切れてしまったんですが、西日暮里事件、浅草橋事件の犯人だと名乗っていたとか」

「何だと？」古賀の顔色が変わった。

矢代は耳を疑った。犯人から直接電話がかかってきたというのか。それも、特捜本部の設置された警察署に——。

理沙も夏目も、信じられないという様子でデスク担当者を見ている。幹部席にいた岩下管理官や、窓際にいた財津係長も電話のそばにやってきた。

「はい、四係の古賀です」彼は電話の相手と話し始めた。「奴は何と言っていました？」

古賀は一分ほどかけて、不審人物との通話内容を聞き出した。矢代たちは固唾《かたず》を呑んでそれを見守る。

やがて古賀は受話器を置いた。普段あまり表情のない人だが、今、彼の顔には驚きと動揺の色があった。

「古賀係長、どうでしたか」岩下管理官が尋ねた。「不審者は何と言っていたの？」

「犯行予告です。ボイスチェンジャーを使っていましたが、相手はたぶん男。大田区産業会館で無差別テロを起こす、と話していたそうです」

「無差別テロ？」思わず矢代は声を上げた。「いや……待ってください。それ、本当にこの事件の犯人なんですか？」

矢代の中に大きな疑問が広がっていた。無差別テロといったらターゲットは複数人、いや、多ければ数十人に及ぶのではないか。これまでの西日暮里事件、浅草橋事件ではいずれも男性がひとりずつ殺害されている。それに比べるとあまりにも大規模だし、大雑把な予告だ。本当にあの犯人なのか、と思うのは当然のことだろう。

だが、古賀はこう説明した。

「電話の男は、浅草橋の事件現場に、大田区の地図があったことを知っていた。金属活字のこともだ」

「となると、犯人だと考えて間違いないですね」と川奈部。

「しかし違和感があります」理沙が言った。「なぜこの段階でわざわざ電話してきたんでしょうか」

「地図と活字がヒントだったのに、警察がまったく動こうとしない。だから予告することにした、と話していたらしい」

突然、理沙が天を仰いだ。それから彼女は、悔しそうな顔をこちらに向けた。

「そういうことか……。大田区で事件が起こるという予想は当たっていました。問題はもうひとつのヒントです。『産』の字が付く人が狙われると思ったんですが、そうではなかった。産業会館の『産』だったんですね」

「誰か大田区産業会館について調べてくれ」

古賀が言うと、すぐさま夏目が右手を挙げた。

「はい、ここに出ています」

いつの間にか、彼女は備品のパソコンを操作していたようだ。みな夏目のそばに集まった。画面に表示されているのは大田区産業会館のウェブサイトだ。地上七階建てで、大小の会議室のほかセミナールーム、展示会場などの施設が揃っているらしい。

「もしかしたら今日、イベントがあるんじゃないのか？」財津係長が画面を覗《のぞ》き込みながら言った。「夏目、イベントスケジュールのページを調べてくれ」

「あ、はい。ここですね」

夏目はマウスを操作する。すぐに画面が切り替わり、日付とイベント内容の一覧表が映し出された。

「三月十日……。これか」財津は画面を見ながら眼鏡のフレームを押し上げる。「『第十六回プリンテックフェア』というのが昨日から三日間の日程で開かれている。印刷機やソフトウェアのイベントらしい」

「石橋さんも仁科さんも、以前は台東印刷の社員でした」早口になりながら理沙が言った。「上野事件の被害者・浪岡さんもそうです。加害者の棚沢はその会社の社長でした。

そして現在行方不明になっている小見川さんも……」

　上野事件と西日暮里事件、浅草橋事件にはこれだけ多くの印刷関係者が関わっている。犯人も印刷関係の人間であることは充分考えられた。だとすると、昨日始まったプリンテックフェアが狙われる可能性は高いように思える。

「しかしなぜこのイベントなんだ？　参加者の中に、殺したいほど憎い人間がいるんだろうか」

　古賀が首をかしげている。たしかに、それは疑問だった。理沙も同じ思いを抱いていたようだ。

「今まで個人を殺害してきたのに突然、無差別テロというのは不自然です。ここはやはり、個人を狙っていると考えるべきだと思います。テロだと予告してきたのは、私たちを混乱させるための罠《わな》でしょう」

「俺は別の意見だ」川奈部がこちらを向いた。「台東印刷の元社員、小見川って奴が犯人だと思う。鳴海さんから聞いたんだが、昔、手作業で版下を作っていた技術者たちは、アナログからデジタルに切り替わったとき仕事を奪われたんだよな？　小見川もそうだったんだろう。奴はデジタル化された印刷業界を、ずっと恨んでいたんじゃないだろうか。うまく生き延びた連中に復讐《ふくしゅう》したくて、事件を起こすつもりなんだ」

「業界全体への復讐ということかい？」財津が首をかしげた。「どうなんだろう。自分がデジタル化についていけなかったからといって、業界すべてを恨むものかな？　あまりに身勝手な犯行だし、犯人にとってメリットがないのでは……」

「右手の小指を失ったせいで、小見川は再就職に苦労したのかもしれません。ほかにも不幸なことが重なって、歪《ゆが》んだ精神状態になってしまったんでしょう。その結果、自分を追い出した印刷業界に復讐したい、と考えたんじゃないですかね」

「たしかに、不運なことが続けば世間への恨みは蓄積していくだろうが……」

「かつて小見川は石橋、仁科と一緒に働いていましたよね。そのころ、ふたりにも恨みを持ったんでしょう。だから事件を起こしたんですよ」

川奈部の筋読みを聞くうち、そうかもしれないという気分になってきた。矢代は川奈部に尋ねてみた。

「だとすると、四年前の上野事件との関係はどうなります？　棚沢が何かを隠していると思われるんですが……」

「小見川は浪岡のことも恨んでいて、四年前に殺害したんだろう。このとき小見川は棚沢の弱みを握っていた。だから棚沢は、奴の身代わりに刑務所へ入ったんじゃないか？」

「弱みというのは？」

「そうだな。……たとえば、小見川が小指を落としてしまったのは棚沢のせいだったとか。あるいは何か別のトラブルがあったのかもしれないが、とにかく小見川は棚沢を精神的に支配することができたんだと思う」

川奈部は喉仏《のどぼとけ》を撫《な》でながら、そう説明した。

古賀係長はいつもの癖で指示棒を伸ばし、縮め、また伸ばしている。しばらくして彼はその動きを止めた。

「犯行予告の電話がどこから発信されたのか、電話会社に問い合わせよう。それはいいとして、予告を受けた以上、大田区産業会館を放っておくわけにはいかない」

そのとおりだった。何も手を打たずにいたら、大惨事になるおそれがある。

古賀は近くにいる岩下管理官に目をやった。岩下は眉根《まゆね》を寄せたまま黙り込んでいる。ひとつ咳払《せきばら》いをしてから、古賀は財津に言った。

「私は、ただちに大田区産業会館に行くべきだと思います。イベントを中止させるかどうかは難しいところですが、向こうで爆発物なり何なり、至急捜索すべきでしょう。川奈部の言うとおり、小見川が犯人である可能性は否定できない。奴の顔写真をコピーして捜査員に配付します」

「そうですね」財津は古賀の意見に賛成した。「人数は多いほうがいい。捜査に出た特捜本部のメンバーを向かわせればいいのかな。何人ぐらい動かせます？」

「四十人、いや、五十人集めます」と古賀。

「じゃあ大至急、彼らに連絡を……」

財津が言いかけたときだった。岩下管理官が強い調子で割って入った。

「待ちなさい。なぜふたりで決めるんです？　あなた方にそんな権限があるの？」

「ああ、これは失礼」財津は決まり悪そうな表情になった。「岩下管理官に判断していただく必要がありますね」

対応を急ぐあまり、この場の責任者をないがしろにしてしまった。財津は岩下より年上だから、ついそうしてしまったのだろう。

「岩下管理官、特捜のメンバーを大田区産業会館に向かわせてもよろしいですよね？それから、念のため爆発物処理班や薬品の専門部隊にも出動してもらいましょう」

財津が進言すると、岩下は不機嫌そうに尋ねてきた。

「もっと小規模の対応で済ませられないの？」

「……え？」

「いたずらに事を大きくしないほうがいいでしょう。四十人も五十人も乗り込んでいって、イベントを中止させて、その結果、何もなかったら誰が責任をとるんです？」

矢代は驚いて岩下の顔を見つめた。彼女の発言は、現役の警察官として信じられないものだったからだ。

あの、と矢代は岩下に話しかけようとした。だが、その前に夏目が口を開いていた。

「岩下管理官、今は責任がどうのと言っている場合ではないと思います」

「あなたは黙っていなさい」と岩下。

「いいえ、黙りません」夏目は背筋を伸ばした。「私は警察官として、胸を張って生きていきたいと思っています。やるべきことをせず、そのせいで被害者が出たら一生後悔します。それは岩下管理官も同じではありませんか？」

「誰に向かって口を利いているの？」岩下は険しい顔で夏目を睨《にら》みつけた。「あなた、胸を張るどころか、今の仕事が続けられなくなるわよ」

完全に脅しの言葉だ。気丈な夏目が、これに反発しないわけはない。

「岩下管理官の気が済むのでしたら、そうしてください。でも私は自分の正義を守りたいんです。こんなところで妥協したくはありません」

「やめておけ、夏目」

矢代は押しとどめるような仕草をした。だが彼女はますます声を強めた。

「不肖この夏目、討ち死にの覚悟はできています。先輩、私の骨を拾ってください！」

「いや、そういうのはいいから」

ふたりで押し問答をしていると、うしろから理沙の声が聞こえた。

「みなさん、もしかしたらこれは犯人の罠かもしれません」

「……え？」

驚いて矢代は振り返る。理沙は硬い表情で、岩下の顔をまっすぐ見つめていた。女性恐怖症など忘れてしまったかのようだ。

「わざわざ電話をかけてきたことも不自然だし、急に無差別テロを予告してきたことも引っかかります。私は、産業会館の件は犯人の罠ではないかと思っています」

「でも鳴海主任……」

夏目がそう言いかけるのを、理沙は右手で制した。

「ですが、罠だと思っていても確証がないのなら、動かないわけにはいきません。そして、動くからには万全の備えをする必要があります。中途半端な態勢で臨んで、もし事件が起きてしまったら最悪です。後悔しても、しきれません」

「そんなこと、あなたに言われなくてもわかっています」

岩下は棘《とげ》のある口調で言う。みなに責められ、ストレスが溜《た》まってきたのだろう。

理沙がさらに何か言おうとしたとき、そばにいた古賀が口を開いた。

「岩下管理官、こうしてはどうでしょうか。まずは我々の希望どおりの態勢で、産業会館の警備・捜索をさせてください。もし空振りになって誰かが責任を問われたら、私のせいにしていただいてかまいません。逆に、それでうまくいけば岩下管理官の手柄にしてください。いかがですか」

古賀はいつものように無表情だが、中に熱いものを秘めているのがよくわかる。

岩下は難しい顔で考え込んでいたが、やがてため息をついた。

「古賀係長、あなた、何を考えているんです？」

「はい？」

「今の条件ではどちらに転んでもあなたにメリットはない。どういうつもり？」

「それはですね」古賀は白髪交じりの頭に手をやった。「何というか……。そう、私はみんなの前で、男を見せたかったんでしょうね、たぶん」

岩下は顔をしかめた。それから、古賀に向かって問いかけた。

「男を見せるですって？　馬鹿馬鹿しい。まったく意味のないことだわ」

「すみません、私はそういう人間なんです」

しばらく思案する様子だったが、やがて岩下は咳払いをした。

「まあ、いいでしょう。何かが起こってからでは遅い、というのはたしかです。責任問題はあとで考えるとして、私は今から捜査一課長に連絡します。現状を伝えて、各部署を動かしてもらいます」

矢代と理沙は顔を見合わせ、この結果を喜んだ。夏目もほっと胸を撫で下ろしている。

ふと見ると、古賀にも変化があった。普段は無表情な彼が、微笑を浮かべているのだ。こんなこともあるのか、と矢代は驚いてしまった。

電話をかけ終わった岩下が、こちらを向いた。

「話はつきました。古賀係長は捜査員を指揮して大田区産業会館に向かうこと。文書解読班も同行しなさい。私は関係各所に連絡するため荒川署に残ります。現地に着いたら、至急不審者および不審物の発見に努めること。現時点より、小見川晋也を被疑者と考えて行動するものとします」

「ありがとうございます」古賀が丁寧に頭を下げる。

「犯人は凶器を持っているかもしれない。全員、防刃ベストを着用すること。……時間がないわ。急ぎなさい」

わかりました、と答えて矢代たちは出発の準備を始めた。

2

大田区産業会館はJR蒲田《かまた》駅から三百メートルほどの場所にあった。

黒っぽい壁材を使った七階建ての建物で、大きなガラス窓が美しい。先進的なデザインで、離れた場所からもよく目立っていた。

エントランスから一階ロビーに入ると、広々とした吹き抜けがあった。フェアの参加者だろう、会社員の姿があちこちに見える。受付に向かう者、同僚と立ち話をする者、携帯電話で誰かと通話する者。みな紺色か灰色のスーツを着ている。

そんな中、矢代たち捜査員の一団はロビーを突っ切っていった。服装は周囲の会社員たちとよく似ているが、彼らとは明らかに異なる点がある。それは目つきだ。矢代たちは険しい表情で、辺りに注意を払いながら進んでいく。

矢代たちはテロの予告を受け取っている。もしかしたらこの場所で、凄惨《せいさん》な殺人事件が起こるかもしれなかった。どこに犯人が潜んでいるかわからないから、誰も彼もが怪しく見える。

古賀係長は数人の部下を連れて受付に近づいていった。先に電話で伝えてあったようで、すぐに作業服の男性ふたりが現れた。この施設を管理する職員たちだ。古賀は声をひそめて犯行予告のことを説明している。職員たちは深刻な表情でそれを聞いていた。

やがて話がついたらしく、古賀がこちらに戻ってきた。

「打ち合わせのとおり、各員、指定の場所に向かってください」古賀は腕時計を見た。「午前十時三十分までに配置につくこと。主催者に交渉して、各会場を一時的に閉鎖するよう頼んであります。その間に不審物がないか会場を調べる。一班二班は印刷機などの展示会場を捜索。三班四班はセミナールーム。五班六班はその他のフロアを確認するように。連絡は随時、無線でお願いします。なお、小見川晋也の顔写真を参照しつつ警戒にあたること。では、作業にかかってください」

はい、と答えて捜査員たちはそれぞれの持ち場に向かった。誰の顔にも緊張の色がある。

矢代と理沙、夏目は二班に編入された。川奈部の指揮のもと、足早に展示会場へと歩いていく。みな耳に無線のイヤホンをつけていた。二十名ほどの男女が列になって進むのを見て、イベントの参加者たちは驚いているようだ。

展示会場に入ると、ちょうどアナウンスが流れだしたところだった。

「ご来場の皆様にお知らせいたします。午前十時三十分から十一時三十分まで、施設の緊急点検が行われます。その間、展示会場、セミナールームはご利用いただけません。大変ご迷惑をおかけしますが、ご協力くださいますようお願いいたします。ご来場の皆様にお知らせいたします。午前十時三十分から……」

アナウンスを聞いて参加者たちは驚いているようだ。何かあったのか、と辺りを見回す人が多い。施設のスタッフが出入り口のそばに立ち、参加者たちを廊下へ誘導し始めた。

五分ほどで展示会場は無人になった。スタッフから報告を受けて、川奈部がみなに告げる。

「よし、捜索にかかれ！」

捜査員たちは割り当てられたブロックへ走っていった。

矢代たち三人も通路を走った。文書解読班の担当場所は、オンデマンド印刷機などがあるコーナーだ。

手分けして機械類を調べていく。内部まで確認するのは無理だが、陰になっている部分や、装置の隙間などを覗《のぞ》き込んだ。不審なものはないか、危険物が隠されていないかをチェックする。

十五分ほど確認して回ったが、特に気になるものは見つからなかった。

「何もありませんね。鳴海主任、そっちはどうです？」

「こちらも異状なしです。……夏目さんは？」

「はい、不審物は発見できません」

やがて出入り口のほうから川奈部の声が聞こえてきた。

「全員集まってくれ」

捜査員たちは川奈部のそばへ走っていく。三十秒ほどで彼の周囲に人の輪が出来た。

「何か発見した者はいるか？」

ひとりの若手刑事が手を挙げた。川奈部は足早に、そちらへ近づいていく。若手刑事は壁際に置いた紙袋を指差した。

「あの袋なんですが、中にペンキの缶のようなものが入っています。念のためご報告しておこうと思いまして……」

川奈部はゆっくりと紙袋に歩み寄り、中を覗き込んだ。それから、うん、とうなずく。

「機械の整備用品だと思うが、一応あとで確認してみよう。……ほかに何か見つけた者は？」

問いかけられたが、誰も挙手しなかった。どうやら、この展示会場に問題はなかったようだ。

「よし、捜索を終了する。会場を出て、それぞれ見張りの位置についてくれ。以後、指示があるまでそのまま待機」

捜査員たちは急ぎ足で出入り口に向かう。廊下に出ると、イベント参加者たちが手持ちぶさたな様子で再開を待っているのが見えた。

あの予告が本物だとすれば、犯人はどんな手段でテロを起こすだろうか。矢代はひとり考え込む。もし爆発物などを仕掛けたのなら、すでに犯人は逃走しているはずだ。だが、刃物や銃器で人々を襲う可能性もないとは言えない。

矢代は素早く、参加者たちの顔に目を走らせた。

――小見川はこの中にいるかもしれない。

そう考えながら、廊下を歩いていく。

一階、エレベーター前が文書解読班の持ち場だった。指示があるまでここで待機し、万一不審者が現れた場合は無線で連絡する。緊急時には不審者を制圧することも必要だ。防刃ベストを着てはいるが、いざというときには命がけの戦いになるだろう。

壁を背にして立ち、矢代たちは周囲に目を光らせた。

展示会場だけでなく、セミナールームやほかのフロアなども捜索が終わったようだ。このあとイベントを再開する、というアナウンスが館内に流れだした。スーツ姿の参加者たちは雑談しながら、ぞろぞろと会場のほうへ戻っていく。

「小見川には右手小指の欠損という特徴があります」矢代は理沙と夏目に話しかけた。「作られた指を嵌《は》めていたとしても、そこを気にしているとか、動作が不自然になるとか、目につく手がかりがあるかもしれません」

「変装している可能性もあります。よく注意しないと」

言いながら、理沙は手元の紙に目を落とした。そこにコピーされているのはやや髪の長い、神経質そうな男性だ。古賀係長から配付された小見川の顔写真だった。ただし、これは十九年前のものだというから、今は印象が違うかもしれない。理沙の言うように変装していることも考えられる。

三十分ほど経過したが、状況に変化はないようだった。古賀はこの状態で警戒を続けさせるのか。あるいはどこかのタイミングで見切りをつけるのだろうか。

辺りを見回すうち、矢代はロビーの隅にある展示コーナーに目を留めた。パーティションで仕切られたスペースに、パネルが十枚ほど掛かっている。また、何かの機械も置いてあった。

「あそこは調べたんですかね」

矢代が尋ねると、理沙はそのスペースに目をやってうなずいた。

「五班六班で確認しているはずですが……」

「念のため、ちょっと見てきます」

持ち場を離れて、矢代は展示コーナーに向かった。

ここはイベントとは関係なく、常設展示の場所になっているらしい。《わが町TOKYO 産業の歩み》というタイトルで、都内の産業を説明したパネルが掛かっていた。そのほか現物の展示としては、町工場で使われる旋盤や、ヘラ絞りの機械、古い時代の活版印刷機などが並んでいる。

――活版印刷機が置いてあるのは偶然か？

矢代は首をかしげた。今日、ここ大田区産業会館ではちょうど印刷機器のイベントが行われている。

「どうも気になりますね」

うしろから理沙の声が聞こえた。持ち場に夏目を残して、矢代の様子を見に来たようだ。

「被害者の口には金属活字が押し込まれていました。そしてここには古い活版印刷機が置いてある。一般の人は興味を持たないけれど、犯人はこれを意味あるものだと感じていたんじゃないでしょうか」

「こんな古いものを、ですか？」と矢代。

「ええ。もしかしたら犯人は、これを私たちに見せたかったのかも……」

理沙がそう言いかけたときだった。イヤホンから無線の声が聞こえた。

「至急、至急！　こちら指揮本部」古賀係長の声だ。「捜査員に連絡。二階A通路、出展者控え室にて不審物を発見。爆発物の可能性がある」

矢代と理沙は顔を見合わせた。持ち場にいる夏目も、眉《まゆ》をひそめているようだ。

「待機中の爆発物処理班に作業を依頼した。二十分後に作業開始の予定。このあとアナウンスでイベント参加者を全員、屋外に避難させる。捜査員はその誘導に当たること。避難経路は次のとおり……」

まずいことになった、と矢代は思った。犯人は本当にテロを起こすつもりだったのだ。

スピーカーから館内アナウンスが流れだした。

「ご来場の皆様にお知らせします。館内で不審物が発見されたため、撤去作業を行うことになりました。安全確保のため、すみやかに建物の外へ避難してください。押し合わず、落ち着いて行動してくださいますようお願いいたします。繰り返します……」

ロビーにいる人たちの間にざわめきが広がった。彼らに向かって、何人かの刑事が声を張り上げた。

「ただちに避難してください。外に出たら、できるだけ建物から離れるように」

「玄関はここです。早く避難してください！」

彼らの声を聞いて、イベント参加者たちは戸惑いの表情を浮かべた。だがそのうち、ひとりふたりと玄関のほうへ歩きだした。それがきっかけとなって、みな出口へと向かった。

エレベーターのケージが到着し、十数名が降りてきた。不安げな顔をしている人と、不機嫌そうな顔をしている人が半々だ。だが危険が迫っている今、文句を言う者はひとりもいなかった。彼らは迷うことなく玄関へと進んでいく。

階段室からも参加者たちが出てきた。周囲を見回している人が多い。

「出口は正面です！」矢代も声を上げた。「ゆっくり前へ進んでください」

「危険ですので押し合わないで」理沙も参加者たちに呼びかけた。

幸い転倒する者もなく、七、八分で避難は終わったようだった。イヤホンから古賀の声が聞こえた。

「指揮本部より連絡。二階の避難は完了した。爆発物処理班、中へお願いします」

指示を受け、正面玄関から重装備の男たちが入ってきた。防爆スーツを着た者や、重そうな機械を運び込む者もいる。全員険しい表情をしているのは、爆発物の怖さをよく知っているからだろう。

彼らはエレベーターに乗り込み、二階へ上がっていった。

一階ロビーに残ったのは捜査員ばかりだ。全員イヤホンに神経を集中させている。

もしここで爆発が起こったらどうなるか、と矢代は考えた。一般市民は避難できているが、先ほど見た爆発物処理班や、指揮を執っている古賀が危険にさらされる。負傷者が出るかもしれないし、場合によっては死者が出るおそれもある。

あらためて犯人への怒りが込み上げてきた。奴は卑怯《ひきょう》な方法で他人を傷つけ、遠くから眺めて楽しむつもりだろうか。矢代は拳《こぶし》を握り締めた。どんな理由があろうと絶対に許せない、と思った。

緊張しながら情報を待つ。十分ほどして、ようやくイヤホンから古賀の声が聞こえてきた。

「指揮本部より連絡。爆発物と思われたのは時計だった。処理班によって危険がないことが確認された」

矢代はほっと息をついた。ほかの捜査員たちも、揃って表情を緩めたようだ。

だが古賀からの連絡はまだ続いていた。

「……何者かがこの時計を置いていったことは事実だ。犯人がやったのだとすれば、奴はこの場所、もしくは今日のイベントにこだわっていた可能性が高い」

古賀の言うとおりだった。犯人はいたずらのようなことまでして、なぜ警察をここに出動させたのだろうか。

「各員、指示があるまで待機すること。以上」

　古賀からの通信が終わると、矢代は理沙のほうを向いた。

「犯人は我々警察をからかったんですかね？」

「どうも変です」理沙は首をかしげていた。「からかうというより、私たちを誘導したように思えますが」

「誘導、ですか……」

　よくわからない話だった。矢代はひとり思案に沈む。その横で、理沙ははっとした表情になった。

「ちょっと待ってください。もしかしたらこれ、陽動作戦じゃないでしょうか」

「陽動作戦？」

　まばたきをする矢代の前で、理沙は空中に文字を書くような仕草をした。宙を見ながらぶつぶつ言い始める。

「西日暮里事件、浅草橋事件では被害者はひとりずつだった。それなのに今回は無差別テロだという。しかも警察にわざわざ場所を伝えてきた。『産』の字と地図はヒントだったのだと、種明かしまでして……。警察が気づかないから教えてやった、ということだろうけど、裏を返せば『気づいてもらわなければ困る』状況だったのかもしれない。なぜ警察をここに呼びたかったかというと、これは陽動だから。じつは、犯人の目的はほかにあるのではないか……」

このつぶやきを聞いて、矢代も考えを巡らした。

犯人が最初に「仁」の活字を残したのは、次のターゲットを仁科に決めていたからだろう。そのルールに従い、次の事件では「産」の付く人が襲われる、と矢代たちは考えた。実際には人の名前ではなく大田区産業会館という場所を示していたわけだが、警察はその点になかなか気づかなかった。それで、痺《しび》れを切らした犯人はみずから連絡してきたのだと思われる。

「これが陽動だとしたら、奴の本当の狙いは何なんです？」

「わかりません。でも、今ごろ犯人は別の場所にいて、あらたな事件を起こそうとしているんじゃないでしょうか」

腕組みをしたあと、矢代は低い声で唸《うな》った。陽動だと気づいたとしても、犯人の真の目的がわからないのでは意味がない。このままでは、また犯人に後れを取ってしまうのではないか。

そのときだった。夏目が右手を高く挙げて言った。

「意見具申、よろしいでしょうか」

「どうぞ、夏目さん」

理沙は手振りで発言を促す。それを受けて夏目は表情を引き締めた。

「犯人が特捜本部の人間を誘い出したのは、私たちが邪魔だったからじゃないでしょうか」

「どういうこと？」と理沙。

「特捜本部に捜査を続けられると、犯人には都合が悪かったんだと思います。だからここに集めて捜査が進まないようにした。もしかしたら、私たちはこれまでの捜査で犯人に迫っていたのかもしれません」

「聞き込みで犯人に接触してたってことか？」はっとして矢代は言った。「そうか。だから犯人は危機感を抱いた。産業会館に誘導することは最初から決めていたんだろう。でもわざわざ電話してきたのは、今日、別の場所で何か実行する計画があるからだった……。その線、ありじゃないかな」

矢代がうなずきかけると、夏目は一瞬誇らしげな顔をした。そのあと彼女はまた真顔に戻った。

「四係もいろいろな人に聞き込みをしているはずですが、私たちは私たちで、関係者をもう一度洗ってみませんか」

「そうだな。ひとりずつ、つぶしていく必要がありそうだ」

三人で相談しているところへ、またイヤホンから古賀の声が流れてきた。

「指揮本部より連絡。施設の職員と協議した結果、これ以上の脅威はないものと判断。三十分後に我々は退去することになった。急ぎの捜査がある者は、各班のリーダーに伝達した上で、ここを離れてもらってかまわない。以上」

ちょうどいいタイミングだった。矢代たちは川奈部のそばに行って話しかけた。

「文書解読班は現場から離脱します。……そういえば、ペンキの缶はどうでした？」

「ああ、問題なかったよ。あとは俺たちに任せてくれ」

「では、のちほど」

そう言って矢代は正面玄関に向かった。真剣な表情で、理沙と夏目もついてきた。

3

産業会館を出たところで、理沙はバッグから携帯電話を取り出した。

「手分けして、今までの聞き込み相手に電話していきましょう」

夏目がメモ帳を見て、連絡先をリストアップしてくれた。三人で分担して電話をかけていく。

石橋満夫の知人で派遣会社の社員・植村達紀。石橋が誰かに脅迫されていたらしいことを教えてくれた人だ。

受刑者・棚沢宗一郎のいとこ甥《おい》で、スポーツ用品メーカーの社員・栗本克樹。彼は親《しん》戚《せき》でありながら棚沢の面倒を見るのを嫌っていた。最近ではあまり面会にも行っていなかったようだ。

棚沢の支援者で現在学習塾講師の宮田雄介。両親を亡くしたあと棚沢に育てられ、深く感謝している人物だった。

彼らに電話をかけたところ、植村は仕事で忙しそうだった。その後何か思い出したことはないかと尋ねたが、特に収穫はなかった。栗本克樹も仕事中で、最低限のことしか質問できなかった。詳しい話は、もう少しあとでないと聞き出せないだろう。宮田雄介には残念ながら連絡がつかなかった。留守番電話のメッセージが流れるばかりだ。

ほかの関係者にも電話してみたが、新しい情報は得られなかった。どの人物が怪しいということも、今の段階では判断がつかない。

電話で情報を集めようというのが、少し安易だったのかもしれない。矢代がそう考えていたときだった。突然、理沙が甲高い声を出した。

「それは本当ですか？」

驚いて矢代と夏目は彼女のほうを向いた。理沙は携帯を耳に当てて、誰かと通話している。何か問題があったらしく、眉根《まゆね》を寄せて険しい顔をしていた。

「……わかりました。情報ありがとうございます。こちらでも確認してみます」

放心したような表情で理沙は電話を切る。いったい誰と話していたのだろうか。

「主任、どうしたんですか？」

「あちこち電話をかけているうち、宮田雄介さんの知り合いがひとり見つかったんです。今、話を聞いて驚きました。宮田さんは棚沢宗一郎の養子になっていたらしいんです」

「えっ」

矢代と夏目は、揃って声を上げてしまった。まったく予想外の情報だ。

支援者が受刑者の養子になったり、受刑者と結婚したりするのは矢代も聞いたことがある。それ自体はおかしな話ではないのだが、宮田はこれまで、そんなことを一度も口にしていなかったはずだ。

「なんで宮田さんはそれを隠していたんですかね」

不可解に思いながら矢代は言った。理沙も首をかしげている。

「私たちに知られたくなかったんでしょう。警察を信用していなかった、ということかもしれませんが……」

少し考えたあと、理沙は再び携帯を操作し始めた。

もう一度宮田に架電してみたが、やはり出ないという。宮田のことは諦《あきら》めて、理沙は別の人に電話をかけたようだ。

だが、ここでまた彼女は驚きの声を上げた。深刻な表情で相手に問いかけている。

「まったく聞いていませんでした。どうして急に……。ああ、まあ、たしかにそうですね。……それで本人は今どこに？」

彼女の顔から血の気が引いている。何か大変なことが起こったのだ。

電話を切った理沙に、勢い込んで矢代は尋ねた。

「今度は何です？」

「……棚沢宗一郎が行方不明です」

「棚沢が？」矢代は目を見張った。意味がよくわからない。「だって彼は刑務所に……」

「今日、仮釈放されたそうです。刑務所を出たあとどこへ行ったか、誰も知らないというんです」

「どうしてそんなことになったんですか。棚沢が出所日を黙っていたのはわかるとして、なんで宮田さんまで話してくれなかったのか……」

わかりません、とつぶやいて理沙は首を横に振った。

「今言えるのは、棚沢宗一郎と宮田雄介の所在がつかめないということです」

何がどうなっているのか理解できなかった。だが、まずいことが進行しているのは間違いない。

「棚沢の家はわかりますか？　出所したのなら自宅に戻るはずですよね」

「確認してみます」

慌てた様子で、理沙はまた電話をかけ始めた。何カ所かに問い合わせて、情報が得られたようだ。

「彼の家は大森だそうです。同じ大田区ですから、車ならすぐです」

「わかりました。行きましょう」

棚沢はともかく、宮田までが仮出所の件を黙っていたのは不可解だ。彼も矢代たちに大事なことを隠していたのではないだろうか。棚沢と宮田を見つけて、詳しい話を聞くのが急務だ。

夏目が車道のそばまで走って、タクシーを止めた。矢代たち三人は急いで車に乗り込む。こちらが切羽詰まった顔をしているものだから、運転手は怪訝《けげん》そうに様子をうかがっていた。理沙が行き先を伝えると、車はすぐに走りだした。

二十分ほどで棚沢の住まいに到着した。

狭いながらも庭のある民家で、元は白壁のきれいな建物だったと思われる。だが出来てから三、四十年たっているうえ、ここ四年ほどは住む者がいなかったため、あちこち傷んでいることがわかった。窓枠には枯れ葉が溜《た》まっているし、ドアの脇には虫の死骸《しがい》がいくつも落ちている。住人のいない家はこんなふうになりがちだ。

インターホンのボタンを押してみたが、使えなくなっているらしく、屋内で電子音がする気配はない。玄関のドアノブに手をかけると、固く施錠されていた。矢代と夏目が建物の周囲を回ってみたが、窓も裏口もすべて鍵《かぎ》がかかっていた。

「カーテンの隙間から中が見えたんですが、異状は感じられません」

夏目が報告した。理沙は難しい顔でじっと考え込む。

「ここでないとすると、棚沢はどこに……」

「彼に、行く当てがあるとは思えませんけど」

矢代がそう言ったとき、理沙は何かに気づいたようだ。両目を大きく見開き、落ち着かない様子でこちらを向いた。

「嫌な予感がします。棚沢はあそこにいるかもしれません」

「いったいどこです？」

理沙は自分の推測を話してくれた。意外な内容だったが、たしかにその可能性はある、と矢代は思った。むしろなぜ今まで気がつかなかったのか、という思いが強かった。

理沙や夏目の表情をうかがいながら、矢代は言った。

「行ってみましょう。空振りになったとしても、それはそれでひとつの成果です。逆に、もしそこで問題が起こっているのなら、我々が止めなくてはいけない」

「そうですね」理沙は深刻な顔でうなずいた。「事件を止められるのは、私たち警察官だけです」

矢代たちは再びタクシーを止め、別の行き先を告げた。

窓のほうに顔を向け、矢代は流れゆく景色を目で追った。理沙の推理が正しければ、このあと自分たちは驚くべき真相と向き合うことになる。今まで単純な復讐《ふくしゅう》劇だと思っていた事件が、まったく別の姿を見せる可能性があった。


タクシーのテールランプを見送ってから、矢代たちはブロック塀の向こうに目をやった。

住宅と雑居ビルが混在する一角に、無骨な印象の建物がある。古い造りの元印刷所だ。壁には汚れが目立ち、ガラスの割れているところもある。

鉄錆《さび》の付いた門扉に近づいていくと、《台東印刷株式会社》という看板が見えた。前庭にはごみが散乱している。三年半前に倒産してから、建物は放置されているのだ。

「見てください」

理沙がささやいた。門扉が少し開いていて、その下に鎖と南京錠が落ちている。元は閉ざされていたが、誰かが侵入したらしい。

「やはりここですね」と矢代。

小声で段取りを打ち合わせていると、屋内から何かが倒れる音が響いた。それに続いて、男性の呻《うめ》き声。

「矢代さん！」理沙は眉《まゆ》をひそめた。「中で事件が起こっている可能性があります。放ってはおけません。市民の安全確保のため突入しましょう」

「了解！」

矢代は門を抜け、角張った建物に駆け寄った。正面入り口にドアがあり、半分ほど開かれている。理沙たちに目配《めくば》せしてから、矢代は先にドアの中へ入った。

機械油のにおい、インクのにおいが感じられた。倒産してから三年半たっても、それらのにおいは建物に染みついているのだろう。

壁の高い位置に窓がいくつかある。そこからかすかに陽光が射しているが、明るいとは言えない状態だ。以前はフォークリフトで荷物を運んでいたらしく、壁際に木製のパレットがいくつか見えた。印刷機などはすっかり運び出されていたが、古い机や椅子などはそのまま置かれている。バケツやモップ、ぼろきれなどが床に散らばっていた。廃業してから時が止まってしまったかのようだ。

壁やパーティション、スチールラックが残っているせいで見通しが悪い。矢代は靴音を立てないよう注意しながら、慎重に足を運んだ。

元は機械類が設置されていたのか、黒っぽく汚れた壁があった。右から回り込むと、木箱の積み上げられた資材置き場のようなスペースに出た。

そこで目に飛び込んできたのは中年の男性だ。

彼は椅子に座ったままの姿勢で、床の上に倒れている。手足を縛られ、椅子ごと蹴《け》り倒されたのだろう。その人物には見覚えがあった。髪をスポーツ刈りにした棚沢宗一郎だ。

棚沢は自由を奪われ、苦痛に顔を歪《ゆが》めていた。殴られたらしく、唇が切れて出血している。

「しっかりしろ！」矢代は声をかけた。

床に倒れたまま棚沢は視線をこちらに向けた。何か言おうとしたが、痛みがあるのか咳《せ》き込んでしまった。

矢代が近づくより早く、スチールラックの陰からひとりの男が走り出た。白いマスクをつけた人物だ。

男は矢代に向かって鋭い声を出した。

「おい、動くな！」

切羽詰まったような叫びだった。男は棚沢のそばにしゃがんで、腹部にナイフを押しつける。矢代は足を止めざるを得なかった。

「近づいたら、こいつを殺す」

男の顔には明らかに焦りの色があった。彼にとって矢代の登場は、まったく予想外のことだったのだろう。

「おまえの正体はわかっているぞ」矢代はマスクの男に言った。「支援者のふりをして棚沢に近づき、養子にまでなった。おまえは面会の回数を増やし、ここに連れてきた。仮出所の日を聞き出すためだった。おまえは今日出所した棚沢を迎えに行き、ここに連れてきた。棚沢に復讐するためだ。そうだな？　宮田雄介」

男は棚沢にナイフを押しつけたまま、左手で白いマスクを取った。現れたのはやはり宮田雄介の顔だ。

興奮しているのか、宮田は熱を帯びているように見えた。迂闊《うかつ》に刺激すると人質の身が危険だ。

「なあ宮田」穏やかな声で矢代は話しかけた。「過去にいろいろ事情はあったと思う。だがこんなことをしても、おまえは満足できないんじゃないか？」

「刑事さん、あんたに何がわかるんだよ」宮田は低い声で言った。「俺の人生は俺のものだ。あんたの指図なんか受けたくない」

「おまえは棚沢に助けてもらったんだろう？　育ててもらって、学校に通わせてもらって、無事に就職もできた。それは事実じゃないか」

「現実は残酷なんだよ。あんたたちの知らないことがたくさんある」

「だったらそれを話してくれ。俺がじっくり聞いてやる。だから……」

矢代は一歩前に出ようとした。それを見て宮田が大声を上げた。

「きさま、動くなと言っただろう！」

宮田はナイフを翻し、棚沢の頬に押し当てた。棚沢は恐怖に顔を歪めている。

まずい、と矢代は思った。これ以上興奮させたら、宮田は本当に棚沢を刺すかもしれない。

「宮田、落ち着け。その人を刺したら、取り返しのつかないことになる」

そこへ、思いがけないことが起こった。矢代の左側に積んであった木箱が、音を立てて崩れてきたのだ。突然のことで、対応できなかった。肩や頭、背中に激しい痛みが走る。

崩落が終わると、矢代は咳き込みながら辺りの様子をうかがった。壊れた木箱からペンキの缶が転がり出て、床に散乱している。

矢代は起き上がったが、左の肩を痛めたようだった。頭を打ったせいもあって、体がふらつく。スチールラックに手をかけ、どうにか体を支えた。

次の瞬間、矢代の左手を捉《とら》えた者がいた。強い痛みに、思わず声を上げそうになった。

「おとなしくしてください」

そう言ったのは、木箱の山をうしろから崩した人物だ。その顔を見て、矢代は息を呑《の》んだ。

「おまえ、栗本か……」

いとこ甥《おい》という立場でありながら、棚沢を毛嫌いしていた男。スポーツ用品メーカーに勤務する栗本克樹が、矢代の左腕をつかんでいたのだった。

「克樹、その刑事を縛り上げろ」と宮田。

「わかった」

栗本はポケットからロープを取り出し、矢代を拘束しようとする。矢代は強い調子で言った。

「そんなこと、許されると思うのか？　公務執行妨害に傷害、監禁……。おまえの人生はめちゃくちゃになるぞ」

「刑事さん、あなたがひとりきりで助かりましたよ」栗本は矢代の両手首を縛りながら言った。「これで誰かが一緒だったら、どうなっていたか」

と、そこで栗本ははっとした表情になった。

「待てよ。本当にひとりなのか？」

そのときだった。スチールラックの陰から女性が飛び出すのが見えた。何かが空を切る音がして、栗本が大きな声を上げた。彼は棒状のもので首や背中を打たれ、さらには太ももを殴打されて倒れ込む。

「先輩、大丈夫ですか？」

現れたのは夏目だった。床に落ちていたモップを武器にしたのだ。剣道の心得がある彼女ならではの攻撃だった。

「ここは任せてください」

「すまない！」

矢代は床を蹴って宮田に突進した。縛られた両手で相手の右腕を押さえ、勢いよくひねる。宮田はナイフを取り落とした。矢代はそのまま体重をかけ、相手の動きを封じた。

「鳴海主任、頼みます！」

矢代が叫ぶのと同時に、壁の裏から理沙が現れた。構えていた手錠を宮田の両手にかける。宮田はしばらくもがいていたが、無駄だと悟ったのだろう、やがて抵抗をやめた。

栗本はと見ると、大柄な夏目に取り押さえられ、やはり手錠をかけられている。

全員無事だったな、と矢代は安堵《あんど》した。三人ばらばらで行動したのが成功につながった。建物に入る前、矢代たちはそのように打ち合わせをしていたのだ。

夏目は栗本のそばで、万一の逃走に備えて目を光らせている。理沙が床のナイフを拾い、棚沢の手足のロープをほどいた。

宮田は自分の両手にかけられた手錠を見つめて、悔しそうな表情を浮かべた。

4

夏目が川奈部に連絡をとったが、応援が来るまで時間がかかりそうだ。

安全確保に留意しながら、矢代や理沙は、宮田たちから事情を聞くことにした。

「宮田雄介。あなたの父親は台東印刷の専務でしたが、実際には棚沢宗一郎との共同経営者でしたね。今から二十年前、あなたが中学一年生のとき自動車事故でご両親が亡くなった。すべての原因はそこにあったんじゃないですか？」

理沙が尋ねると、すぐに宮田の表情が変わった。それまで放心したような顔をしていた彼が、急に眉《まゆ》をひそめたのだ。

「そうだよ。そのとおり」宮田は言った。「あのとき俺は十三歳だった。どうしていいのかわからなかった。いっそ俺も一緒に死んでいたら楽だったのに、と思った。そんな俺を助けてくれたのは、父の親友だった棚沢だ。あいつは俺を引き取って、金銭面の援助をしてくれた。俺は棚沢に感謝していた」

「それなのに、なぜ……」と矢代。

「両親が死んだあと、俺は棚沢の親戚《しんせき》だった克樹とよく遊んだ。気が合った俺たちは、この印刷工場の裏にあった倉庫を秘密基地に見立てた。そこには古い印刷の道具が残っていた。活版印刷をしていたころの活字なんかもあって面白かったんだ。そうだよな、克樹」

宮田は、離れた場所に座っている栗本に問いかけた。栗本は硬い表情のまま小さくうなずいた。

「雄介くんと遊んでいる時間は本当に楽しかったんです。倉庫には金属活字がたくさんあったから、スタンプみたいに使うのも面白かった。僕にとって雄介くんは兄貴のような存在でした」

「不遇だった君は、宮田を嫌っていたんじゃないのか？」

矢代は栗本に尋ねた。自分は棚沢のいとこ甥なのに冷遇されていた、という意味のことを、彼は話していたはずだ。

「警察を混乱させるための嘘ですよ。あんなふうに言っておけば、僕と雄介くんが手を組んでいるとは思わないでしょう？」

そういう目的があったから、栗本は棚沢や宮田を批判していたのだ。

「今から五年前、棚沢の奥さんが病気で亡くなった」宮田は続けた。「ずいぶん世話になったから、俺は遺品整理の手伝いに行ったんだ。押し入れを片づけているうち、棚沢の古い手帳が出てきた。周りに誰もいないときだったから、俺はこっそり中を見てみた。そこで驚くべきことを知った。手帳には、事故を起こすよう自動車に細工する方法がメモされていたんだ。どこで調べたのか、かなり具体的なやり方が書かれていた。その細工を施すことで、山道を走るうちブレーキが利かなくなるという。具体的に会社の社有車を使うことも書いてあった。まさかと思ったが間違いない。棚沢は社有車に細工をして、俺の両親を殺したんだ！」

興奮した口調で話す宮田を、矢代はじっと見つめた。それから棚沢本人に目を向けた。棚沢は苦しそうな表情を浮かべて目を伏せている。

「もしかしたら、と思っていました」理沙は言った。「もし二十年前の事故が棚沢の手によるものだとしたら、彼は罪の意識から、宮田雄介を引き取るのではないかと。そして事故の真相を知ったら、宮田雄介は棚沢を強く憎むのではないかと。……でも、石橋さんや仁科さんまで憎んだのはなぜです？」

「手帳には、二十年前に台東印刷が倒産寸前だったことも記されていた。その原因になったのが、石橋による金の持ち逃げだ。仁科もグルだったから、俺はふたりを憎んだ」

「持ち逃げがなければ棚沢は車に細工をしなかった、ということですか」

「そうだ。棚沢は、俺の両親の保険金が目当てだったんだよ。実際、保険金を使って奴は会社を立て直した。……刑事さんの言うとおり、棚沢は罪の意識を感じて俺を引き取ったんだろう。でも、そんなことで人殺しの罪は消えない。消えるわけがない！」

強い口調で宮田は主張する。棚沢は唇を噛《か》んで、今も黙ったままだ。

みなが見守る中、宮田は感情をコントロールしようとしていた。深呼吸をして自分を落ち着かせたようだ。ややあって、彼は再び話しだした。

「俺は復讐《ふくしゅう》のため棚沢の過去を調べ、石橋、仁科の居場所を捜した。ところが四年前、棚沢は浪岡を死なせて逮捕され、懲役刑になってしまった」

「刑務所にいるのでは手が出せない。だからあなたは、棚沢が出所するまで支援者として面会を重ねることにした。そうすれば少しずつ情報が得られる可能性がある。もしかしたら両親を殺したことの裏が取れるかもしれない……。そうですね？」

理沙の質問に対して、「そのとおりだ」と宮田は答えた。

「奴が出所したらどうやって殺してやろうか、と俺は考え始めた。……そんなとき、久しぶりに克樹から連絡があったんだ」

矢代たちは宮田から栗本へと視線を移した。一斉に注目され、栗本は硬い表情を浮かべている。このあと、真相が語られるのを恐れているようでもあった。

「克樹は一杯やらないかと誘ってきた。棚沢の情報が得られるかもしれないと思って、俺は会いに行った。克樹は親戚の棚沢に、あまりいい印象がないらしかった。そうだよな？」

宮田に質問され、栗本はこくりとうなずいた。

「僕の母、栗本三津子は父と死に別れてから、女手ひとつで僕を育ててくれました。平日は商社で事務の仕事をして、週末は棚沢の印刷会社でアルバイトをしていたんです。いとこだから、母に対して棚沢は便宜を図ってくれるだろう、と僕は思っていました。でも生活に困って母が借金を申し込みに行ったとき、まったく相手にしてもらえなかったそうです。そのせいで母は無理な働き方をして体を壊し、病気で死んでしまった。僕はそのことをずっと恨みに思っていたんです」

棚沢のほうをちらりと見ながら、栗本はそう語った。

彼の話を受けて、宮田が再び話しだした。

「そういう不満を聞いた俺は、克樹と組んでみようと思ったんだ。酒を飲みながら、両親が棚沢に殺害されたことを打ち明けた。会社の金が持ち逃げされたこともな。克樹は俺と一緒になって怒ってくれた。そいつらは殺されても仕方ない奴らだ、と言ってくれた。俺たちは殺害計画を練ることにした。だが石橋は金を持ち逃げしたあと、追いかけられるのを恐れて整形手術を受けていたんだ。見つけるのにかなり手間取ったよ」

あの、すみません、と言って夏目が右手を挙げた。

「よくわからないんですが……。栗本さんは、お母さんが借金を断られたという恨みだけで、殺害計画に協力しようと考えたんですか？」

それは矢代も不思議に思っていたことだ。

再び、みなの視線が栗本に注がれた。彼は何か苦いものを口にしたような表情になっている。舌の先で唇を湿らせ、何度か空咳《からせき》をしてから、栗本は言った。

「もちろん、僕のほうにも事情があったんです……」

すると、どういうわけか宮田が鋭い声を出した。

「克樹！　そのことは話さなくていい」

だが栗本は話すのをやめなかった。すでに覚悟を決めたという様子だ。深刻な表情のまま、彼は説明を続けた。

「小学生のころ、僕は仁科友伸から性的暴行を受けていたんです。写真も撮られました。あいつは男児に興味を持つタイプの人間だったんです」

あっ、と矢代は声を上げた。仁科の部屋にあった大量の写真。そこには男児らの半裸、全裸の姿が写っていた。

「そういうことだったのか……」

栗本は、手錠をかけられた両手を握り締めていた。

「仁科が台東印刷を辞めたあとは縁が切れていました。ところが今から三年前、僕は偶然あいつと出会ってしまった。営業で訪問したインク会社に仁科がいたんです。……性的暴行があったのは二十年ぐらい前、小学五年生のころでしたが、仁科は僕を脅してきました。昔おまえが暴行されたことをばらしてやろうか、と。当時の写真はまだ持っている、とも言っていました。そのとき僕には交際している女性がいたので、ひどく焦ってしまいました。

さらに話を聞くと、仁科は今でも男児への欲望を持っているというんです。自分が暴行された件は僕ひとりが我慢すればいい。だけど、現在も男児が襲われているとしたら、こんな薄汚い奴を許すわけにはいかないと思いました。人間のクズめ、と僕は憤った。仁科は僕のところへ、何度も金をせびりにやってきました。……そんなとき、雄介くんから殺害計画の相談を受けたんです。僕にとっては渡りに船という感じでした」

その話を聞いて矢代は驚いていた。宮田は棚沢と石橋が憎い。栗本は仁科が憎い。それでふたりは、協力して復讐計画を立てたわけだ。

ふと見ると、夏目が眉根《まゆね》を寄せていた。不幸な境遇にはつい肩入れしたくなるのが彼女の性格だ。しかしこの場で安易に同情してはいけない、と考えているようだった。

「仮釈放の日がわかったので、俺たちは復讐計画をスタートさせた」宮田は両手に掛けられた手錠に目をやった。「棚沢、浪岡、石橋、仁科……二十年ほど前、台東印刷にいた社員たちの間でのみ通じる暗号があったんだ。シーザー暗号の応用だよ。みんな面白がって、それを使っていたらしい。俺は棚沢の奥さんの遺品整理をしているとき、『暗号と符号のすべて』という本を手に入れていた。その本には逆転シーザー暗号がメモ書きされていたんだ」

「石橋さんがペンネームで書いた本ですね」と理沙。

「そうらしいな。……俺は逆転シーザー暗号を使って、石橋と仁科に脅迫文を送った。奴らを疑心暗鬼に陥れるためだったが、警察の捜査を混乱させる目的もあった。第一の事件で石橋を殺したのは俺、第二の事件で仁科を殺したのは克樹だ。でも同じ暗号で脅迫文が書かれていれば、警察は第一、第二の事件を『同一犯の仕業だ』と考えるだろう。つまりダミーの手がかりにしようという考えだった」

「あの紙には九つの指紋も付いていましたよね。それは、元従業員だった小見川晋也さんに罪をかぶせるためだった……」

「小見川は借金取りに追われて、身を隠しているとわかったからな。俺たちは、紙にあらかじめ九本の指の指紋を付けておいたんだ。知り合いにこづかいをやって、白い紙に触らせたんだよ。そのあと暗号文を活字で押した。……被害者の頭を紙で包んだのも、活字を口に押し込んだのも、第一、第二の事件のつながりを警察に理解させるためだった」

「そうか……」理沙がつぶやいた。「ご両親が事故で亡くなったのは、あなたが十三歳のときだった。そして栗本さんが性的暴行を受けたのは十一歳のときだった。だから金属活字は十三本、十一本だったんですね」

細部まで綿密に練られた計画だったのだ。だが、もし宮田と栗本が協力し合っていなければどうなっていただろう、と矢代は考えた。ふたりが協力関係になったことで、殺害計画に弾みがついたのではないか。ふたりが再会していなければ、事件は起こらなかったかもしれない。そんな気がする。

理沙はメモ帳を開いたあと、宮田に問いかけた。

「犯行の詳細ですが……。最後に棚沢を手にかけて計画が終わるよう、仮出所日から逆算して石橋さん、仁科さんの殺害計画を立てたわけですね？　あなたは石橋さんを殺害したとき、口に『仁』の活字を押し込んだ。また、もうひとつヒントを出すため、遺体の頭を新聞紙で包んだ。古い新聞を、よく持っていましたね」

「上野事件が気になっていたから、新聞を何部か買っていたんだ。それを現場に残してきた。警察が棚沢に目をつけて話を聞きに行けば、奴を不安にさせることができるからな。棚沢がプレッシャーを受けている様子を、刑務所での面会のとき確認しようとしたんだ。間近で見られるなんて楽しいことじゃないか」

暗い表情で宮田は笑う。その姿には悪意しか感じられない。

理沙は咳払いをして、話を続けた。

「次に栗本が仁科さんを殺害した……。手口が似るよう、ふたりは事前に打ち合わせをしていたんですね。仁科さんの遺体を見た警察は、石橋さんのときの『仁』が仁科さんを指していたと気づくはず。これで第一の事件と第二の事件が連続殺人のように見えます。宮田、栗本、あなた方ふたりにそれぞれ別の動機があったことを隠しやすい、というわけです」

「そうなれば次の活字も注目されるからな。克樹が仁科の口に『産』の活字を押し込んだ。警察を誘導するヒントになるよう、大田区の地図で頭を包むこともした」

「大田区産業会館で事件を起こす、と伝えてきたのは陽動ですね？」

「イベント会場に警察を誘導するため、犯行予告の電話をかけたんだ。警察を恨んでいたから、という理由もあった。両親の自動車事故を殺人だと見抜けなかったこと。克樹が子供のころ仁科の性暴力に遭ったのを、警察官がまともに取り合わなかったこと。そのふたつが許せなかった。だから俺たちは警察を振り回してやったんだ」

「産業会館を選んだのは、プリンテックフェアのせいですか？」夏目が尋ねた。

「ああ、正解だ。小見川の犯行のように見せかけるため、あのイベントを利用したんだ。そしてもうひとつ。産業会館の一階には、俺と克樹が好きな活版印刷の機械が展示されていた。あの場所は俺たちの犯行にふさわしい、と思ったんだよ」

「その隙に、棚沢をこの元印刷所へ連れてきたんですね。久しぶりに出所したんだから、なつかしい話をしよう、とでも言って……」

理沙が尋ねると、宮田は突然、声を荒らげた。

「そうだよ！　警察がもたついている間に、俺は棚沢を始末するつもりだった。最後の仕上げを見せてやるために克樹も呼んだんだ。それなのに……。くそ！」

宮田は悔しそうな目で矢代や理沙を見た。そのあと、最後のターゲットだった棚沢を睨《にら》みつけた。

「棚沢！　おまえだけは一生許さない。自分の利益のために俺の両親を殺しやがって。そのあと俺を育てたのは、すべて偽善だよな。おまえは最低の人間だ！」

「待ってくれ」

ずっと黙っていた棚沢が、ここで初めて口を開いた。矢代たちは驚いて彼に注目する。

それまで棚沢は目を伏せているばかりで、ほとんど誰の顔も見ようとしなかった。だが今、彼は何かを決意した表情で宮田を見つめていた。

「違うんだ、雄介。君の両親を死なせたのは事実だが、あれには事情があった」

「今になって言い訳かよ。ふざけるな。この死に損ないが！」

「聞いてくれ。二十年前、アナログからデジタルへの切り替えに手間取って、うちの会社は売上が大きく減ってしまっていた。そんなとき、石橋に金を持ち逃げされて会社の経営が危なくなった。私は生きていく気力をなくした。せめて会社が立ち直れば、宮田や社員たちを助けられると思った。それで私は、自動車事故を装って自殺することにしたんだ。私の生命保険金で会社はつぶれずに済むだろう、という考えだった」

えっ、と言って矢代は棚沢を見つめた。理沙や夏目も目を見張っている。

「私は社有車に細工する方法を調べて、手帳に細かくメモした。ブレーキが利かない状態で、崖《がけ》から落ちて確実に死ぬという計画を立てた。あとで車を調べられたら困るから、本当に事故が起きるよう、きっちり細工しておいたんだ。手帳は自殺の直前に処分するつもりだった。

ところがあの日、手違いがあって専務の宮田夫婦がその車に乗ってしまったんだよ。まずいことに打ち合わせ先は高尾山の近くだった。その途中で事故が起きて、ふたりは亡くなった。ああ……とんでもないことをしてしまった！　私は罪の意識に押しつぶされそうになった。でも真相を警察に話すことはできなかった。宮田が亡くなった上に私が逮捕されたら、会社が倒産してしまう。だから私は黙っていなくてはならなかった。雄介、すまない。許してくれ……」

あまりの驚きに、宮田もすぐには言葉が出ないようだった。栗本も黙り込んでいる。しばし、部屋の中を沈黙が支配した。

「そんなこと、今さら言われても……」宮田は呆然《ぼうぜん》としている。

「私のせいだ。私が自殺を考えたばかりに、あんな事故が起きた。その結果、雄介を復讐《ふくしゅう》に走らせ、克樹まで犯罪に巻き込むことになった。私がふたりの若者の未来をめちゃくちゃにしてしまったんだ」

重い空気の中、棚沢は両手で自分の顔を覆った。そんな彼に、理沙がそっと尋ねた。

「浪岡さんは二十年前に台東印刷を退社していますよね。そのあと、いつあなたのところに来たんですか？」

「あいつは職を転々として、最後には健康器具のセールスをしていました。ギャンブル好きだったせいで、借金を抱えていたようです。四年前、急に私のことを思い出したのか、久しぶりに会社にやってきました。ぎくりとしましたよ。かつて私は浪岡に、自動車事故の理由を話してしまっていたので」

意外だという表情で、理沙はまばたきをした。

「どうして、そんな大事なことを話したんです？」

「ああ、それは……事故のあと良心の呵責《かしゃく》に耐えきれなかったんです。退職した浪岡とたまたま出会って、一緒に酒を飲んだことがありました。そのとき、私は事故のことを話してしまって……。四年前、浪岡はそれをネタに私を脅してきました。突っぱねることができず、私は金をゆすり取られるようになりました」

上野事件の自供では、浪岡との間に商品契約のトラブルがあった、ということだった。

だが実際は、二十年前の事件が深く関わっていたのだ。

「浪岡の要求はどんどんエスカレートしていきました。私は精神的に追い詰められていった。宮田夫婦を殺すつもりなんてなかったけれど、車に細工したのは私です。そのことは、ばらされたくなかった。なんとか浪岡と話をつけて、もう金を払うのは終わりにしたいと思いました。そのために、台東印刷でもう一度働かないかと、ビルの屋上で提案したんです。

ところが浪岡はとんでもないことを要求してきました。会社の経営権をよこせ、というんです。そんなことはできない、と私は言いました。激昂《げきこう》した浪岡は私につかみかかろうとした。私はその場に倒れてしまいました。右脚が悪かったので、慌てた弾みにバランスを崩したんです。酔っていた浪岡は、勢い余って手すりを越えてしまった。次の瞬間、浪岡は私の視界から消えていました」

そのときの様子をはっきり思い出したのだろう。棚沢の顔面は蒼白《そうはく》になっていた。罪の意識、後悔、不甲斐《ふがい》ないという気持ち。そういったものが入り混じった、複雑な表情がうかがえた。

「浪岡なんか死ねばいい、という気持ちがなかったといえば嘘になります。でもあのとき、私は彼を突き落としたりはしませんでした。私は手を下すことなく浪岡を死なせる結果になった。……浪岡の件は、ほぼ間違いなく事故死です。だから私は一度ビルから逃げました」

「すると……何が理由で自首したんですか」

「途中で思い出してしまったんです。屋上へ行く前、浪岡に電話がかかってきていました。相手は小学生の娘さんでした。娘と話しているときだけは、あの浪岡も穏やかな顔をしていた。

浪岡を死なせてしまった私は、その子の前で普通に振る舞うことができるだろうか。いや、とても無理だと思いました。浪岡は本当にだらしない男でしたが、娘さんには関係ありません。自動車事故で両親を失ったときの、雄介の顔が頭に浮かびました。私は二度も、罪のない子供から親を奪ってしまった……。もう逃げるわけにはいきませんでした。浪岡の遺族のためにも自首して罰を受け、いずれしっかり賠償しなければならない、と思ったんです」

そう語りながら、棚沢は拳《こぶし》を強く握り締めていた。矢代も理沙も夏目も、黙ったまま彼の姿を見つめている。この状況で彼にどんな言葉をかければいいのか、矢代にはわからなかった。

棚沢の話が事実だとすれば、宮田の両親を死なせたこと、浪岡を死なせたことは、どちらも事故だったと言えるだろう。だが、彼に責任がないと断定するのは難しかった。

「雄介、君の両親を死なせたのは、この私だ。本当にすまなかった。私は罪ほろぼしのために、ずっと君の世話をしてきたんだよ。もちろん、許されることだとは思っていないが……」

「冗談じゃない！」宮田は声を荒らげた。「自動車に細工をしたのも、浪岡を危険な屋上に連れていったのもあんたじゃないか。そんなことをしなければ、どちらの事故も起こらなかった」

「そうだよ！」栗本も声を上げた。「そもそも、あんたが会社の金を持ち逃げされたりしなければ、自殺を計画する必要もなかったんだろう？　それから、仁科みたいなクソ野郎を雇っていたのもあんただ。あの男のせいで僕がどんなに苦しんだか……。何もかもあんたが悪いんじゃないか」

栗本の恨みは第二の脅迫文によく現れていた。「私の　人生を　返せ　殺す」というあの文章だ。まだ小学生だった彼にとって、仁科に襲われた経験は悪夢のようなものだったに違いない。

若者ふたりに責められ、棚沢は口を閉ざしてしまった。その表情に悲しみの色が広がっていく。後悔してもしきれない、大きな罪を抱えてしまった男の姿がそこにある。

「ふたりとも、待ってください」

そう言ったのは理沙だった。彼女は、宮田から栗本へ視線を移していった。

「人は過ちを犯します。その過ちが重大な結果をもたらしたのなら、当然、罪を償わなくてはいけません。今回の例で言えば、棚沢宗一郎は間接的に宮田夫妻を事故死させ、浪岡さんを墜落死させました。罰を受けるべきなのは明らかです。でも、彼を裁くのは法律であって、あなた方ふたりではありません」

宮田は険しい表情で理沙を睨《にら》んでいる。栗本は汚れた床に目を落としていた。

「あなた方はこれまで、本当につらい目に遭ってきたのだと思います。でも社会に出て、仕事を始めた今、生活環境に大きな問題はなかったはずです。なぜ復讐をしなくてはならなかったんですか?」

「俺たちには幸せな子供時代なんてなかったんだよ。あのころは、大人に刃向かうことなんかできなかった。だから今、計画を立てたんだ。刑事さん、俺たちは被害者なんだよ。復讐する権利があるんだ」

「あなたたち……」理沙は少し考えてから続けた。「もしかしたら、ふたりで犯罪計画を練るのが楽しかったんじゃありませんか? 探検マップなどを作っていた子供時代を思い出して、ゲームのような感覚で事件を起こしていた。違いますか?」

「そんなわけないだろう」

宮田は不機嫌そうに言う。だが、言葉を継がずに黙り込んでしまった。

遠くからパトカーのサイレンが聞こえてきた。応援の捜査員がやってきたのだ。

ひとつ息をついてから、棚沢は絞り出すような声で言った。

「昔、雄介と克樹が遊んでいるのを、私は微笑ましく見ていました。このまま、まっとうな大人になってくれるようにと祈っていた。私みたいに、人を不幸にする人間にはなってほしくなかったんです。それなのに、ふたりが共謀してこんな事件を起こしていたなんて……。どうしてこうなってしまったんだろう。私は二十年前の事故のことを、雄介に打ち明けるべきだったんでしょうか。でも雄介に責められたり、恨まれたりするのが怖かったんです。本当に、私は愚かな人間です」

宮田はわずかに身じろぎをした。両手にかけられた手錠が小さな音を立てた。栗本は目を伏せたままだ。

サイレンの音は徐々に大きくなり、この建物の前で止まった。矢代たちは耳を澄ます。

まもなく、いくつもの靴音がこちらに近づいてきた。

5

久しぶりに落ち着いた気分でコーヒーを飲むことができた。

三月十三日、午前八時五分。矢代は荒川署に設置された特捜本部でコーヒーを味わっていた。インスタントではあるが、捜査が一段落したこともあって普段よりも旨《うま》いような気がする。

窓の外に目をやると、空はすっきり晴れ渡っていた。もうじき春だな、と矢代は思った。忙しく働いているせいか、最近、時間のたつのがやけに早く感じられる。自分たちの仕事は時間との闘いだ。朝の会議と夜の会議の間はずっと捜査を続けている。一晩寝るとまた朝の会議が待っている。その繰り返しだから、ひと月ぐらいあっという間に過ぎてしまう。

「おはようございます。今日はいい天気になりましたね」夏目が声をかけてきた。

「ああ、おはよう。夏目もコーヒー飲むかい？」

「いえ、私はこれがありますから」

彼女はお茶のペットボトルを掲げてみせた。署内の自販機で買ってきたのだろう。

ふたり並んで、しばらく窓の外に目をやった。

「もうじき四月ですね。異動の時期ですけど、何か動きはありそうですか？」

「さあ、どうかなあ」

矢代は曖昧《あいまい》な返事をしてコーヒーを啜《すす》った。先ほどまで旨いと感じていたコーヒーが、少し苦くなったように思えた。

「矢代先輩は殺人班に行きたいと思っているんでしょう？」

そう訊《き》かれて、矢代は言葉に詰まった。返事はせず、逆に聞き返した。

「夏目はどうなんだ。文書解読班に来たばかりのときは嫌がっていたよな」

「嫌がったというか、自分には合わない部署だと思ったんです。でも最近、ここで働くのが面白くなってきました」

「もともと〈薄い本〉ぐらいしか読まないんだろう？　文書の解読は苦手じゃなかったのか」

「今でも得意ってわけじゃありません。でも、上司が鳴海主任だというのは一番の魅力です。結局、仕事を続けられるかどうかって人間関係に左右されるじゃないですか」

ああ、なるほど、と矢代はうなずいた。

「夏目は仕事の内容より、人間関係を大事にしているんだな」

「最初はどうかな、と心配だったんですよ。でも鳴海主任はこの部署のリーダーにふさわしい方だとわかりました。文書の謎を解く力は一流ですよね。まあ、普段は頼りないところもありますけど……」

「頼りない、か。たしかにな。あとで本人に伝えておこうか？」

「えっ。やめてくださいよ」

夏目は慌てて首を振った。それを見て矢代は苦笑いを浮かべる。

「鳴海主任はすごい人だよ。俺も認める。ただなあ……」

組織の中でうまくやっていけるかどうか、その点だけは気になった。理沙はあまり自己主張しない性格だから、今後どうなるか不安なところがある。

「ただ……何です？」

夏目は不思議そうな顔で尋ねてきた。

「いや、いいんだ。何でもない」

矢代はコーヒーを飲み干して、自分の席へ戻った。

椅子に腰掛け、ひとり考え込む。自分はこの先、いったいどうすべきだろう。理沙によれば、文書解読班は矢代を中心にまとまってきている、とのことだった。矢代に文書解読の力はないが、このまま理沙をサポートして、人間関係を円滑にしていくのもひとつの手だろう。

だが、と矢代は思った。自分は刑事として捜査に全力を尽くしたい。その気持ちは昔から変わっていなかった。

——もともと俺は刑事だったんだから。

水原弘子の無念を晴らすためにも捜査の第一線で働きたい、という思いが強かった。

八時半から朝の捜査会議が開かれた。いつものように古賀係長が指示棒を出し、ホワイトボードを指しながら議事を進めていった。

「すでに聞いていると思いますが、宮田雄介に続いて栗本克樹も逮捕しました。ふたりとも多少感情的になることもありますが、取調べはおおむね順調だと言えます」

古賀は捜査員たちに対して、あらためて事件の概要を説明した。矢代たちは適宜メモをとる。

「台東印刷の元社員で、右手の小指を切断した小見川晋也ですが、居場所がわかりました。彼は借金取りに追われて東京を離れ、沖縄に住んでいました。結局、小見川は一連の事件とは無関係だったことが判明しています。

以前、栗山が棚沢の所持品を段ボール箱で提出しましたが、詳しく調べたところ、小見川の社員証が入っていました。退職時に会社へ返却したものですが、宮田はそれを入手して、知り合いの指紋を付けたそうです。その指紋は脅迫状の暗号メモに付けた指紋と一致するから、小見川が犯人だという証拠になる、と考えたらしい。つまり、この社員証を発見させるため、栗山はわざわざ警察に段ボール箱を渡したわけです。……宮田たちは棚沢を殺害したあと、最後に小見川も始末するつもりだった、と供述しています」

小見川は行方不明だったので宮田たちに利用されただけ、ということらしい。捜査員の訪問を受け、当の小見川はかなり驚いていたそうだ。

「それから二十年前の自動車事故ですが……」古賀は指示棒を縮めた。「現在、棚沢宗一郎から事情を聞いているところです。当時の捜査資料を再確認しつつ、事実関係を明らかにしていく予定です。また、四年前に浪岡周造が死亡した上野事件についても、話を聞いています。自首したとき棚沢は、揉《も》み合いになって墜落させてしまった、と過失を認めていました。ですが今回の供述では、一切相手に触れていないと説明しています。今後、棚沢の扱いをどうするか、慎重な判断が必要になります」

古賀は幹部席のほうをちらりと見た。岩下管理官は無言のまま、表情を動かすこともなかった。

そのほかの連絡事項を伝えたあと、古賀は言った。

「では、最後に岩下管理官からお言葉をいただきます」

うなずいて岩下は椅子から立ち上がる。ゆっくりと捜査員たちを見回してから、彼女は口を開いた。

「今回の事件は捜査員全員の精力的な活動により、早期に被疑者を逮捕することができました。特捜本部を預かる身として大変嬉《うれ》しく思っています。このあと裏付け捜査がありますから、引き続き油断のないよう情報収集を行ってください」

そこまで話すと、岩下は一度言葉を切った。軽く咳払《せきばら》いをしてから、彼女は続けた。

「私たち警察官の役目は犯罪者を検挙し、一般市民の生活を守ることです。ですが、捜査活動を行う中で、ときには何か誤りが生じるかもしれません。そういうとき私たちはどう振る舞えばいいか。今後の検討課題であると考えています」

矢代ははっとして、メモをとる手を止めた。管理官である彼女がこんなことを言うとは思っていなかったのだ。

こちらの視線に気づいたのか、岩下は矢代を見つめた。それはほんの数秒のことだったが、ずいぶん長い時間のように感じられた。矢代は黙ったまま小さく目礼をした。

岩下の訓辞が終わると、古賀は号令をかけた。起立、礼を済ませて、朝の捜査会議は終了となった。

このあと文書解読班の打ち合わせを行うことになっている。その前に、理沙は腕時計を見ながら言った。

「十分ほど待ってもらえますか。いくつか古賀係長に報告することがあるので……」

ホワイトボードのほうに向かおうとする理沙を、矢代は呼び止めた。

「あの……。こんなときに何ですが、ひとつ質問してもいいですか」

「ええ、かまいませんよ」

「我々の部署は、未解決事件の再捜査にも関係ありますよね。鳴海主任はそれについて、どう考えていますか」

「急にどうしたんです？」理沙は怪訝《けげん》そうにまばたきをする。

「いや……。今さらですが、一応確認しておきたくて」

彼女は何か考える表情になったが、じきにこう答えた。

「人間は多くの出来事を忘れてしまいますよね。だから記録として文書を残します。私たちのことを倉庫番なんて言う人がいますが、あれは少し違うと思うんですよ」

「というと……」

「私たちは文書の管理人であると同時に、『事件の番人』でもあるんです。古い犯罪を掘り起こすこともできるし、同じ時期に起こった事件や、近い場所で起こった事件を、立体的に比較することもできます。そういう特権が、文書解読班には与えられているんです。その立場を、私たちは再捜査に活《い》かしていくべきでしょう。まあ、文書が多すぎてピックアップが難しい、という現実はありますけどね」

彼女の言葉を聞いて、矢代は深くうなずいた。

「それが鳴海主任の考えですか。ありがとうございます。よくわかりました」

理沙は不思議そうな顔をしていたが、やがて踵《きびす》を返した。彼女はホワイトボードのそばに行って、古賀係長と何か話し始めた。川奈部と財津係長も一緒だ。

彼女たちを目で追っているうち、矢代は岩下管理官の姿に気づいた。岩下は幹部席から矢代のほうをじっと見ている。こちらが会釈をすると、彼女は席を立ち、軽く顎《あご》をしゃくった。そのまま岩下は廊下へ出ていく。話がある、ということらしい。

矢代も席を立ち、特捜本部を出た。

ほかに誰もいない廊下に、ひとり岩下管理官が立っていた。矢代は彼女に近づいて、姿勢を正した。

「何かご用でしょうか」

岩下はファッションモデルのような切れ長の目で矢代を見ていたが、声をひそめてこう言った。

「さっきの訓辞、聞いたわね？」

「はい、うかがいました」

「誤りをきちんと正せるようにしたい、という気持ちは私の中にもあります。ただ、組織の中で生きていこうと思ったら、個人ができることには限りがある。誤りの是正ばかりにこだわっていると組織が機能しなくなります。それはわかるでしょう？」

「そう……ですね。立場によって、いろいろな事情があることは想像できます」

矢代の答えを聞いて、岩下は少し意外そうな顔をした。もっと反発があると考えていたのかもしれない。

「私も警察官よ。何が正しくて何が間違っているか、判断はできるつもりです」

「しかし立場上そう言えないときもある、ということですよね」

「そのとおり。組織だからいろいろ難しい部分はあるわ。でも私の指揮下に入れば、あなたは殺人班で活躍できるはずです。当然、あなたを守ってあげることもできる。……どうかしら。この前の返事を聞かせてほしいのだけど」

岩下は矢代の目を覗《のぞ》き込んできた。冷たい目だ、と矢代は思った。だが同時に、美しい瞳《ひとみ》でもあった。

視線を逸《そ》らさずに矢代は答えた。

「申し訳ありませんが、このまま文書解読班で仕事をしたいと思います」

「……え？」

まったく予想外の結論だったのだろう。岩下は疑うような表情で尋ねてきた。

「あなた、殺人班に行きたいんじゃなかったの？」

「その気持ちはあります。ですが、この状態のまま文書解読班を出るわけにはいきません」

「どうして？」

「私は、知り合いが巻き込まれた未解決事件を再捜査したいと考えています。それを実現するには、殺人班に行くのが一番だと思っていました」

「そうよね。だったらなぜ……」

「何と言えばいいんでしょうか。つまりですね、それは私のエゴではないかと気づいたんです。あの事件さえ解決すればいい、というわけにはいきませんよね。世の中には未解決の事件がたくさんあります。それらを掘り起こして関連資料を解析し、再捜査に導くことができるのは、文書解読班だけです。鳴海主任と関わった私には、それを行う義務があると思ったんです」

よくわからない、という顔で岩下は矢代を見ている。

「義務ですって？　あなたはそんなことを気にしなくてもいいのよ。自分のやりたい仕事をやればいいの」

「鳴海主任の力が認められてきた今、文書解読班には注目が集まっています。今後いろいろな事案で活動できる可能性があります。その捜査に参加することで、未解決事件の被害者や、遺族を助けられるんじゃないかと思うんです。もちろん、私の知り合いが巻き込まれた事件も、いずれ再捜査したいと考えています」

「だけど、そんな捜査、すべてなくなるかもしれないわよ」

岩下は冷たい口調で言った。自分や小野塚理事官がその気になれば、文書解読班への出動要請をすべて止めることも可能だ。そういう意味だろう。

「いえ、なくならないと思います。私たちの行う文書捜査を、見る人は見てくれているはずです。文書捜査は、いずれ多くの特捜本部で必要とされる技術です」

「たいした自信ね。……あなたみたいに楯突《たて》いた人間が、不便な場所へ異動になったという話、聞いていない？」

「それは……」矢代は口ごもった。

この先、矢代をどうにでもできる、と彼女は脅しているのだ。

「矢代くん、もう一度訊《き》きます。殺人班に異動する気はない？」

「……お気持ちには感謝しますが、今はその時期ではないと考えています」

岩下は眉《まゆ》をひそめたあと、ゆっくりと首を左右に振った。

「後悔しても知らないわよ？」

「はい。後悔することには慣れていますので」

「あらそう」岩下は呆《あき》れたという顔をした。「あなたは出世しないタイプね。自分で可能性の芽をつぶしてしまっている」

「私は現場主義ですから、出世は望んでいません」

「つまらない男……」

ふん、と鼻を鳴らしてから、岩下は踵を返した。靴音を響かせながら彼女はエレベーターホールのほうへ去っていった。

岩下の姿が見えなくなったところで、矢代は肩の力を緩めた。手のひらにじっとりと汗をかいている。岩下管理官の前であれだけ話すのに、かなりの緊張を強いられた。

これで自分の考えは伝わっただろう。だが岩下の誘いを断ったことで今後、矢代の立場は不利になりそうだった。まあ仕方ないか、と思った。矢代は自分でそう決めたのだ。

――悪いな。もう少し待っていてくれ。

心の中で、幼なじみの水原弘子に語りかけた。真相にたどり着くには、まだ時間がかかるかもしれない。だが、いつか必ず犯人を捕らえてみせる、とあらためて誓った。

ひとつため息をついてから、矢代は特捜本部に入っていった。自分の席に向かうと、理沙と財津の姿が目に入った。古賀たちとの打ち合わせはもう終わったらしい。

「矢代さん、どこに行ってたんですか?」無邪気な様子で理沙が尋ねてきた。「文書解読班の打ち合わせをしたいんですけど、いいですか」

「そうでしたね。始めましょうか」

うなずきながら矢代は椅子に腰掛ける。その様子を見た財津が、小声で話しかけてきた。

「どうかしたのか?」

「……いえ、何でもありません」

財津は眼鏡のフレームを押し上げながら、矢代の表情をうかがっている。ややあって、彼は言った。

「困ったことがあれば相談してくれ。金の問題以外なら、なんとかしてやるぞ」

矢代はしばらく考えた。岩下との件を財津に報告したほうがいいだろうか。普通ならそうすべきだろう。だが、ためらう気持ちが強かった。

――財津さんも、どこまで信用できるかわからないからな……。

いざというとき、矢代たちを守ってくれるかどうか不安がある。それが正直なところだった。

「お、やっと来た」財津が出入り口のほうへ手を振った。「おい谷崎、こっちだ」

科学捜査係の谷崎だった。打ち合わせをするため、財津が連絡して呼んだのだろう。

谷崎は軽く頭を下げつつ、矢代たちのほうへ近づいてきた。夏目が自分の隣の椅子を指差す。

「ここに座って。ほら、ここ」

「あ……はい、すみません」

夏目に苦手意識を持っている谷崎は、緊張した顔で腰掛けた。その谷崎の肩を、夏目はぽんと叩《たた》く。

「谷崎くんもいよいよ、文書解読班のメンバーっぽくなってきたよね」と夏目。

「えっ、いや、違いますよ。僕はメンバーじゃありません」

「いいじゃないの。もう、文書解読班に入っちゃえば？」

「困ります。僕は科学捜査係のＩＴ担当なんですから」

ふたりの様子を見て、理沙は口元を緩めていた。矢代に向かって、彼女はこんなふうに言った。

「私たち、今回も成果を挙げましたからね。これから先、文書解読班に出動命令がどんどん来ますよ。矢代さん、頑張ってくれますよね？」

「もちろんです。俺はサブリーダーですから」

微笑を浮かべて矢代は答える。それを聞いて、理沙は驚いたという顔をした。

「矢代さん、今まで、俺はサブリーダーじゃないと言っていたのに……。とうとうやる気になってくれたんですね？」

「まあ、そういうことです」

「先輩、いったいどういう心境の変化ですか？」夏目が尋ねてきた。

財津係長と谷崎も、興味深そうな目でこちらを見ている。彼らにとって、矢代のこの変化はかなり意外に感じられたのだろう。

「ここは規格外の部署ですからね」矢代は言った。「鳴海主任みたいな変人がリーダーを務めているんだから、俺がサブリーダーでもおかしくないかな、と」

「ひどい言われようですね」理沙は顔をしかめている。

文書解読班の打ち合わせが始まった。ノートを開いて、理沙がタスク管理図をチェックし始める。項目を見て、財津が気になる点を質問していく。

――周りは敵ばかりだが、なんとか進んでいけそうだな。

頼りないのはお互いさまだ。しかし理沙も夏目も谷崎も、いざ事件となれば捜査に全力を尽くしてくれるだろう。

矢代はメモ帳を開いて、最新の捜査情報を報告し始めた。

参考文献

『遊びの百科全書〈5〉暗号通信』巖谷國士編　日本ブリタニカ

本書は書き下ろしです。

本書はフィクションであり、登場する地名、人名、団体名などすべて架空のもので、現実のものとは一切関係ありません。

愚者《ぐしゃ》の檻《おり》

警視庁文書捜査官《けいしちょうぶんしょそうさかん》

麻見和史《あさみかずし》

令和元年 11月25日　初版発行
令和7年 6月20日　6版発行

発行者●山下直久

発行●株式会社KADOKAWA
〒102-8177　東京都千代田区富士見2-13-3
電話　0570-002-301(ナビダイヤル)

角川文庫 21904

印刷所●株式会社KADOKAWA
製本所●株式会社KADOKAWA

表紙画●和田三造

ISBN 978-4-04-108825-8　C0193

角川文庫発刊に際して

角川源義

第二次世界大戦の敗北は、軍事力の敗北であった以上に、私たちの若い文化力の敗退であった。私たちの文化が戦争に対して如何に無力であり、単なるあだ花に過ぎなかったかを、私たちは身を以て体験し痛感した。西洋近代文化の摂取にとって、明治以後八十年の歳月は決して短かすぎたとは言えない。にもかかわらず、近代文化の伝統を確立し、自由な批判と柔軟な良識に富む文化層として自らを形成することに私たちは失敗して来た。そしてこれは、各層への文化の普及滲透を任務とする出版人の責任でもあった。

一九四五年以来、私たちは再び振出しに戻り、第一歩から踏み出すことを余儀なくされた。これは大きな不幸ではあるが、反面、これまでの混沌・未熟・歪曲の中にあった我が国の文化に秩序と確たる基礎を齎らすためには絶好の機会でもある。角川書店は、このような祖国の文化的危機にあたり、微力をも顧みず再建の礎石たるべき抱負と決意とをもって出発したが、ここに創立以来の念願を果すべく角川文庫を発刊する。これまで刊行されたあらゆる全集叢書文庫類の長所と短所とを検討し、古今東西の不朽の典籍を、良心的編集のもとに、廉価に、そして書架にふさわしい美本として、多くのひとびとに提供しようとする。しかし私たちは徒らに百科全書的な知識のジレッタントを作ることを目的とせず、あくまで祖国の文化に秩序と再建への道を示し、この文庫を角川書店の栄ある事業として、今後永久に継続発展せしめ、学芸と教養との殿堂として大成せんことを期したい。多くの読書子の愛情ある忠言と支持とによって、この希望と抱負とを完遂せしめられんことを願う。

一九四九年五月三日

角川文庫ベストセラー

警視庁文書捜査官　麻見和史

警視庁捜査一課文書解読班——文章心理学を学び、文書の内容から筆記者の生まれや性格などを推理する技術が認められて抜擢された鳴海理沙警部補が、右手首が切断された不可解な殺人事件に挑む。

緋色のシグナル　警視庁文書捜査官エピソード・ゼロ　麻見和史

発見された遺体の横には、謎の赤い文字が書かれていた——。「品」「蟲」の文字を解読すべく、所轄の巡査部長・鳴海理沙と捜査一課の国木田が奔走。文書解読班設立前の警視庁を舞台に、理沙の推理が冴える！

永久囚人　警視庁文書捜査官　麻見和史

文字を偏愛する鳴海理沙班長が率いる捜査一課文書解読班。そこへ、ダイイングメッセージの調査依頼が舞い込んできた。ある稀覯本に事件の発端があるとわかり作者を追っていくと、更なる謎が待ち受けていた。

魔物　(上)(下)　大沢在昌

麻薬取締官・大塚はロシアマフィアと地元やくざとの麻薬取引の現場を押さえるが、運び屋のロシア人は重傷を負いながらも警官数名を素手で殺害し逃走。その超人的な力にはどんな秘密が隠されているのか？

生贄のマチ　特殊捜査班カルテット　大沢在昌

家族を何者かに惨殺された過去を持つタケルは、クチナワと名乗る車椅子の警視正からある極秘のチームに誘われ、組織の謀略渦巻くイベントに潜入する。孤独な潜入捜査班の葛藤と成長を描く、エンタメ巨編！

角川文庫ベストセラー

悪果
黒川博行

大阪府警今里署のマル暴担当刑事・堀内は、相棒の伊達とともに賭博の現場に突入。逮捕者の取調べから明らかになった金の流れをネタに客を強請り始める。かつてなくリアルに描かれる、警察小説の最高傑作！

てとろどときしん 大阪府警・捜査一課事件報告書
黒川博行

フグの毒で客が死んだ事件をきっかけに意外な展開をみせる表題作「てとろどときしん」をはじめ、大阪府警の刑事たちが大阪弁の掛け合いで6つの事件を解決に導く、直木賞作家の初期の短編集。

破門
黒川博行

映画製作への出資金を持ち逃げされたヤクザの桑原と建設コンサルタントの二宮。失踪したプロデューサーを追い、桑原は本家筋の構成員を病院送りにしてしまう。組同士の込みあいをふたりは切り抜けられるのか。

軌跡
今野敏

目黒の商店街付近で起きた難解な殺人事件に、大島刑事と湯島刑事、そして心理調査官の島崎が挑む。（「老婆心」より）警察小説からアクション小説まで、文庫未収録作を厳選したオリジナル短編集。

熱波
今野敏

内閣情報調査室の磯貝竜一は、米軍基地の全面撤去を前提にした都市計画が進む沖縄を訪れた。だがある日、磯貝は台湾マフィアに拉致されそうになる。政府と米軍をも巻き込む事態の行く末は？　長篇小説。

角川文庫ベストセラー

陰陽
鬼龍光一シリーズ

今野　敏

若い女性が都内各所で襲われ惨殺される事件が連続して発生。警視庁生活安全部の富野は、殺害現場で謎の男・鬼龍光一と出会う。祓師だという鬼龍に不審を抱く富野。だが、事件は常識では測れないものだった。

クローズド・ノート

雫井脩介

自室のクローゼットで見つけたノート。それが開かれたとき、私の日常は大きく変わりはじめる——。『犯人に告ぐ』の俊英が贈る、切なく温かい、運命的なラブ・ストーリー！

逸脱
捜査一課・澤村慶司

堂場瞬一

10年前の連続殺人事件を模倣した、新たな殺人事件。県警を嘲笑うかのような犯人の予想外の一手。県警捜査一課の澤村は、上司と激しく対立し孤立を深める中、単身犯人像に迫っていくが……。

黒い紙

堂場瞬一

大手総合商社に届いた、謎の脅迫状。犯人の要求は現金10億円。巨大企業の命運はたった1枚の紙に委ねられた。警察小説の旗手が放つ、企業謀略ミステリ！

ＭＩＸ
猟奇犯罪捜査班・藤堂比奈子

内藤　了

湖で発見された、上半身が少女、下半身が魚の謎の遺体。「人魚」事件の背後には未解決の児童行方不明事件が関わっているようだ。その後、また新たな謎の遺体が見つかる。保を狙う国際犯罪組織も暗躍し……。

角川文庫ベストセラー

天使の屍　貫井徳郎

14歳の息子が、突然、飛び降り自殺を遂げた。真相を追う父親の前に立ち塞がる《子供たちの論理》。14歳という年代特有の不安定な少年の心理、世代間の深い溝を鮮烈に描き出した異色ミステリ！

女が死んでいる　貫井徳郎

二日酔いで目覚めた朝、ベッドの横の床に見覚えのない女の死体があった。俺が殺すわけがない。知らない女だ。では誰が殺したのか――？（「女が死んでいる」）表題作他7篇を収録した、企みに満ちた短篇集。

彷徨《さまよ》う警官　森詠

殺しに時効があってたまるか！ 恋人が殺された未解決事件の謎を追い続ける一匹狼の刑事・北郷。しかし彼の前に不可解な圧力がかかる。そして明らかになる警察の不祥事……実力派作家の本格派警察小説！

孤狼《ころう》の血　柚月裕子

広島県内の所轄署に配属された新人の日岡はマル暴刑事・大上とコンビを組み金融会社社員失踪事件を追う。やがて複雑に絡み合う陰謀が明らかになっていき……男たちの生き様を克明に描いた、圧巻の警察小説。

最後の証人　柚月裕子

弁護士・佐方貞人がホテル刺殺事件を担当することに。被告人の有罪が濃厚だと思われたが、佐方は事件の裏に隠された真相を手繰り寄せていく。やがて7年前に起きたある交通事故との関連が明らかになり……。